KB125443

경마장의 베일

# 경마장의 베일

**1판 1쇄 발행** 2023년 3월 7일

**저자** 최 홍

**편집** 문서아  **마케팅·지원** 이진선

**펴낸곳** (주)하움출판사  **펴낸이** 문현광

**이메일** haum1000@naver.com  **홈페이지** haum.kr
**블로그** blog.naver.com/haum1000  **인스타그램** @haum1007

**ISBN** 979-11-6440-309-7 (03810)

# 경마장의
# 베일

## 베팅 999

  지난 며칠 동안 ARC(Asia Racing Conference. 아시아경마회의)가 우리 경마장을 중심으로 개최되었다. 아시아 경마 시행국들이 서로 정보를 교류하고, 경마산업의 발전을 위한 대책을 논의하기 위해 개최하는 이 모임은 서울에서 개최되는 동안 많은 화제와 성과를 남기고 폐막되었다.

  이번 경마회의는 일본, 홍콩, 호주 등 30여 나라에서 많은 경마인들이 참여하여 아시아 경마의 핵심 과제들에 대해 토의하고, 새로운 변화와 혁신 방안을 모색했다. 또한 해당국 기수들까지 초청하여 국제 경주를 펼치는 등 성황리에 진행되었다.

  이제 한국 경마도 국제 경마 무대에 당당하게 등장하여 존재감을 드러내는 듯하다. 참가국 경마인들은 경마 경주, 수의(獸醫), 도핑(Doping. 금지약물 복용)테스트 등 다방면에서 성장을 거듭한 우리 경마의 규모와 위상에 대해 놀라워했고, 한 해 10조원에 육박하는 경마 매출에 대해서도 감탄을 금치 못했다고 한다. 또한 ICT 기술과 적절하게 접목된 우리의 첨단 경마 시설과 운영 시스템에 대해서도 찬사를 보냈다고 한다

  기수 초청 경주에서도 4개 경주 중 2개 경주에서 외국의 쟁쟁한 기수들을 물리치고 우리 기수들이 우승을 차지하여 자부심을 한껏

드높였다. 이번 대회는 우리 경마의 위상을 또 한 단계 업그레이드 시키고, 경마 성장이나 외국으로의 경주마 수출 등 말 산업 진흥에도 적잖이 기여할 것 같다. 또한 우리 경마의 새로운 도약을 위한 역량 강화와 토대를 구축하는데 상당한 계기가 될 것만 같다.

그러나 모처럼만에 경마장에 출입하여 ARC와 관련된 여러 행사들을 구경하고 일부 참여하기도 했던 나의 심사는 일반 관객들과 같을 수가 없었다. 또한 드넓은 터에 자리를 잡고, 잘 꾸며진 각종 시설들과 첨단 경마 장비들을 자랑하는 경마장을 바라보는 나의 소회는 남다를 수밖에 없었다.

나름대로 우리 경마의 가려졌던 내막에 접할 수 있었던 내게 이 같은 정형화와 발전상은 우리 경마의 역사에서 극히 일부분에 불과한 것임을 잘 알고 있기 때문이다.

한국 경마는 오늘이 있기까지 많은 인고의 세월과 파란만장한 사연들을 간직하고 있다. 우리 지난 시절에 어느 한 분야고 평탄하게 전개되어 오지는 않았겠지만, 경마는 특히 많은 돈과 관련되어 있기 때문에 그 과정이 더욱 험난했던 것만 같다.

그러나 나는 주말이면 경마장에 출근하는 단골 경마꾼도 아니고,

흔히 말하는 경마장의 큰 손도 아니다. 오랫동안 경마장은 도박장이라는 선입견에 사로잡혀 있어 그저 강 건너 불 보듯 하며 지냈고, 간간이 사고가 터질 때마다 언론에 기사화 되면 내막을 짐작하는 정도의 피상적인 지식만 갖고 있었다.

그러다 우연히 한 인물과의 만남을 계기로 나는 비로소 우리 경마의 내밀하고 어두웠던 이면들을 접할 수 있게 되었다.

그는 지팡이 없이는 걸음걸이가 불편한 80대 노인이었다. 짧지 않은 세월을 경마장에서 보냈다고 하는데, 내가 근무하는 출판사로 찾아와 꼭 남기고 싶은 얘기가 있다며 책으로 펴낼 수 있겠는지 알아봐 달라는 것이었다.그가 내민 원고는 일기체 형식이었고, 문장도 단조롭기만 했으나 뜻밖에도 색다른 세계를 드러내고 있었다. 그리고 이제까지의 경마장에 대한 내 인식도 크게 잘못되어 있었다는 것을 새삼스럽게 깨달았다.

그리고 그러한 배경 속에서 삶을 영위하는 다양한 인간 군상들이나 삶의 의미, 추구하려는 정신 등이 적나라하게 드러나 있기에 책으로 펴내기에 손색이 없을 것 같았다

그러나 무엇보다도 반가웠던 것은 내용 중에 평소 내가 추구하던 인물상 - 일상 속의 평범한 영웅 상을 발견할 수 있었던 것이었다.

이제 현 시대에서 지난 역사 속의 주인공들처럼 뛰어난 영웅이 등장할 일은 별로 없을 듯하다. 그러기에 나는 우리 사회가 바로 자신의 자리에서, 주어진 직분을 충실히 수행하면서 의지와 신념을 실천하려는 소소한 영웅들에 의해 유지되고 발전해 간다고 생각해 왔었다.

때문에 나는 이러한 주인공들을 발굴하려 노력해 왔으며, 그 사연들을 형상화하여 적잖은 공감을 이끌어 내기도 했다.

이제부터의 이야기들은 위와 같은 의도 하에 완성된 것이다. 그동안 외부세계에서 가려지고 외면되어져 온 경마장 안팎의 삶들의 모습이 인간성의 이해에 대한 폭을 넓힐 수 있을 것인지, 또는 사회의 다른 측면을 재단하는데 도움이 될 수 있을 것인지에 대한 판단은 독자의 몫으로 남기기로 하고 얘기를 풀어나가 보려 한다.

다만 소설적 형상화를 위해 일부 얘기들은 상상력을 동원했음을 밝혀두고자 한다.

## 차례

· 제 6경주의 의혹                    11

· N 호텔 에메랄드 룸                 20

· 박상수 기자                        28

· 드러나는 윤곽                      36

· 사라진 기수                        43

· 제 3의 세력                        53

· 유혹의 손길                        58

· 회장의 속내                        66

· 최상국이라는 사내                  71

· 아, 신영규                          79

· 벗겨지는 실체                      86

· 여인의 등장                        97

· 김동섭과의 조우                   109

· 어느 조교사의 죽음                118

· 파로호 행                         133

· 고백                              140

- 불순한 음모   146
- 뜻밖의 전보   156
- 면담   161
- 종마목장 행   167
- 드러나는 정체   183
- 충북 XX군 행   190
- 김덕호 부장   199
- 최상국과의 만남   205
- 복수   209
- 귀빈실의 사내들   218
- 담판   221
- 여인의 추적   227
- 돌아오지 않는 자들을 위한 순교   235
- 불타는 경마장   240

주요 경마 용어 해설   265

\* '999란 적중시키기는 어렵고 배당은 고율인(100배 이상) 경우를 말합니다.'

# 제 6경주의 의혹

　화창한 봄날이 이어지던 어느 주말, 한강 변에 위치한 한성경마장에는 제 6경주 마권(馬券) 발매가 계속되고 있었다. 경마과장 장성욱은 재결실(裁決室: 경마 시행의 사령탑 역할을 하는 곳)의 문을 열고 베란다로 나섰다. 아래쪽으로는 긴 경주로가 여느 때처럼 깔끔하게 정리되어 있었고, 안쪽의 잔디는 한창 푸른 빛을 내뿜고 있었다. 그 너머로는 한강의 물결들이 햇빛에 잔잔하게 반짝이고 있었다.

　베란다 오른쪽 끝에는 언제나처럼 김덕호 업무부장이 한 폭의 정물화처럼 의자에 앉아 있었다. 그 자리에서 마권 발매 현황이 시시때때로 바뀌는 전광판을 바라보기도 하고, 한강 쪽으로 시선을 던지기도 하면서 김 부장은 경주들 사이 발매 시간에는 늘 그 자리에 앉아 있었다.

　이윽고 발매 마감을 알리는 긴 벨이 울리자 곧 장내에 아나운서의 낭랑한 목소리가 울려 퍼졌다.

"이어서 경주거리 1400m 제 6경주에 출주할 말들을 소개하겠습니다. 1번 마 한탄강, 기수 박상진, 2번 마 사선대, 기수 이영수, 3번 마 청둥오리, 기수 최배식, 4번 마 포도대장, 기수 김동섭, 5번 마 자작나무, 기수 신영규, 6번 마 적외선, 기수 배달수…."

관객들도 웅성거리며 관람석으로 몰려나왔고, 장안소(裝鞍所: 경주에 출전하기 위해 준비 및 대기하는 장소) 쪽에서 기수를 태운 말들이 번호 순에 따라 관람대 앞으로 향했다. 곧 관람대 앞에 다다른 12마리의 말들은 붉은 색 유니폼 차림의 선도가 이끄는 유도마(誘導馬)를 따라 타원형으로 돌았다. 윤승(輪乘)이라 하여 경주 전에 관객들에게 선을 보이는 것이다.

성욱이 무심코 바라보고 있는데 갑자기 재결실 문이 열리며 여직원이 얼굴을 내밀었다.

"과장님, 전화 왔는데요."

"누군데? 경주 끝난 뒤에 다시 하라 그러지."

"그랬죠. 하지만 막무가내예요. 어떤 여자 분인데, 꼭 통화를 해야 한 대요."

"우리 직원이 아니고 외부인이라고?"

성욱은 다급하게 재결실 안으로 향했다.

"전화 바꿨습니다. 경마과장입니다."

"쉬잇, 아무 말 말고 듣기만 하세요. 이번 경주 2번 6번 들어옵니다."

"뭐라고요? 다시 한 번…."

"듣기만 하시래두요. 2번 6번입니다. 그럼 이만…, 다시 전화 드리겠습니다."

성욱은 잠시 멍한 표정으로 있다가 다시 베란다로 향했다. 문득 전광판의 발매 현황을 보니 2번과 6번은 우승 예상 순위에서 모두 비켜나 있었다. 이번 경주 인기마는 단연 4번 포도대장과 5번 자작나무였던 것이다.

윤승을 끝낸 말들은 일렬로 경주로 1코너의 발주기(發走機: 경주마들이 출발하는 기기 장치) 쪽으로 향하고 있었다.

30대 후반이나 되었음직한 여인의 목소리는 장난기가 있는 것 같지는 않았으나 그대로 받아들일 수는 없는 노릇이었다. 사실 경마일이면 비슷한 전화가 종종 오기 때문이다. 대부분 장난 전화이거나, 경마 진행 사령탑 격인 재결실을 골탕 먹이려는 수작이었다.

자신도 모르게 훔쳐 본 김 부장은 여전히 묵묵히 발주기 쪽을 바라다보고 있었다. 잠시 망설인 성욱은 여인의 전화를 보고하지 않기로 했다. 괜히 신경 쓰게 하고 싶지 않아서였다.

곧 손에 든 무전기에서 '발주(發走) 준비!' 하는 소리가 울려 퍼지고, 곧 이를 복창하는 소리가 힘차게 이어졌다.

"곧 제 6경주 발주가 시작되겠습니다!"

경주 개시를 알리는 팡파르가 울려 퍼지고, 발주기 뒤쪽에서 가벼운 걸음으로 몸을 풀던 말들은 하나둘씩 발주기 안으로 들어가기 시작했다. 말들의 입장은 홀수 번호가 먼저 들어간 뒤 짝수 번호로 이어진다.

다시 전광판의 매표 현황을 바라보고 앞에 놓여진 경마 예상지(豫

想誌: 우승마를 선정하는데 필요한 각종 정보를 수록해 놓은 전문지)를 펼쳐들었다. 포도대장의 기승 기수는 언제나처럼 김동섭이었고, 자작나무의 기수는 신영규였다. 김동섭은 기수들 사이에서 어느 정도 능력을 인정받은 편이었고, 신영규는 아직 신참에 속했지만 성실한 편이었다.

여인이 얘기한 2번 사선대와 6번 적외선은 나름대로 관객들의 관심을 받고 있는 듯 했다. 그러나 자신의 기억에 두 말 모두 하위 등급에서 한두 번 정도 밖에 우승한 적이 없었던 것 같았다.

성욱은 목에 건 쌍안경을 들고 발주기 쪽을 바라보았다.

다른 말들은 모두 발주기 안으로 들어가 있으나 4번 마 포도대장만은 이리저리 버티며 들어가려 하지 않았다. 발주보조원들이 달라붙었으나 머리를 휘두르고 발버둥을 치며 막무가내였다.


일부 말들이 발주기에 들어가려 하지 않는 것은 경주에 대한 부담감 때문이다. 경주는 말들에게, 사람으로 치면 전력을 다해 달리는 단거리 경주와 마찬가지이기 때문에 그 숨가쁨과 고통을 기억하고 있는 일부 말들이 발주기를 회피하는 것이다. 어떤 말들은 발주기 안에 들어가서도 앞다리를 들며 요동을 치기도 한다.

실제로 말들은 경주를 마치고 나면 땀들이 비누거품처럼 일어나거나 다리를 절뚝거리기도 한다. 물론 경주 도중 사고가 나는 수도 있다.


"저 말이 무슨 말이요?"

베란다 한쪽에서 김 부장이 갑작스레 물어 성욱은 쌍안경을 내렸다.

"포도대장이라는 말입니다."

"포도대장? 원래 발주 악벽(惡癖)이 있는 줄은 알고 있지. 이름값을 하는구만. 그래도 성적은 괜찮았지?"

"최근 들어 승승장구하고 있습니다. 이번 경주에도 인기마로 잡혀 있구요. 원래 성깔 있는 말들이 경주로에서는 잘 내달리지 않습니까?"

관객들의 동요가 시작되나 말은 여전히 앞발을 쳐들며 반항했다. 성욱은 무전기를 꺼내 들었다.

"발주, 발주, 여기는 재결!"

"여기는 발주, 말하라, 이상!"

"기수를 내려놓은 뒤 가면을 씌워 진입시켜 보라, 이상!"

"알겠음, 이상!"

곧 기수가 내려오고, 말의 머리에 가면이 씌워졌다. 발주기를 못 보게 하기 위해서다. 다음, 앞에서 끌고 뒤에서 밀자 포도대장은 잠시 버티다가 발주기 안으로 들어갔다. 곧 기수도 재빨리 발주기 안으로 들어갔다.

곧 무전기 소리가 터졌다.

"발주, 발마(發馬)!"

그러자 발주기 앞문이 일제히 열리며 말들이 쏟아져 나왔다. 곧 말들은 종대(縱隊)를 이루며 2코너로 진입하기 시작했다. 장내 아나운서의 흥분된 목소리도 빠르게 이어졌다.


"선두는 5번 자작나무, 그리고 그 뒤를 4번 포도대장이 바짝 뒤따르고 있습니다. 두 말을 선두로 7번과 9번이 2마신(馬身: 마신은 말의 신체를 말하며 약 2m) 정도 뒤처진 채 따르고 있습니다… ”

2코너를 벗어난 말들은 뿌연 흙먼지를 일으키며 직선주로를 내달렸다. 기수들은 상체를 바짝 숙이고 엎드린 채 엉덩이를 든 유선형의 자세로 채찍을 휘두르며 말들을 몰아댔다. 흔히 몽키 자세라 하며 등자(鐙子: 안장에 달린 발 받침대)를 짧게 밟아야만 자세를 유지할 수 있다.

“직선주로를 내달리던 말들, 이제 3코너로 진입하고 있습니다. 선두는 바뀌지 않은 채 맨 뒤에 처져 있던 2번 마 사선대가 급격히 치고 올라오고 있습니다. 중간 순위 5-4-7-9-6-2….”

곧 기수들, 엉거주춤한 자세로 3코너를 돌아 4코너에 다다르고 있었다. 다시금 유선형의 자세로 채찍을 휘두르며 직선주로를 내달리는 말들. 뿌연 흙먼지가 이어졌다.

“선두는 여전히 5번 자작나무, 오른쪽에는 반 마신 차이로 4번 마 포도대장, 그 뒤는 1마신 차이로 6번, 9번, 2번, 8번 순입니다. 선두 5번, 4번은 뒤따르는 말들과 점차 간격을 벌리고 있습니다.”

이번 경주 순위는 이대로 마무리 될 듯했다. 이변은 없었다. 단거리 경주에서는 보통 먼저 선행을 잡아 전력질주 하는 말들이 우승을 거머쥔다. 쌍안경 속에서 내내 경주를 좇던 성욱은 안도의 한숨을 내

쉬었다.

그런데 장안소 입구를 지나면서 목 하나 차이로 달리던 4번 마가 갑자기 안쪽으로 파고들었다. 앞만 보고 달리던 5번 마, 피하는 듯하다가 4번 마가 더 안쪽으로 파고들자 껑충 뛰었고, 이내 두 말은 충돌사고를 일으키며 기수들은 양쪽으로 날아 떨어졌다. 5번 마도 철책에 부딪치며 쓰러졌다.

관객들, 우와와와! 하는 함성과 함께 자리에서 일어섰다. 성욱도 짧은 비명을 내지르며 손에 쥐고 있던 쌍안경을 떨어뜨렸다. 김 부장도 일어섰다.

"뜻밖입니다. 4번 마의 진로 변경으로 충돌사고가 발생했습니다. 기수들이 무사한지 걱정입니다. 순위는 뒤바뀌어 6번, 9번, 2번 순으로 질주하고 있습니다. 결승선 10여 미터, 2번 마가 추입하여 9번 마와 나란히 달리고 있습니다. 결승전 5미터, 4미터…2미터, 1미터, 골인, 골인… 순위는 6-2-9-8… 그러나 2착은 심의(審議)를 해야 할 것 같습니다. 마권을 버리지 말아주십시오."

말들이 결승선을 통과하자 장안소 입구에서 앰뷸런스가 초록색 신호등을 번쩍이며 다급하게 사고 현장으로 향했다. 이어서 봉고 트럭이 다다르고 붉은 옷차림의 발주요원들이 속속 내려 쓰러진 기수들을 에워쌌다.

성욱은 이 모습들을 경악한 표정으로 바라보고 있다 황급히 무전기에 대고 소리쳤다.

"발주, 발주, 여기는 재결!"

"감 잡았음, 말하라, 이상!"

"기수들 상태는 어떤가?"

"둘 다 의식을 잃은 상태임. 자세한 상황은 아직 알 수 없음, 이상."

"일단 앰뷸런스에 태워 후송하고, 변동사항은 수시로 통보 바람. 이상!"

어느 새 바로 옆에 다가와 있는 김 부장, 창백한 표정으로 전광판을 바라보고 착순(着順) 게시대에는 '심의 중'을 나타내는 초록색 불빛이 깜빡이고 있었다. 김 부장은 고개를 돌리며 무겁게 입을 열었다.

"기수들이 걱정이군요. 무사해야 할텐데…"

"저도 마찬가지 심정입니다. 그런데…."

"그런데라니… 설마 다른 생각이 있는 거요?"

"그게 아니고… "

성욱이 시선을 외면한 채 입을 다물자 김 부장은 더욱 다그쳤다.

"실은 경주 시작 전에 한 통의 전화가 왔었습니다."

"무슨 전화였소? 이번 경주와 관련된 것이었소?"

"그렇습니다. 이번 경주 2번, 6번 마가 들어온다는 전화였습니다."

"그게 사실이오?"

김 부장은 스스로도 커다란 소리에 놀랐는지 주위를 둘러보았다.

"사실입니다. 경주 때면 흔히 있는 장난 전화라고 치부해버리고 보고를 드리지 않았습니다."

이때 전광판 착순 게시대에는 '심의 중'의 초록불이 꺼지고 '확정'

의 빨간불이 켜졌다. 순위는 6-2-9-8-1 착차(着差- 앞말과 뒷말의 거리),
1마신 - 코 - 머리 - 1과 1/2마신 등으로 표시되었다.

관객들의 웅성거림이 차츰 커지기 시작했다. 전광판을 힐끗 바라
본 김 부장은 한탄하듯 내뱉았다.

"엄청난 일이군. 배당률 402배야. 어떻게 이런 일이…?"

성욱은 재빨리 재결실 안으로 들어와 손에 잡히는 대로 경마 예상
지(豫想紙) 하나를 집어 들었다. 예상지는 4번과 5번의 한판 승부에 6
번 적외선을 상대마, 2번 사선대를 도전마로 꼽고 있었다. 다른 예상
지들도 상대마와 도전마 차이만 있을 뿐 비슷하게 점찍고 있었다.

"그래서… 포도대장과 자작나무만 사라지면 자연히 2-6으로 낙착
이 된다는 계산이었는가. 무서운 일이군…"

성욱은 자신도 모르게 혀를 찼다.

# N 호텔 에메랄드 룸

어둠이 내린 창밖으로는 한강이 소리 없이 흐르고 있었고, 그 너머로는 우후죽순처럼 솟아오른 빌딩들이 현란한 자태들을 뽐내고 있었다. 퇴근길 차량들의 행렬은 끝없이 이어졌다.

"늦는군."

김 부장은 창밖을 향했던 시선을 돌려 시계를 바라보았다. 7시가 훨씬 지나 있었다. 구영호 비서실장은 다소 초조한 기색으로 물컵을 집어 들었다.

"10분만 더 기다려 보다 안 오면 전화를 해보기로 하지요."

"전화까지 할 건 없을 것 같습니다. 약속을 했으니 오기야 하겠지요."

구 실장은 물을 벌컥벌컥 마시고 반들거리는 머리칼을 쓸어 올렸다. 회장의 고향 후배라는 비서실장은 검은 피부에 두터운 눈썹의 소유자였다.

김 부장은 다시금 김이 모락모락 나는 식사와 술병들이 차려져 있는 테이블 위를 훑어보았다. 자신도 내심 초조해지는 것은 어쩔 수 없었다.이윽고 문이 열리며 다급하게 두 중년 남성이 들어섰다.

"아, 늦어서 미안합니다. 회의가 좀 길어져서 어쩔 수 없었습니다."

"저희들도 온지 얼마 되지 않았습니다."

네 사람은 서로 악수를 나누며 인사를 건넸다.

"동부경찰서장 차용만입니다. 이 쪽은 우리 수사과장입니다."

"업무부장 김덕호입니다. 이 쪽은 우리 비서실장님입니다. 자, 자리에 앉으시지요"

네 사람, 테이블을 사이에 두고 자리에 앉았다. 김 부장은 두 사람이 손을 닦는 동안 맥주잔에 술을 따랐다. 곧 구 실장이 건배를 제의했다.

"인사가 좀 늦었습니다. 진작 이런 자리를 한번 마련했어야 하는 건데… 그저 이런 저런 일로 바쁘기만 해서 시간을 내지 못했습니다."

그러자 경찰서장이 재빨리 받았다.

"무슨 말씀을… 세상사가 다 그렇지요. 마음만 앞서고 현실은 따라주지 않고… 이렇게 일이나 생겨야 서로 안면을 익히지 일부러 시간 내기는 어려운 일 아닙니까?"

모두 맥주잔을 내려놓고 잠시 음식 먹는데 열중했다. 김 부장은 틈틈이 눈치껏 술잔을 채웠다. 이윽고 수사과장이 먼저 젓가락을 놓았다.

"그런데 우리들은 왜 불러낸 겁니까? 보자고 한 특별한 이유라도 있는 겁니까?"

"지난 주 일요일 경마장 사태 때문입니다. 저희 회장님께서 회사일로 번번이 신세만 져 미안하기도 하고, 또한 경찰버스까지 보내서 잘 수습하게 해주셔서 인사 한번 드리고 싶다고 하셨습니다."

일요일 6경주. 착순 확정의 빨간 불이 켜지자 관객들 사이에서 함성이 터져 나왔다. 관객들의 동요가 이어지다가 이윽고 몇 사람이 재결실을 향해 주먹을 흔들어대며 소리쳤다.

"이 경주 무효야!"

"짜고 친 고스톱이다. 누구 맘대로 착순 확정이냐!"

"전액 환불하고 처음부터 다시 해!"

동조하는 관객들이 점차 늘어나고 관람대 한쪽에서는 연기가 피어 올랐다. 관객들이 예상지, 신문지 등을 던져 불을 질렀기 때문이다. 일부 관객들은 경주로(競走路)로 나가 하나 둘씩 바닥에 주저앉기 시작했다.

이윽고 연기는 여기저기서 피어오르고, 재결실을 바라보며 고함과 함께 주먹질을 해대는 사람들도 늘어났다.

곧 장내에 낭랑한 아나운서의 목소리가 울려 퍼졌다.

"관람대 고객 여러분, 농성을 중지하고 냉정을 되찾아 주십시오. 마필 충돌사고에 따른 당연한 결과였습니다. 냉정을 되찾고 곧 이어질 다음 경주를 준비해주시기 바랍니다."

그러나 관객들의 동요는 오히려 더 심해졌고, 목소리들도 높아졌다.

"뭐가 당연해! 다 해쳐먹어라!"

"경주 다시 해!"

"내 돈 내놔!"

관람대에 사람들 점차 늘어나고, 경주로에는 20여 명이 앉아서 주먹을 휘두르며 구호들을 외쳐댔다. 어느새 관람대 중앙에서도 연기가 커다랗게 피어오르기 시작했다.

"일단 해산하십시오. 경주에 대해 불만이 있으면 대표단을 구성해 정식으로 항의하십시오. 다시 한 번 말씀드립니다. 해산하십시오."

그러나 아나운서의 목소리는 관객들의 함성에 묻혀 힘을 잃고 있었다.

묵묵히 바라보던 김 부장 옆으로 성욱이 다가갔다.

"쉽게 가라앉을 것 같지 않은데요."

"좀 더 지켜보다가, 가망이 없어 보이면 이사님께 건의하여 경찰의 힘을 빌리도록 합시다."

그러나 이때 정문 쪽에서 관람대로 경찰버스 2대가 들어왔다. 차에서 뛰어내린 전경들은 신속하게 책임자에게로 다가가 지시를 받았다.

"웬일입니까? 벌써 경찰이 오다니요?"

"회장실에서 연락한 모양이군. 그나저나 왜 이리 재빠르지?"

곧 전경들은 열을 지어 경주로로, 연기 나는 현장으로, 관람대 중앙으로 뛰어갔다. 그들의 위세에 관객들의 일부 관객들의 함성은 일순 주춤해졌다. 다행히도 소란은 더 이상 확대되지 않았고, 전경들의 다그침과 무력행사로 얼마 지나지 않아 농성 관객들도 흩어지고 말았다.

어느 새 관람대 안에서는 다음 경주 마권 발매가 시작되고, 전광판 모니터 화면에는 다음 경주에 출주하는 말과 기수들이 소개되고 있었다. 경마 고객들은 건망증이 심하다. 6경주 사태는 어느덧 잊혀지고 예상지들을 바라보며 다음 경주 예상에 열들을 올리고 있었다.

아마도 이변이 없는 한 6경주 사건은 이대로 묻혀버리고 말 것이었다. 경마장에서 고객들의 행동 통일을 기대하기 힘들다. 때문에 대표단을 구성하여 항의하거나 협상을 벌이는 경우도 극히 드물었다.

수사과장은 김 부장을 똑바로 바라보며 말을 꺼냈다.

"일요일 소요사태는 왜 발생한 겁니까?"

"경주에서 일어난 마필 충돌 사건 때문이었습니다. 결승선이 가까워지면 서로 우승하려고 상대방을 견제하고 앞질러 가려다 간간이 서로 부딪쳐 사고가 나기도 합니다."

"그런데 왜 관객들은 들고일어난 겁니까?"

김 부장은 잠시 당황하다가 가까스로 말을 꺼냈다.

"하필이면 선두다툼을 벌였던 두 말이 모두 인기마였기 때문입니다. 그래서 고의로 부딪쳐 사고를 낸 게 아닌가 하고 의심하게 된 겁니다."

"인기마였던 두 말이 사고를 내서 실격처리 되고, 생각지도 않았던 다른 말들이 1, 2착을 해서 고액 배당이 되었다… 흐흠, 그럴듯한 스토리군. 배당은 얼마나 되었습니까?"

"1착 한 마리만 맞추는 단승식(單勝式: )은 505배, 선후 관계없이 1,

2착을 맞추는 복승식(複勝式)은 402배입니다."

"505배, 402배라. 천 원짜리 한 장만 사면 단숨에 몇 십 만원 거머 쥐게 되는군요. 누군가는 횡재하는 사람도 있겠군요."

"그렇겠지요. 그러나 서로 짜고 고의로 사고를 일으켰다고 보기는 어렵습니다. 경주에서 말끼리 충돌하면 자칫 목숨이 위험해질 수도 있는데, 누가 그런 위험을 감수하면서까지 조작을 하려고 하겠습니 까?"

수사과장이 잠시 생각하는 듯한 표정이 되면서 침묵이 이어졌다. 그동안 묵묵히 술잔을 들며 듣기만 하던 서장이 입을 열었다.

"나도 그 말이 맞을 것 같소. 장난질도 유분수지 여차하면 목숨이 날아가거나 병신이 될 수도 있는데, 어떤 미친 놈이 돈 좀 만지겠다 고 그런 일을 저질러?"

"하지만 뭔가 좀 수상해 보이기도 합니다."

"하하, 그 자리에 있으니 그런 생각도 들겠지. (비서실장과 김 부장을 바라보며) 얼마 전에 새로 부임한 과장인데 능력도 있고, 의욕도 대단한 사람입니다."

"그러실 것 같습니다. 자리가 자리인 만큼 사태의 전말에 대해 관심을 보이는 것은 당연하겠지요. 자, 우리 일단 한 잔 마시고 얘기 하십시다."

구 실장은 양주잔을 들어 건배를 제의했으나 수사과장은 성의없이 임하고는 술잔에 입만 대고 내려놓았다. 이러한 모습에 서장은 다소 무안해 하며 말을 꺼냈다.

"원래 경마장이란 데가 크고 작은 난동이 자주 벌어지는 곳입니다.

일단 돈을 잃은 사람들은 화가 나는데다, 난동을 부리면 환불받을 수 있지 않을까 해서 누가 조금만 선동해도 쉽게 불이 붙습니다. 더불어 스트레스 해소책도 되는 거지요."

그러자 김 부장은 곧바로 맞장구를 쳤다.

"또한 국민성 탓도 있습니다. 우리 속담에 '잘되면 내 탓, 못되면 조상 탓' 이라는 말이 있지 않습니까? 돈을 딸 때는 제가 잘해서 따는 것이고, 잃는 건 경마장에서 잘못해서 잃는다는 심리가 깔려있습니다. 다른 선진국에서는 경마장 난동사태가 별로 없습니다."

수사과장, 시선을 내리깐 채 다소 수긍하듯 고개를 끄덕였다. 그러자 서장은 안심이 된 듯 비서실장에게로 시선을 돌렸다.

"제가 듣기로는 회장님이 삼성(三星) 장군 출신이라고 하시던데…."

"그렇습니다. 평생 군에 몸담았다가 3년 전에 예편했습니다."

"예편하시고 곧장 경마장으로 오셨습니까?"

"아닙니다. 배달민족청년동맹이라는 단체에서 잠시 고문으로 계셨습니다."

그러자 서장의 얼굴빛이 달라졌다.

"거기는 정권 실세들이 포진해 있는 곳 아닙니까. 정계 진출은 생각 안해 보셨답니까?"

"하하. 훌륭한 사람들이 한 둘이 아닌데 우리 회장님까지 차례가 오겠습니까? (여유 있게 술잔을 비우고 내려놓으며) 모르겠습니다. 요행히 기회가 닿으면 고려해 볼 생각은 있으신 듯 합니다."

서장과 과장 서로 의미 있는 눈길을 교환했다. 목소리에 힘이 들어가는비서실장….

"이번에 신속하게 출동해서 초반에 잘 수습해 주셔서 정말 고마웠습니다. 차후로도 난감한 일이 생기면 종종 도와주십시오. 이렇게 인연을 맺어 놓으면 훗날 어느 때 다른 장소에서 다시 만날 수도 있지 않겠습니까?"

서장과 수사과장 시선을 내리깔며 수긍의 표정을 보였다. 이때 비서실장, 김 부장에게 눈짓을 하자 곧 007 가방이 탁자 위에 올려놓아졌다.

수사과장이 벌떡 일어서며 손을 내저었다.

"이러지 마십시오. 이래서는 안 됩니다."

"그저 조금 넣었습니다. 두 분 언제 시간 나실 때 조용한 곳에 가서 한 잔 하시라구요. 부담 가지실 것 없습니다. 그리고 오늘은 어렵게 시간을 내주셨으니 모처럼 취해보고 세상 돌아가는 얘기나 좀 나누십시다."

비서실장은 다시 김 부장에게 눈짓을 하고, 김 부장은 재빨리 탁자 위의 벨을 눌렀다. 잠시 후, 출입문이 열리며 반라 차림의 젊은 아가씨들이 지배인과 함께 들어왔다. 조명은 약해지고 분위기는 금세 활기를 띠기 시작했다.

# 박상수 기자

　전철이 경마장 역에 멈추자 승객들이 우르르 쏟아져 내렸다. 경마장으로 향하는 사람들이다. 대부분 삼삼오오 짝을 지어 잡다한 얘기들을 나누며 경마장으로 분주하게 발걸음을 옮겼다. 그러나 곳곳에 산뜻하게 차려 입은 젊은 연인들이나 어린 자녀들의 손을 잡고 입장하는 가족들도 있었다.

　회색 점퍼 차림에 잿빛 헌팅캡을 눌러 쓴 '스포츠대한' 기자 박상수도 사람들과 소음들 틈에 끼어 경마장으로 향했다. 오랜만에 와보는 경마장이었다. 한동안 출입하다 부서를 옮기는 통에 잊고 잊었지만 눈에 익은 풍경들을 다시 보니 감회가 새로웠다.

　입구 쪽에서 예상지를 하나 산 후 입장권을 사러 매표소로 향하다가 문득 한쪽 골목에 몇몇 사람들이 모여 있는 것을 발견했다. 잠시 망설이다 자신도 모르게 그 쪽으로 다가가자 한 중년 여자가 남자의 팔뚝을 부여잡고 있었다.

남자는 여자의 손목을 비틀어 팔을 빼려고 안간 힘을 쓰고 있었다.

"이거 못놔? 사람들 앞에서 창피하게 왜 이 지랄이야."

"제발 그만 좀 해. 식구들 길바닥에 나앉는 꼴 볼라 그래? 지금까지 얼마나 갖다 부었어?"

"이번이 마지막이야. 이번만 가고 다시는 이 바닥에 발 끊을게."

"또 그 소리… 내가 아주 귀에 못이 박혔다. 아예 이번에 사생결단을 내자!"

여자, 대뜸 달려들어 발악하듯 남자의 팔뚝을 깨물었다. 남자는 비명을 지르며 엉겁결에 무릎으로 여자를 걷어찼다. 배를 감싸 안고 나동그라지는 여자. 그러나 곧바로 일어서서 달려들자 남자는 여자의 머리채를 부여잡았다 주위 사람들이 끼어들고, 박상수도 달려들어 남자의 팔목을 비틀었다.

"그만 좀 하세요. 사람들 보고 있지 않습니까."

"뭐야? 당신은. 왜 남의 일에 끼어들어?"

남자가 눈을 부라리자 박상수가 잠시 주춤하는 틈을 타 여자는 남자의 허리춤을 움켜잡았다.

"이번에 아주 결판을 내자. 개자식! 차라리 나를 죽이고 들어가라!"

여자가 머리를 들이박자 남자의 무릎이 사정없이 여자의 턱을 가격했다. 다시 비명을 내지르며 나동그라지는 여자. 박상수가 사내 앞을 막아서서 양손으로 어깨를 부여잡자 남자는 그의 손을 비틀어 재빨리 몸을 빼고 경마장 정문 쪽으로 뛰어갔다.

여자, 앉은 채로 그 모습을 바라보다 홧김에 블라우스를 잡아 뜯고

발을 구르며 통곡했다. 입에서는 피가 흐르고 있었다.

둘러선 사람들은 하나 둘씩 발걸음을 옮겼다. 박상수도 마지못해 정문 쪽으로 향했다. 주위에서 저마다 한 마디씩 내뱉는 소리가 귓전을 두들겼다.

"경마가 또 한 집구석 작살냈군."

"경마장이 없어져버려야 저 꼴 안보지, 원….."

"사람이 문제지 경마가 문제야? 저런 놈이 경마장이 없어진다고 카지노나 빠칭코 출입 안할 것 같애?"

박상수는 씁쓰레한 표정으로 침을 삼키며 매표장으로 향했다.


경마장 안은 언제나처럼 장내 아나운서의 멘트와 북적이는 관객들로 시장바닥처럼 소란스러웠다. 계속해서 변하는 배당률을 표시하는 전광판 모니터 앞에는 사람들이 둥글게 모여 예상지와 비교해 보고 있었고, 바람잡이들은 눈에 불을 켜고 이 곳 저 곳을 기웃거리며 소문 수집에 열을 올리다가 핸드폰으로 다급하게 전화를 하기도 했다.

앞쪽 예시장(豫示場:)에는 다음 경주에 출주할 말들이 마필관리사 손에 이끌려 윤승(輪乘)을 하고 있었다. 활력이나 건강상태 등의 선을 보이는 것으로, 일부 관객들은 둘러서서 유심히 살펴보며 나름대로 체크를 하고 있었다. 모두 눈에 익숙한 풍경들이었다.

곳곳의 나무 그늘 밑에서는 가족으로 보이는 사람들이 돗자리를 깔고 음식들을 먹고 있기도 했다. 그들의 표정은 마치 나들이를 나온 것처럼 한가로워 보이기만 했다. 무심한 눈길로 이런 모습들을 둘러보다 건물 한 모퉁이에서 담배를 피기 위해 잠깐 멈췄을 때였다.

"사모님, 이게 뭐하는 짓이에요. 남들 보면 연애라도 하는 줄 안다구요."

문득 날아드는 소리에 박상수는 동작을 멈추고 신경을 곤두세웠다. 그러나 시선은 외면했다. 펑퍼짐한 여인의 앙칼진 목소리가 이어졌다.

"이봐. 나하고 무슨 원수가 졌길래 이러는 거야, 응? 말 좀 해봐. 내가 당신 말만 믿고 찔렀다가 얼마나 날린 줄 알아?"

수수한 차림의 젊은 남자는 죄 지은 듯한 표정을 지으면서도 만만찮게 대꾸했다.

"저도 할 말은 없어요. 그렇지만 제가 귀신같이 다 알면 지금 여기 이러고 있겠냐구요. 진작 강남에 집 사고 외제차 굴리지 경마장 뽀찌 노릇 하겠어요?"

"그래도 사람들은 당신이 제일 낫다 그랬어. 그런데 이게 뭐야? 열 번 지르면 기껏 두세 번이나 들어오니 어떻게 해 먹어?"

"사모님, 제 잘못만은 아닙니다. 제가 벌써 이 바닥에 이십년입니다. 보는 눈이야 면도날이죠. 그런데 기수, 조교사 이것들이 장난질을 친단 말입니다. 제가 일일이 쫓아다닐 수도 없고 그 속을 어떻게 알겠습니까?"

"주제에 또 핑계대기는. 경마장 밥 먹으려면 그래도 그놈들 소문 정도는 알아야 할 것 아냐? 말만 백날 쳐다본다고 밥이 나와, 죽이 나와?"

"제 심정도 이해 좀 해주십쇼. 사모님."

"사모님이고 개나발이고 그래 어떻게 할 거야? 이대로 나 죽는 꼴

볼 거야?"

"정 그렇다면 이번 한 번만 더 속아보십쇼. 이번 경주 '한라산'을 머리로 잡고 '사통팔달'과 '동장군'으로 질러보세요. 연승식은 '홍루몽'을 끼워 섞어 보세요."

"이 예상지에는 '은하철도'가 댓길이(大吕이: 우승 예상마)로 잡혀 있던데…"

"맹세코 '은하철도'는 이번에 안 들어옵니다. 두 번 우승했으니 한 번 빼먹을 때도 됐어요. 은하철도가 들어오면 내 손에 장을 지지겠습니다."

그러자 여인은 두 말 없이 매표장 안쪽으로 뒤뚱거리며 달려갔다. 박상수는 그런 뒷모습을 주시하며 담배를 피워 무는 젊은 남자를 바라보다 다시금 씁쓰레한 표정으로 담벼락 쪽으로 향했다.

모처럼 나무그늘 밑에 빈 벤치를 발견하고 잠시 쉴 요량으로 자리 잡고 앉는데 앞쪽에 누군가가 지나가자 벌떡 일어섰다.

"아, 과장님!"

성욱은 자신을 부르는 소리인가 싶어 발걸음을 멈추었다.

"이게 누구야? 박 기자 아니야?"

"이 시간에 여기 웬일이십니까? 아, 식사하고 오시는 길이로군요."

"왜 또 나타났어? 아, 경마하러 왔나?"

"바쁘지 않으면 일단 좀 앉으시지요. 지금도 경마과에 계십니까?"

성욱이 자리에 앉자 박상수는 담배를 꺼내 권하고는 라이터로 불까지 붙여 주었다. 두 사람은 잠시 한 모금씩 내뿜었다.

"못생긴 나무가 선산 지킨다지 않는가. 무능한 사람이 어딜 가겠어. 밤낮 그 자리지. 그나저나 지난번 출입했을 때 다 때려치우고 한라산에 가겠다고 하지 않았어? 가서 몇 년간 도나 쌓겠다고?"

"지금도 그 생각은 변함이 없습니다. 그렇지만 제가 모질지 못해 사바세계를 떠나지 못하고 있는 겁니다. 아마 이변이 없는 한 저는 평생 이 상태대로 지낼 겁니다."

"자네 뿐 아니라 우리 대다수 중생들의 처지인지도 모르지. 살려고 사는 게 아니라 살아지느라 사는 게 아니겠는가. 그나저나 한동안 안 보이다가 웬 바람이 불어 나타났어?"

그러자 박상수는 헛기침을 하며 목소리를 가다듬었다.

"그동안 축구협회에 출입했었습니다. 주말이면 축구장에 살다시피 했고요. 저도 평소 축구를 좋아해서 신이 나서 들락거렸는데, 막상 내막을 알고 보니 뭐 경마장이나 다를 것도 없더군요."

"다를 것도 없다니?"

"그 속도 아수라판 속이라는 겁니다. 정치, 돈, 그리고 연줄이라는 그물들이 축구라는 스포츠를 옭아매고 있었습니다. 우리가 경기장에서, 그리고 TV에서 보던 축구 경기는 그야말로 물 위에 떠있는 기름 같은 모습들이었습니다. 저는 굵직한 것들로 하나 터뜨려 본보기를 보여주겠다는 생각으로 모 대표 팀에 달라붙었습니다.

대표팀 감독이란 생각보다 불쌍한 존재더군요. 선수 선발 과정이나 외국 원정 경기 시 온갖 압력이나 유혹이 다 들어오고, 툭하면 구설수에 올라 자리를 위협받기도 하더군요.

저는 축구단에서 은근히 소문이 돌던 모 대학 출신 선수를 하나 점찍었습니다. 실력으로 보나 인기도로 보나 대표선수 감이 못 된다는 평판이 있는 친구였습니다. 그가 출전한 모든 경기를 체크하고, 그의 주변 사람들을 살펴봤습니다.

한 달여 동안 추적했더니 놀라운 사실이 드러나더군요. 그의 뒤에 여당 중진 의원이 버티고 있는 것이었습니다. 늘상 TV에 나오고, 차기 대권주자 후보 군으로도 꼽히고 있는 인물이었습니다. 저는 제가 추적한 내용들을 기사화해서 데스크에 올렸습니다.

그랬더니 차일피일 미루며 싣지 않는 것이었습니다. 그 일로 데스크와 심하게 다투고, 사표 내겠다고 했더니 중간에 부장을 넣어 은근히 사정하고 회유하는 것이었습니다.

아까 제가 모진 성격이 못 된다고 하지 않았습니까. 부장이 또 학교 선배고 해서 제가 굴복하고 말았습니다. 그 때문에 축구협회 출입도 우스운 꼴이 되어버리고, 레저부로나 갈까 하고 있던 중에 지난주 경마장 사건이 터진 겁니다. 부장이 제게 초년 시절 출입하던 데라는 것을 상기시키면서 가볼 생각이 있느냐고 해서 선뜻 그러겠다고 해버렸습니다."

"음, 그런 사연이 있었군. 그럼 오늘 거저 온 게 아니라 작정하고 취재차 온 것이었군. 뭔가 냄새가 나서…"

"그런 셈이죠. 예전에 과장님하고 술 한 잔씩 하곤 하던 생각도 나고요. 여기 이 신문을 보십시오."

박상수는 가방 속에서 접혀진 신문을 꺼내 펼쳐 보였다. '매일 스포츠' 신문이었다. 성욱은 관련 기사를 눈으로 훑으며 모르는 체 하고 물었다.

"그래, 박 기자는 어떻게 생각하나? 마필 충돌사고는 경주 중에 가끔씩 발생하는 거야."

"알고 있습니다. 그러나 하필 댓길이로 잡힌 두 마리 말이 폭삭 주 저앉아 버린 게 이상하지 않습니까. 게다가 이 기자는 본장 3층과 일부 장외발매소(場外發賣所: 외부에서 모니터 화면으로 경마할 수 있는 곳)에서 복승식(複勝式) 2-6번 마권 고액 구매자가 있었다는 소문을 얘기하고 있습니다. 그 때문에 경기 직전 6경주에서 2번, 6번마가 들어온다는 소문이 빠르게 퍼져갔다고 합니다. 이런 사실들이 과연 우연이기만 할까요?"

성욱은 거짓말 하다 들킨 것처럼 가슴이 철렁 내려앉았다. 박상수 는 옆눈길로 성욱의 표정의 변화를 살피다가 말을 이어갔다.

"저는 오늘 아침에 경마장 지정병원에도 다녀왔습니다."

"지정병원이라니. 무슨 일로?"

"사고가 난 두 기수 상태를 알아보려구요. 한 기수는 비교적 양호 한 편이었지만 또 한 기수는 심각한 상황이더군요. 완전히 의식을 잃고 있었습니다."

"음…"

아무튼 박 기자의 순발력에는 어찌 해볼 도리가 없었다. 어느 새 지정병원까지 살펴봤단 말인가. 외부에 알려지지 않게 하기 위해 나름 노심초사했건만…

"뭔가 예감이 심상치 않은 사건입니다. 그래서 오늘 과장님을 찾아뵙고 상의를 해보려 했었습니다. 이 사건에 대한 과장님의 생각을 알고 싶고, 저와 같은 생각이시라면 과장님과 함께 밝혀보고 싶습니다."

# 드러나는 윤곽

　오랜만에 만난 박 기자와 경마장 앞 소줏집에서 회포를 푼 성욱은 집에 들어가려다가 다시 경마장으로 들어와 마사지역(馬舍地域: 말들을 사양하는 곳)으로 향했다. 한용덕 조교사(調教師: 경주마를 훈련시키고 기수를 경주에 내보내는 책임자)를 만나보기 위해서였다. 자기가 아는 한 그는 엊그제 사건을 촉발시킨 김동섭 기수에 대해 가장 잘 아는 사람이었다. 김동섭이 지금 조(組)로 옮기기 전 그는 한동안 자기 조에 데리고 있었다.

　어둠이 내려앉은 빈 관람대를 지나 샛문을 넘어서자 언제나처럼 말 구린내가 물씬 몰려왔다. 그러나 오랫동안 익숙해져서 역겹다거나 하지는 않았고, 오히려 친근감이 느껴지는 것이었다.

　시간이 좀 된 탓인지 마사지역에는 인적이 뜸했고, 어두컴컴한 속에서 몇몇 마방(馬房)만이 앞쪽에 불을 켜놓고 있었다. 기수 하나가 알아보고 인사를 하고 황급히 사라졌다. 이리저리 돌아 15조 마방으로 향하자 예상했던 대로 한용덕 조교사는 마방 앞에 의자를 내놓고 앉아있었다. 성욱이 먼저 인사를 건네자 한 조교사는 깜짝 놀라며 일어섰다.

"이거 과장님 아니시오? 웬일이오? 이 밤중에. 아, 오늘 또 당직인 게로구만."

"그렇습니다. 당직실에 있으려니 심심하기도 해서 옛적 얘기나 또 들으려고 왔습니다."

한 조교사는 절뚝거리며 마방 안쪽으로 들어갔다. 의자를 내오려는 것이리라. 자신에 대한 경계심을 풀게 하기 위해 짐짓 꾸며댔지만 좀 미안한 생각이 들었다. 곧 한 조교사가 의자를 가져와 나란히 앉았다.

"내 얘기야 밤낮 그게 그건데 뭐. 그나저나 오늘 집에 가기는 다 틀린 것 같소. 우리 '거북선'이란 놈이 배앓이(疝痛: 산통)를 해서 옆에서 지키고 있어야 할 것 같아요."

"고참 관리사 하나 앉혀두고 집에서 좀 쉬시지 몸도 성치 않으시면서…."

"그래도 아직은 쓸만해요. 경마장 밥 몇 십 년에 남은 건 고장난 몸뿐이라더니 내가 꼭 그 꼴 되게 생겼소. 나이 들어가니 해마다 달라요. 그래도 말들이 많이 아프면 내가 직접 살펴야지 남들에게 맡기면 마음이 안 놓여서…."

"아무튼 저한테는 잘 되었습니다. 한 조교사님에게 옛적 경마 얘기를 듣는 게 제게는 제일 큰 낙입니다."

안쪽에서 관리사 하나가 커피가 담긴 종이컵들을 내왔다. 두 사람은 받아들고 마시면서 담배를 피워 물었다.

"그나저나 요즘 말들을 적게 내서 큰일입니다. 이러다가 한 경주에 너댓 마리만 뛰는 경주도 나오게 생겼습니다."

"우리도 답답하긴 마찬가지요. 날이 좀 더워지니까 이것들이 오뉴월 쇠부랄 늘어지듯이 축 늘어져가지고… 조금만 기다려 보시오. 이 고비만 넘기면 말들도 몸에 익어 생기를 되찾을테니까."

"그나저나 지난번 경주에서 사고를 낸 자작나무는 어떻게 되었습니까?"

그러자 한 조교사는 놀라는 표정으로 바라보았다.

"말은 별 이상이 없소. 무릎 관절이 좀 상했는데, 한 달 정도 쉬게 하면 다시 뛰게 할 수 있을 것 같소."

"다행입니다. 나는 또 언젠가처럼 씨받이로 제주도로 보내고, 그게 아쉬워 부산항까지 따라갈 줄 알았습니다. 방파제에서 '돌아와요 부산항에'를 부르며 밤새도록 훌쩍거리지 않았습니까?"

한 조교사는 멋쩍게 웃으며 손사래를 쳤다.

"다 옛날 얘기지. 그나저나 말보다 사람이 문제요. 신영규는 아직도 정신을 못차리고 있다면서요?"

"그렇답니다. 또 가봐야 하는데 이것저것 걸리는 게 많아서…."

한 조교사는 한숨과 함께 담배 연기를 길게 내뿜었다.

"내 잘못인 것만 같아 마음이 아픕니다. 자작나무는 기량이 쑥쑥 늘어 우승을 믿어 의심치 않았는데… 우리 집 기철이는 아직 태우기가 시원찮아서 짬짬하고 있다가 영규에게 뜸을 들여봤더니 대뜸 자기가 타겠다고 하는 거요. 영규 정도면 해볼만 할 것 같아 태웠는데 저 꼴이 될 줄이야….

"어떻게 생각하십니까? 그냥 사고가 아니고 동섭이가 장난했다고 보십니까?"

그러자 한 조교사는 눈을 동그랗게 뜨고 성욱을 바라보았다.

"나보다 더 잘 알텐데 왜 내게 묻는 거요? 일부러 떠보는 거요?"

"그게 아니고, 조교사님 생각을 알고 싶어서…. 한 때 동섭이를 데리고 있지 않았습니까?"

"아마도 조기단(調騎團: 조교사 기수 단체)에서 지난번 사고를 우연이라고 생각하는 사람은 몇 안될 거요. 보통 상대마를 견제하는 것은 결승선이 가까워졌을 때 하는 건데, 그날 동섭이란 놈은 4코너를 돌아 직선주로로 진입하면서 시도하기 시작했소. 첫 번째는 불발이었고 두 번째 시도하다 시고를 친 거요."

"그러면 조교사님도 동섭이가….

한 조교사는 한숨을 내쉰 후 다시 담배를 입에 물었다.

"솔직히 말하면 내 그놈 언젠가는 일 한 번 저지를 줄 알았소. 이 바닥에 벌써 30년이오. 어린 놈들 눈빛만 봐도 그놈 속 밑창까지도 다 꿰뚫어 볼 수 있어요.

언젠가부터 이 놈이 행동거지가 슬슬 달라지고 아침 조교에도 늦게 나오는 거요. 저 놈이 말 좀 탈만 하니까 벌써 허파에 바람 들었구나 했는데, 그 뒤로 바깥나들이가 잦아지는 거요. 그때부터 말을 안 태웠던 거요."

"다른 조 기수와 바꿔 달라고 했던 것도 그래서였군요."

"그렇소. 처음 받아들일 때만 해도 착실하고 열심이어서 나도 좋게 생각했었는데 이마에 피도 마르기도 전에…"

"그래도 마필 충돌은 자칫 목숨이 위험할 수도 있지 않습니까? 섣불리 시도하려고 할까요?"

"그놈들 사정을 어찌 알겠소. 동섭이는 자기가 왜 그랬다고 합디까?"

"그저 자작나무만 견제하면 우승할 수 있다고 생각해서 그랬답니다. 병실에 누워있는 애에게 더 다그치기도 그렇고 해서 더 이상 묻지는 않았습니다."

"아무튼 내가 해줄 얘기는 여기까지입니다. 아마 동섭이 조교사에게서도 별다른 얘기는 들을 수 없을 거요. 요즘 애들은 잔머리도 잘 굴리고 영악해서 속을 알기가 쉽지 않아요. 차라리 경식이란 놈이라면 뭔가 좀 알고 있을지도 모르오."

"경식이?"

"아, 그 16조에 있다가 나간 황경식이라고 있잖소? 그 애가 동섭이와 기수 동기고 유독 친하게 지냈소. 전에는 가끔씩 놀러 오기도 했었소. 지금 어디서 무얼 하고 지내는지는 모르겠지만…."


성욱은 샛문을 지나 관람대 쪽으로 향했다. 경마날이면 관객들로 북새통을 이루는 관람대는 군데군데 수은등이 켜진 채 무덤 속처럼 적막하기만 했다.

성욱은 두서없이 떠오르는 생각들을 정리해 차근차근 정리해 보았다.

이제 모든 것들은 분명해졌다. 지난 주 6경주의 마필 충돌 사고는 경마장 밖의 어떤 큰 손과 연결된 조작된 사고였다. 물론 경주 바로 직전 묘령의 여인의 전화가 이미 입증하고 있었지만, 자신은 혹시나 하는 일말의 기대를 버리지 않았었다. 왜냐면 사고를 낸 기수가 바로 김동섭이었기 때문이다.

동섭이 놈은 기수훈련원을 1등으로 졸업한 데다, 작고 단단한 체격 조건, 성실함과 민첩성 등 기수로서 필요한 모든 자질을 구비한 애였다. 그래서 진작부터 눈여겨보고 키우려고 작정했었다. 이번 여름의 기수 해외연수 때도 고참 기수 하나와 그를 내보낼 계획을 추진하고 있었다.

비록 길진 않았지만 외국처럼 국내외에서 명성이 자자한 기수를 배출하지 못했던 것은 기수들 자신보다도 실상 이 땅의 경마풍토 자체에 문제가 있다고 생각해 왔기 때문이다. 그래서 자신이 경마과에 있는 동안 우리 경마사에 길이 남을 기수 하나를 배출하고 말겠다는 것은 그야말로 자신의 욕심이었고 포부이기도 했던 것이다.

그런 동섭이에게 이런 식으로 배신을 당하다니….

그동안에도 종종 그랬듯이 또 다시 사람이라는 존재에 대한 회의가 치밀고 올라왔다.

또 동섭이에게 당한 기수가 하필 또 신영규인가.

영규를 경마장에 들어오게 한 건 바로 자신이었다. 그의 어머니는 자신의 집의 파출부였다. 언젠가 혼자 힘으로 영규를 대학까지 보내기 힘들다고 푸념처럼 늘어놓아서 자신이 경마장 기수를 제의했던 것이다.

아내가 없어진 후 바쁜 일상과 딸 미영이 때문에 쉽게 재혼할 생각도 못하고 있었다. 그러던 중 임시 파출부로 온 손 여사는 집안의 지저분함을 깨끗이 치워주었고, 미영이의 외로움도 잘 달래주었다. 이런 손 여사에 대한 보답이 바로 아들에 대한 경마장 기수의 알선이었다.

기수훈련원을 무사히 마친 영규는 처음에 체중조절 때문에 좀 어려움을 겪기는 했으나 그런대로 적응했고, 기수라는 직업에 만족한 듯했다. 그런데 천만뜻밖에도 이런 일이 벌어지다니….

병실의 영규는 아직도 의식을 되찾지 못했다고 한다. 저러다 만약 최악의 상황에 처하게 된다면 자신은 무슨 면목으로 손 여사를 대할 것인가….

돌이켜보면 경마과장으로 온 뒤로 하루도 마음 편하게 지냈던 때가 없었던 것 같다. 그야말로 매일매일 전쟁을 치르듯 지내왔던 나날이었다. 그런데 요 며칠 사이의 일들은 그 어느 때보다도 커다란 중량감으로 다가올 것 같다. 예감이 좋지 않은 것이다.

아직 김 부장은 6경주 사건에 대해 어떤 얘기도 없어 자신도 어떻게 해야 할지 결정을 못 내리고 있었다. 그러나 이제 모든 것은 분명해졌다. 바깥의 언론사 기자들도 냄새를 맡기 시작했고, 뭔가 불순한 흑막이 드러나기 시작하는 것이다. 외부에서 먼저 터뜨려져 안팎에서 우스운 꼴이 되기 전에 곧바로 조사에 착수해야 한다…

어느 새 본관 당직실이 가까워지고 있었다. 성욱의 뒤로 긴 그림자가 흔들거렸다. 오늘 따라 그의 발걸음은 유달리 쓸쓸해 보였다.

# 사라진 기수

옅은 새벽안개가 경마장 전체를 휘감고 있었다. 경주로에 드리워진 안개는 푸른 빛까지 띠며 서서히 움직여 마치 느리게 흐르는 강물 같았다.

여명의 침침한 빛 속에서 언제나처럼 말발굽 소리가 경쾌했다. 기수와 마필관리사들이 경주로에서 아침 조교(調敎)를 하고 있는 것이다. 말들이 터벅터벅 걷거나 혹은 가볍게 뛰며 왼쪽에서 오른쪽으로 줄지어 지나갔다.

막 다다른 성욱은 경주로 철책 한쪽에 자리를 잡았다. 익숙한 모습들이었지만 경마장 새벽 조교의 모습은 늘 새롭기만 하다. 어느 새 말 위의 기수들이 알아보고 커다란 소리로 인사를 하거나 모자를 벗었다. 철책의 다른 한쪽에서는 경마예상지 업자들이 한데 모여 마찬가지로 조교 모습을 구경하고 있다가 손을 들어 아는 체를 했다.

그들은 매일 새벽 조교를 참관하며 눈에 불을 키고 말들을 관찰하고 부지런히 메모한다. 낮에도 마사지역을 서성이며 각 조 마방의 분위기를 살피고, 말들의 상태를 체크하기도 한다. 그들의 우승 예상율은 바로 예상지 판매와 직결되기 때문에, 말들에 대한 포괄적인 정보를 갖고 있고 서로 간에 경쟁도 치열하다.

기수나 마필관리사들은 새벽 일찍부터 눈 비비고 나왔을 것임에도 사뭇 진지한 표정으로 조교에 임하고 있다. 평상시의 조교가 경주마 능력의 바로미터가 되는 까닭이다.

조교는 평상시 말들의 트레이닝을 말한다. 조교를 통해 말들은 한낱 야생마에서 경주마로 순치되고, 골격이나 근육, 심장, 폐 등이 단련되어 고도의 능력을 가진 경주마로 거듭난다.

조교의 방식은 보통 걸음인 평보(平步), 빠른 걸음인 속보(速步), 보통 달리기인 구보(驅步), 전력 질주하는 습보(襲步) 등이 있으며, 습보는 평상시의 조교에는 잘 사용되지 않는다. 또한 말들은 겉보기와는 달리 습성이 조금씩 다르기 때문에 조교도 그에 맞게 시켜야 하며, 조교를 통해 말들이 최고의 능력을 발휘하게 만드는 것은 조교사의 중요한 자질 중의 하나이다.

경주로에 점차 말들이 많아지고 구보, 즉 달리는 말들도 늘어나고 있었다. 말발굽 소리들이 자욱하게 울려퍼지자 성욱은 행여 사고가 날까봐 염려되기도 했다. 경주로는 좁은데다 말들을 많이 끌고 나와 조교 중에는 종종 충돌사고가 발생하기도 한다.

"여, 장 과장"

고개를 돌려보니 뜻밖에도 김 부장이 손을 들며 다가오고 있었다.

"아니, 부장님이 웬일이십니까. 이 아침에…."

"경마 날 조교 참관은 여전하구료. 나도 그래야 되는데 어느새 게을러져서…."

"평일에는 못하더라도 경마 날이라도 지키려고 하고 있습니다."

"그렇잖아도 이 시간에 장 과장이 있을 것 같아서 일부러 나왔소."

"무슨 일 있습니까? 긴히 하실 말씀이라도?"

김 부장은 가까이 다가와서는 목소리를 낮춰 물었다.

"지난 6경주 사건 어떻게 마음먹고 있소?"

성욱은 잠시 뜸을 들인 후 대꾸했다.

"아무래도 정식으로 조사에 착수해야 할 것 같습니다. 모든 게 분명해졌습니다. 완전하게 의도된 작전에 의해 저질러진 사고였습니다."

"그랬군요. 참, 그 어리게만 봤던 김동섭이라는 놈이 그럴 줄은…. 아무튼 소신대로 진행하시오. 경찰에서는 그저 경주에서 종종 있을 수 있는 충돌사고로 여기고 문제 삼지 않을 것 같소."

그 이야기를 하려고 이렇게 일찍 나왔을까? 성욱은 내심 김 부장의 속내를 짚어 보았으나 쉽게 감이 잡히지 않았다.

말들은 여전히 무리지어 왼쪽에서 오른쪽으로 지나가고, 말 위의 조기단 사람들은 활기찬 목소리로 인사를 건넸다. 안개는 점점 사라지고 있었다.

김 부장은 헛기침을 하더니 목소리를 더욱 낮췄다.

"그리고 이건 내 짐작인데, 아마도 조만간 회장님이 장 과장을 한

번 찾지 않을까 싶소."

"왜요? 무슨 이유라도 있습니까?"

"말하긴 좀 뭐하지만 여기저기서 별별 얘기들이 다 들어오는 모양이오. 아마도 경마과장 자리에 오래 앉아 있다 보니 남 말하기 좋아하는 사람들이 만들어내는 것 같은데…."

"구체적으로 말씀해 주시지요."

"장 과장이 실상을 알부자이며, 정기적으로 이사(理事)나 내게 상납을 하고 있다는 등, 중앙부처의 모 국장과도 그런 식으로 친분을 쌓아놓고 있다는 등…."

"그래서 경마과장 자리에 오래 눌러앉아 있다고 하는 모양이군요. 세상에…."

"아마도 경마장의 핵심적인 자리이니 조교사, 기수는 물론 경주 자체도 마음대로 주무를 수 있다고 생각하는 모양이지. 예전에도 경마과장 자리는 그래왔소. 그래서 구설수에 자주 오르내리기도 했고, 여러 사건에 연루되어 경마장을 떠나기도 했소. 그런데 문제는…."

김 부장을 잠시 말을 멈추더니 더욱 목소리를 낮추었다.

"회장님이 이런 얘기들을 믿으려 한다는 것이오. 얼마 전에 나와 얘기를 나누다가 갑자기 '내가 듣기에 경마과장 1년 하면 집이 한 채 생기고, 3년 하면 평생 먹고 살게 생긴다는데. 사실이오?' 하고 묻더이다. 너무 뜬금없어 말문이 막힌 채로 있다가 겨우 '원래 이곳은 말(馬)도 많고 말(言)도 많은 곳입니다. 뜬소문에 귀 기울이다 보면 한이 없습니다.' 하고 말았소."

성욱은 어이없는 표정으로 경주로 저편을 바라보았다. 김 부장이 오늘 일부러 조교 참관을 나온 것은 이 때문이란 말인가. 남들 눈길을 피해 이런 얘기를 해주려고…

안개가 사라지면서 지나치는 말들의 숫자도 줄어들고 있었다. 이때 1코너 쪽에서 전체적으로 새까만 말이 다가왔다. 기승자는 명태(별명) 조교사였다.

다소 어색했던 침묵을 깨뜨리려는 듯 김 부장이 말을 꺼냈다.

"저 말은 뭐라 하는 말이요. 처음 보는 것 같은데…"

"아, 25조 흑기사라는 말이지요. 그러나 이름값을 못하는 말입니다. 지금 1등급에 속해 있긴 하지만 이대로라면 곧 2등급으로 강급(降給)될 것입니다."

"저 말이 흑기사였군. 그런데 오늘은 좀 달라 보이는데."

곧 흑기사, 구보로 두 사람 바로 앞을 지나갔다. 명태는 손을 들어 가볍게 인사만 했다. 성욱도 유심히 바라보았다.

"저도 그런 것 같군요. 걸음걸이도 가볍고 고갯짓도 힘과 탄력이 느껴지는데요. 털들도 윤기가 흐르는 것 같습니다."

"명태가 다음 달 '백두산배 대상경마(大賞競馬)'를 벼르고 비장의 무기를 갈고 있는 거 아냐? 원래 사람이 좀 의뭉스럽잖아요."

"그런지도 모르지요. 더군다나 자신이 직접 타서 조교하고, 평소와는 달리 신중하고 진지한 모션인데요. 벌써 백두산배 대상경주가 다음 달로 다가왔군요."

"바쁘다보니 세월 가는 줄 모르고 있었소? 지금 몇몇 조교사들은 눈에 불을 켜고 벼르고 있을 것이오. 말에게 줄 보약을 사들이고, 뱀고기니 닭고기 등을 맞춰놓고… 아예 잠자리를 말간으로 옮긴 조교사도 있소."

"하긴 연중 그들에게 가장 큰 승부이니 그럴만도 하지요. 그나저나 명태 조교사에게 저런 면이 있는 줄은 몰랐습니다."

얼마 후, 다시 흑기사가 구보로 그들 앞을 지나갔다. 유심히 바라보는 두 사람….

"확실히 이전의 흑기사가 아닙니다. 걸음걸이나 몸놀림이 가벼우면서도 팽팽합니다. 크게 저장된 힘이 느껴집니다."

이때 성욱의 핸드폰이 다급하게 울렸다. 꺼내보니 지정병원에서 온 전화였다.

"뭐라고요? 김동섭이 어쨌다구?"

성욱이 엉겁결에 소리치자 김 부장도 달려들었다.

"무슨 소리야?"

잠시 후 성욱은 창백해진 얼굴로 핸드폰을 내렸다.

"병실에서 간밤에 동섭이가 없어졌답니다. 바로 가봐야 할 것 같습니다."

"동섭이가 없어지다니… 아무튼 빨리 가보시오."

성욱은 황급히 주차장 쪽으로 향하고, 김 부장은 착잡한 표정으로 그의 뒷모습을 바라보았다.


병원에 다다른 성욱은 황급히 2층 병실 쪽으로 달려갔다. 병실 앞에는 원무과 직원이 겸연쩍은 표정으로 서 있었다.

"어떻게 된 일이요?"

"모르겠습니다. 아침 회진 시에 의사와 함께 와보니 침대가 텅 비어 있었습니다. 옆 침대 사람들도 그가 왜 없어졌는지 모른다고 합니다."

"혹시 수상한 사람들이 오지는 않았습니까?

"저는 거기까지는 잘 모르고, 옆 침대 환자들에게 물어 보십시오. 그럼 저는 바빠서 이만…."

성욱은 허탈한 표정으로 종종걸음을 치며 사라지는 직원의 뒷모습을 바라보다 곧 병실 문을 열고 들어섰다. 동섭이가 누워있던 벽 쪽의 침대는 비어있었고, 다른 두 침대에는 이전처럼 중년과 노년의 남성이 누워있었다.

"여기 있던 김동섭이라는 애가 사라졌다구요?"

중년 남성이 먼저 대꾸했다.

"그렇습니다. 아침에 일어나보니 침대가 비어있었습니다. 딴 때는 먼저 일어나 명랑하게 아침 인사를 건네곤 하는 애였는데…."

"평소 누가 찾아오진 않던가요?"

"기자인 듯한 사람들이 왔었습니다. 와서 이것저것 물어댔으나 아프다고 핑계대며 대꾸를 별로 하지 않았습니다. 참, 그리고 경마장 사람들이 오기도 했습니다."

성욱은 혼잣말로 중얼거렸다.

'경마장 사람들이라…. 조기단에서 온 모양이군.'

그러자 노인이 성욱을 빤히 바라다보며 물었다.

"그런데 동섭이라는 애와는 어떻게 되는 사이입니까?"

"저는 경마장 직원입니다. 여기 김동섭 기수의 상관이지요."

"그러면 마음 놓고 말해도 되겠구만. 그 애는 어제 저녁 누군가와 통화를 하고 몹시 고민하는 눈치였어요. 밥도 먹지 않고 이불을 뒤집어 쓴 채 누워있기만 했습니다. 아마 밤중에 몰래 빠져나갔을 것입니다."

"그랬군요. 잘 알겠습니다."

성욱은 건물 밖으로 나와 담배를 피워 물었다. 마치 심장이 왕창 빠져나간 것처럼 허탈한 심정이 되어 발걸음을 떼기조차 힘들었기 때문이다. 지난 6경주 사건의 모든 열쇠를 쥐고 있는 그가 사라져 버렸으니 이제 조사를 어떻게 진행시킨단 말인가. 왜 이런 경우를 생각지 못하고 그저 막연히 그가 퇴원하기만을 기다리고 있었단 말인가…

자책감이 자꾸만 가슴을 쳤으나 머릿속은 텅 빈 채 아무 것도 생각할 수 없었다.

성욱은 무심코 주차장 쪽으로 향하다가 문득 신영규 생각이 나서 걸음을 멈추었다. 온 김에 그의 병실에도 들러봐야겠다는 생각에서 발걸음을 돌려 중환자실로 향했다.

1층 복도 끝의 중환자 병실로 들어서자 한쪽에 앉아있던 손 여사는 놀라 일어섰다. 얼굴은 창백하고 눈자위는 젖어있었다. 며칠 사이에 마치 딴 사람이 된 것만 같았다.

벽 아래쪽에는 여전히 신영규가 포도당 수액을 꽂은 채로 그림처럼 누워있었다. 그 모습에 성욱은 뭔가가 울컥 치솟아 오르는 것을 느꼈지만 가까스로 억눌렀다.

"웬일이에요. 이렇게 일찍?"

"일이 좀 생겼습니다. 나중에 말씀드리죠. 영규는 좀 차도가 있습니까?"

그러자 손 여사는 두 손으로 얼굴을 감싸며 울먹였다.

"그대로예요. 자꾸 불안한 생각이 들어요. 저러다 영영 못 일어나는 게 아닌가 하는…."

좁다란 어깨를 들먹이는 모습이 너무 애처로워 보여 병원만 아니라면 꼭 안아주고 싶기만 했다. 성욱은 최대한 감정을 추슬러 말을 꺼냈다.

"잘 되겠지요. 평소 건강하고 나이도 한창 때니까."

곧 손 여사는 울먹임을 멈추었다.

"참, 여기 주로 나와 있느라고 집안 일을 제대로 못 돌봐드려서 어쩌지요?"

"그건 염려하지 않아도 됩니다. 미영이도 이미 중학생이고, 나도 혼자 살아보기도 했으니까요."

손 여사에게 다시금 위로의 말들을 건넨 뒤 성욱은 무거운 발걸음으로 병실 문을 나섰다. 배웅하는 손 여사가 병실로 돌아가자 며칠 전의 기억이 선명하게 떠올랐다.


사고 다음 날, 담당 의사를 찾아갔을 때 그는 신영규의 두개골 X-RAY 사진을 보여주며 심각한 어조로 말을 꺼냈다.

"두부 외상에 의한 대뇌피질 손상입니다. 사람의 운동과 감각, 의식 등을 담당하는 신경이 모여 있는 대뇌피질이 찢겨져 뇌출혈이 있었고, 그로 인해 운동 기능이 마비되고 의식이 멈춘 것입니다."

"그럼 어떻게 되는 건가요. 회복 가능성은 있는 건가요?"

"두고 봐야 알겠지만 회복될 가능성은 극히 희박합니다. 그리고 설사 회복된다 해도 더 이상 기수 생활은 어려울 것입니다."

그렇다면 식물인간이 되거나 죽을 가능성도 있다는 얘긴가. 영규는 충돌사고로 낙마했을 때 경주로 철책에 머리를 부딪쳤을 가능성이 크다. 비록 감시 카메라에는 잘 포착이 되지 않았지만, 같이 낙마한 김동섭은 변변한 부상이 없이 정신이 멀쩡했기 때문이다.

물론 말과 함께 하는 삶에서 사고야 종종 발생하는 것이고, 그 때문에 기수라는 직업은 화려한 겉보기와는 달리 적잖은 위험을 안고 살기도 한다. 그러나 영규를 경마장 안으로 집어넣은 것은 바로 자기가 아닌가. 만약 그가 잘못되기라도 한다면 자신은 그 부담을 어떻게 감내할 것인가…

# 제 3의 세력

천호동(千戸洞) 사거리 한쪽에 위치한 리버사이드 나이트클럽. 밤이 깊어지자 나이트클럽의 분위기는 절정을 치닫고 있었다. 현란한 사이키 조명 아래서 무대 위에는 희고 미끈한 러시아 댄서들이 몸을 흔들어 대고, 실내는 밴드음악과 사람들의 잡다한 소음으로 귀가 먹먹할 지경이었다.

잠시 후, 무대가 어두워지면서 강렬한 초록빛의 레이저 광선이 쏘아지고 음악도 디스코 풍으로 바뀌자 사람들은 홀로 몰려나갔다. 너나 할 것 없이 어울려 제 세상 만난 듯이 몸을 흔들어대는 사람들…

이때 한쪽 테이블에서 술을 마시고 있던 사내들이 지나가는 웨이터를 불러 세웠다. 웨이터, 다가와 공손한 태도로 묻는다.

"술 좀 더 올릴까요?"

"야, 여기 지배인 좀 보자 그래."

웨이터는 안색이 달라지며 허리를 폈다.

"지금 지배인님은 바쁘십니다. 무슨 일인지요?"

그러자 검은색 티셔츠 차림의 사내가 테이블을 치며 소리쳤다.

"가서 잠깐 좀 보자 그래 임마!"

고함소리에 웨이터는 찌푸려진 얼굴로 재빨리 사라졌다. 잠시 후 웨이터와 함께 6~7명의 종업원들이 몰려왔다.

"누구야? 누가 지배인 찾았어?"

그러자 티셔츠 차림의 사내가 앞으로 나서는 종업원을 노려보았다.

"당신이 지배인이야?"

"그렇다면 어쩔 건데. 왜 찾았어?"

"지배인 불러 달라니까 이 피라미같은 자식들이"

다시금 테이블을 내리치자 술병과 술잔, 접시들이 우르르 바닥으로 쏟아졌다.

앞쪽의 종업원이 대뜸 달려들어 티셔츠 차림의 사내의 멱살을 움켜쥐고 일으켜 세웠다.

"어디서 굴러온 개뼉다귀들이야. 죽고 싶어?"

그러자 앉아있던 나머지 사내들도 일제히 일어섰다.

"이 새끼 멱살 못 놔? 확 뒤집어 버려!"

"야, 저쪽에 가서 얘기하자. 영업장에서 이러지 말고."

그러자 사내 하나가 멱살 잡은 종업원을 향해 몸을 날렸다. 순식간에 나가떨어지는 종업원. 그러자 양쪽 패거리 일제히 달려들어 난투극이 벌어졌다. 비명을 지르며 피하는 사람들…

이때 호리호리한 정장 차림의 사내가 다급한 걸음으로 다가왔다.

"잠깐만!"

양손을 들며 커다랗게 소리치자 난투극이 일시 중지되었다.

"도대체 너희들이 원하는 게 뭐냐?"

사내들은 그가 지배인임을 알아보고 태도를 바꾸었다.

"너희들이 거래하고 있는 조교사, 기수들에게서 손을 떼라."

"그건 사장님이 알아서 할 일이고, 우리는 모른다."

"그럼 가서 사장 좀 오라 그래!"

"사장님은 지금 안 계신다. 바빠서 여기 잘 오지도 않아."

"맨날 바쁘지. 그러면서 우리 말에는 코웃음이나 치고. 오늘 아주
끝장을 보겠다. 가서 사장 찾아와!"

"보자보자 하니까 이 자식들이…. 별 떨거지 같은 것들이 다 사장
타령이야. 야, 다들 뭐해. 밟아버려!"

그러자 양측 우르르 달려들어 뒤엉켰다. 어느 새 무대는 비어있고,
객석의 손님들은 아우성을 치며 우르르 입구로 몰려갔다. 이때 맥주
병 하나가 머리로 날아들자 지배인은 일순 쓰러질 듯하다가 가까스
로 중심을 잡았다. 지배인, 손으로 머리를 감싸며 소리쳤다.

"어차피 오늘 장사는 파장이다. 씹새끼들 다 죽여 버려!"

곧 술병, 의자, 쇠파이프 등이 난무하며 실내는 순식간에 아수라장
으로 변했다. 고함과 비명소리 속에서 하나 둘씩 머리통을 부여잡고
쓰러졌다. 비릿한 피내음도 퍼졌다.

"죽여, 개새끼들!"

"여기가 어디라고…"

그러나 사내들은 수적으로 딸려 점차 한쪽으로 몰리고 있었다. 그때 갑자기 사내 하나가 술병을 던져 사이키 조명을 깨뜨렸다. 잠시 주춤하는 사이, 또 다른 사내가 바로 옆 테이블 밑에서 흰 플라스틱 통을 들고 나와 바닥에 내동댕이쳤다.

순식간에 휘발유 냄새가 진동했다. 모든 동작이 정지되고, 사내 하나가 라이터를 켜 불빛을 흔들었다.

"자, 해보겠어?"

종업원들이 어쩔 줄 모르고 서있는 가운데 지배인이 앞으로 나섰다.

"너희들 이러고도 무사할 것 같아? 우리 뒤에 누가 있는지 몰라?"

"그 정도도 모르고 여기 왔겠나. 자, 어떻게 하겠어?"

라이터를 든 사내, 비웃음을 띠며 흰 종이에 불을 붙였다.

눈에 쌍심지를 켜고 바라보던 지배인, 뒤를 돌아보며 소리쳤다.

"손에 든 것들 다 버려라!"

종업원들이 각목이며 쇠파이프 등을 내던지자 사내는 종이의 불을 끄고 라이터를 집어넣었다. 그러자 짧은 머리에 펑퍼짐한 사내가 앞으로 나섰다.

"처음부터 고분고분했으면 이런 일 없었을 것 아냐. 왜 일을 어렵게 만들어 이 꼴이 되게 하나."

사내는 자그만 손가방을 지배인 쪽으로 내던졌다.

"오늘 영업 피해에 대한 보상이다. 우리는 신사다. 그리고 사장에게 전해라. 청량리에서 왔다 갔는데, 이번이 마지막이라 하더라고. 거래하고 있는 조교사, 기수에게서 빨리 손 떼라고…"

사내들이 손을 털며 입구 쪽으로 몰려가자, 종업원들 허탈한 모습으로 담배를 피워 물었다.

홀 안은 썰물이 빠져나간 갯벌처럼 썰렁했지만 두어군데 자리는 손님들이 그대로 앉아 있었다. 그 중 한 자리에서 박상수 기자는 처음부터 끝까지 지켜보고 있었다. 그는 한 여인으로부터 제보를 받고 천호동으로 와서 이 나이트 클럽을 찾은 것이었다.

# 유혹의 손길

　퇴근시간이 좀 지난 지하철 신사역 부근에는 젊은 남녀들이 득실거리고 각양각색의 간판들이 휘황한 불빛들을 내뿜고 있었다. 막 다다른 성욱은 잠시 현기증이 일었다. 오랜만에 와보기도 했지만 너무 변한 모습에 갈피를 잡을 수 없었기 때문이다.

　성욱은 내달리는 차들을 보며 정신을 추스르고는 곧 경식이 알려준 술집을 찾기 시작했다. 먼저 길거리에 서있는 빌딩을 발견했고, 그 뒤쪽 골목길에서 '환희'라는 룸살롱을 찾았다. 골목 끝에서 '환희'라는 글자를 알리며 부지런히 깜빡이는 네온사인을 금세 발견할 수 있었다.

　웨이터가 안내한 룸에는 화려한 분위기에 벽에는 선정적인 사진들이 붙어 있었다. 평소 이런 분위기에 익숙치않았던 성욱은 자신도 모르게 위축되는 느낌을 금할 수 없었다.

곧 문이 열리며 웨이터가 맥주병과 과일안주 등을 들고 들어왔다. 그는 능숙한 솜씨로 테이블 위에 진설하고 말을 건넸다.

"아가씨 불러 드릴까요?"

"혹시 여기 미스 신이라는 아가씨 있습니까?"

대답은 바로 나왔다.

"아, 있습니다. 오늘 나왔구요. 불러드릴까요?"

"그래주면 고맙겠습니다."

혹시나 했지만 의외로 순조롭게 풀렸다. 그러나 이런 경우에 익숙치 않은 성욱은 꺼내야 할 얘기들을 생각하면서 마음을 다잡았다.

잠시 후, 문이 열리며 긴 생머리에 반라 차림의 앳된 여자가 들어왔다.

"미스 신이라고 합니다. 저를 찾으셨다고요?"

자리에 앉은 뒤 성욱은 맥주를 따라주며 다정하게 말을 건넸다.

"여기 미스 신이 예쁘다고 소문이 자자해서 일부러 찾아왔습니다."

미스 신, 웃음을 띠며 술잔을 들어 한 모금 마신 후 내려놓았다.

"여기 저 말고도 예쁜 언니들 많은데… 누가 그러던가요? 삼호빌딩 박 사장님이신가, 아니면 잠실 장 부장님이신가….'

"단골이 많으시군."

성욱은 헛기침을 한번 한 후 단도직입적으로 말했다.

"나는 경마장 김동섭 기수에게서 들었습니다."

그러자 미스 신, 화들짝 놀라며 몸을 꼿꼿이 세웠다.

"아저씨 누구세요?"

"나는 그저 경마장 출입하는⋯".

"저 그냥 나갈게요."

미스 신은 일어서서 황급히 문 쪽으로 향했다. 문을 열고 나가는 것을 묵묵히 바라보고 있던 성욱은 문득 자신의 접근법이 잘못된 것만 같아 자책감이 들었다. 그래서 담배를 피워 물었다.

어떻게 해야 하나. 다시 오기를 기다려 봐야 하나, 아니면 이대로 나가야 하나, 판단이 서지 않았다.

그런데 얼마 후, 노크 소리가 나더니 문이 열리며 다른 여자가 다소곳이 고개를 들이밀었다. 나이는 좀 들어 보였으나 세련돼 보이는 차림이었다.

"저 좀 들어가도 되겠어요?"

성욱은 대답 대신 앞자리를 가리키고 담배를 부벼껐다.

"저는 여기 강 마담이라고 해요, 혼자 적적하실 것 같아 들어왔어요."

성욱은 잔을 권하고 술을 따랐다. 마담은 잔을 들어 조금 마시고 내려놓았다. 눈길은 계속 성욱을 향하고 있었다.

"미스 신은 왜 나간건가요?"

성욱은 잠시 말문이 막혔다가 가까스로 대꾸했다.

"모릅니다. 내가 싫은가 봅니다."

"좋고 싫고가 어디 있어요? 여기는 영업집인데. 그리고 미스 신은 여기를 나와서 곧바로 백을 챙겨 나가버렸어요. 컨디션이 안 좋다는 핑계를 대고⋯ 무슨 일이 있었나요?"

"⋯⋯"

"혹시 경마장과 관련된 일 아니에요?"

성욱은 자신도 모르게 고개를 번쩍 들어 마담을 바라보았다.

"제 짐작이 맞았군요. 지금 미스 신에게 고민거리는 그거에요. 저도 자리를 지키고 있으려면 그 정도는 알고 있어야 해요. 그래야 요즘처럼 별난 애들을 다룰 수 있거든요."

"미스 신이 경마장과 어떻게 관련되어 있는지 알려줄 수 있습니까?"

"오늘 오신 목적은 그거였군요. 혹시 경찰이신가요?"

"아닙니다. 경찰이라면 이런 식으로 하지 않죠. 아는 애가 경마장에 있는데, 며칠 전에 사고를 당했어요. 그래서 미스 신과 좀 관련이 있는가 해서…"

"그랬군요. 왠지 미스 신도 얼마 전부터 시무룩해지고 얼굴에 그늘이 보였어요. 그렇지만 저도 자세한 내막은 몰라요. 그저 감으로만 좀…"

"그 정도라도 얘기해 줄 수 있습니까?"

그러자 마담은 입을 가리며 웃음을 띠었다.

"그런 얘기들은 맥주 마시면서는 안돼요. 양주 정도는 마셔야…"

노련한 마담다웠다. 그러나 어떻게 하겠는가. 아쉬운 사람이 샘 파는 수밖에. 이윽고 양주와 음료수 등이 진설된 커다란 쟁반이 들려져 왔다.

성욱과 마담은 건배를 하며 다소 친근한 분위기가 되었다. 곧 마담은 성욱에게 자기에게 들었다는 얘기는 절대 하지 않겠다는 다짐을 받아내고 말을 꺼냈다.

"미스 신이 여기 왔을 때 사장한테 선수금 조로 좀 받은 게 있었어요. 그 빚을 쉽게 갚지 못하고 있었는데, 사장이 제의를 했나 봐요. 경마장 기수 하나를 꼬셔서 잠자리까지 하면 빚을 없애주겠다고. 미스 신이 승낙을 하고 꼬시는데 성공을 했지만, 그 뒤 일이 잘못 풀려가자 자신의 잘못을 깨닫고 후회하고 있었어요. 경마장 기수에게서도 여러 번 원망 어린 소리들을 들었나 봐요."

"음…"

성욱의 머릿속에는 그림이 대충 그려지고 있었다. 비슷한 패턴들에 익숙해 있기 때문이다.

기수들은 대부분 불우한 가정의 출신이어서 애정의 결핍을 겪으며 자라는 경우가 많다. 또한 기수 합숙소에서 생활 하느라 외부와 격리되어 지내기 때문에 세상 물정에 어둡다. 때문에 누군가가 관심을 가져주고 따뜻하게 대해주면 쉽게 유혹에 넘어가기도 한다.

"그 기수가 경주 중에 사고를 쳐서 병원에 입원해 있다가 갑자기 잠적해 버렸습니다."

"그래서 미스 신에게서 무슨 실마리라도 찾을 수 있을까 해서 오신 거군요."

"혹시 내일 다시 온다면 미스 신과 얘기를 나눌 수 있을까요?"

"그럴 가능성은 별로 없을 것 같네요. 내일부터 아예 안 나올지도 몰라요. 몸만 가지고 부초처럼 떠도는 애들이 뭣 때문에 심적 부담까지 안으려고 하겠어요. 더구나 요 며칠 사이 말도 없이 어두운 얼굴을 하고 있던데…"

성욱은 갑작스레 허탈감이 밀려들었으나 내색은 하지 않았다.

"양주까지 시키셨는데 도움이 별로 안됐나요? 또 한 가지 알려드리죠. 이 얘기도 절대 저한테 들었다고 해서는 안됩니다. 여기 사장은 그 기수 말고도 경마장에 아는 사람이 더 있을 거예요."

성욱은 다급하게 물었다.

"그게 누군지 혹시 아십니까?"

"자세한 건 모르고 그저 감으로만 알고 있어요. 가끔씩 와서 술도 마시고 하는 모양인데, 나는 경마장에 가본 적이 없으니 누가 누군지 알 수가 없죠."

마담의 얘기는 거기까지였다. 소득이 없었다고 할 수는 없으나, 기대했던 만큼은 미치지 못해 아쉬움만 남긴 채 술집을 나와야만 했다.

마담은 밖에까지 나와서 배웅하며 농염한 눈길을 던졌다.

"자주 이곳에 들리세요. 그러면 나도 경마장 사람들에 대해 협조해 드릴 수 있어요. 그리고 저와도 마실 수 있어요."

아무튼 장삿속에 철저한 여자라는 생각이 들었다. 그러나 이런 집에 자주 들렸다가는 월급봉투가 남아나지 않을 것이었다.

그나저나 사장과 결탁된 또 다른 인물들은 과연 누구들이란 말인가. 그리고 사장이란 작자는 과연 누구인가. 일단 경마장 주변의 큰손은 아닌 듯 하다. 들어본 적이 없기 때문이다. 그렇다고 그에게 단도직입적으로 접근할 수도 없는 노릇이다.

성욱은 머릿속이 복잡해진 탓인지 다리에 힘이 빠져 더 이상 걷기가 힘들었다. 그래서 가까운 찻집으로 발걸음을 옮겼다.

몸속에 따뜻한 커피가 들어가니 마음이 가라앉고 머릿속이 좀 정리가 되는 것 같았다. 그러면서 어쨌든 동섭이를 찾는 게 급선무라고 여겨졌다. 그는 6경주 사건의 내막 뿐 아니라 사장이란 작자의 정체와, 그와 결탁된 경마장 인물들을 알고 있을지 모른다고 생각되었기 때문이다. 그러나 과연 어떻게, 어디에서 동섭이를 찾는단 말인가…

막막하던 중에 문득 이 곳까지 오게 해준 경식이에게 생각이 미쳤다. 그러나 그도 동섭이에 대해 더 이상은 알지 못할 것이었다. 이번에 성욱에게 적극적으로 도움을 주려 했기 때문이다.

그는 동섭이와 기수 동기이고 인성이나 근무 태도 등도 괜찮아 호감을 갖고 있던 애였다. 그러나 불행히도 마필 약물 투여사건에 연루되어 경마장을 떠날 수밖에 없었다.

그가 밤에 당직 서는 날에 어느 마방에서 말 울음소리가 나서 가보니 누군가가 말에 주사질을 하고 나오다가 그 애와 맞닥뜨렸다고 한다. 범인은 놀라 도망쳤는데, 경식이는 엉겁결에 그가 떨어뜨리고 간 약병과 주사기를 들고 있다가 그만 순찰하던 경비원에게 보이게 되고 말았다. 당시 성욱은 그의 혐의를 벗겨주려고 많이 노력했지만, 말은 이미 약질이 된 상태였고 도망친 자도 끝내 찾을 수 없어 그 애가 모두 뒤집어쓰고 말았다.

성욱은 자신의 무능함을 자책하며 밖에 나가 자립하는데 다소 도움을 주었었다. 지금은 화양리에서 자그마한 가게를 열고 있는데, 성욱에게 고마움을 간직하고 있었는지 이번에 발 벗고 나서서 이 술집의 위치와 미스 신이라는 여자까지 알려준 것이다.

사실 성욱도 군대 시절 누명을 쓰고 하마터면 남한산성(군 교도소) 갈 뻔한 일이 있었다. 자신은 똑바르게 살려 해도, 최선을 다해 살려 해도 운명의 장난은 언제 어떤 방식으로 닥칠지 모른다. 그리고 끝내 그 장난의 소용돌이 속에 침몰해 버리는 사태도 종종 벌어지는 것 같다…

경주마에게 투여되는 약물은 흔히 경기력 향상을 노리는 흥분제가 사용되지만, 반대로 경기력을 심하게 저하시키는 약물이 사용되기도 한다. 잘 알려진 인기마를 탈락시키기 위해서다. 도핑테스트는 주로 경주 후 말 오줌을 받아 이루어지는데, 경주에서 1, 2, 3착을 차지한 말들과 재결에서 특별히 지정한 말을 대상으로 한다. 경마는 많은 판돈이 걸리기 때문에 도핑 테스트는 경마장에서 특히 신경을 쓰는 분야 중의 하나이며, 최근에는 혈액 샘플 검사까지 확대하고 있다.

# 회장의 속내

경주 편성위원(編成委員)과 부담균형(負擔均衡) 작성위원들이 다음 주 경주 편성을 하고 있다. 부담균형이란 말 잔등 위에 싣는 부담중량을 적절하게 조절하는 것으로, 경주 능력을 평준화하기 위한 것이다.

기다란 테이블 주위에서 각 조교사들이 경주에 내놓은 푸른색 투표용지(마명(馬名), 기수 명, 말에 관한 이력사항 등이 기재되어 있음)들을 살펴보고 있다.

재결계장(裁決係長)인 조 계장은 경주 편성 지침사항을 얘기했다.

"다음 주는 호주산 사라 계 암말 특별경주가 있고, 핸디캡 경주로는 마령(馬齡) 중량 경주를 하나 추가하겠습니다."

사라 계란 서러브렛 계(철저하다는 Through와 양육되었다는 Bred의 합성어로, 경주마의 대표적인 품종이다) 혈통의 경주마를 말하며, 마령 중량 경주란 말의 나이와 성별에 따라 중량을 다르게 싣는 것을 말한다.

조 계장이 말을 마치자 감사과장이 사무실 문을 열고 들어섰다.

"늦어서 미안. 어때? 말들 좀 많이 나왔어?"

"많이 나오긴. 모두 서로 눈치만 보느라고 가재미눈들이 되었는데."

"이러다가 대여섯 마리만 뛰는 경주도 나오는 거 아냐?

그러자 마사과장(馬事課長)이 푸념하듯 내뱉는다.

"별 수 없지. 그렇게라도 해서 잡아 돌려야 돈이 나오지. 그렇다고 밥 굶을 수는 없는 거 아냐?

모두들 각 경주 별로 모아놓은 투표용지를 펼치기 시작했다.


경주 편성은 마주(馬主, 이전에는 조교사)가 보유하고 있는 경주마를 해당 경주 조건에 맞추어 출주투표(出走投票)를 함으로써 시작된다.

편성의 원칙은 비슷한 능력의 말들끼리 겨루게 하는 것이다.

경주 가능 말의 두수는 일반적으로 7~14두이며, 경주 거리는 1000m~2400m까지 다양하다. 경주의 종류로는 일반경주, 특별경주, 대상경주가 있는데, 특별경주는 출신지에 따른 산지별 경주, 동일한 연령으로 겨루는 연령별 경주, 성별(性別) 경주 등이 있다. 대상경주(大賞競走)란 고유 명칭의 대상과 많은 상금이 부여되는 경주로, 경마장에서는 우승을 위해 사활을 걸 정도다.

경주마는 일반적으로 1등급에서 10등급까지 구분되는데, 그 구분은 각 말의 우승횟수와 수득(收得) 상금에 따라 결정된다. 1등급 말이 가장 우수한 말이며, 동일 등급 말이라도 경주 능력 차이가 나는 경우가 많아 이를 맞추기 위하여 핸디캡을 부여하게 된다.(등급이 다른 경우에도 적용함) 핸디캡은 부담중량(負擔重量, 기수 체중, 안장 등 말이 싣는 모든 중량)으로 부여하게 되는데, 부담중량 3kg은 스피드에서는 1초 차이, 경주 거리로는 12~15m까지 차이가 난다.

조교사들은 출주투표를 할 때나 발주기 게이트(Gate) 번호 추첨 시에 신경전을 벌인다. 투표 시에는 강한 상대마가 없는 경주를 택하느라 눈치작전을 벌이기도 하고, 게이트 번호는 3, 4, 5번을 선호하기 때문에 추첨 시에 긴장하기도 한다. 1, 2번은 전체 경주거리가 짧다는 장점이 있으나, 안쪽에 있어 진로방해를 받을 가능성이 있기 때문에 그다지 선호하지 않는다.

참고로, 경주마는 생후 24개월이 지난 뒤 능력검사(能力檢查)를 통과해야 경주에 출전할 수 있다. 전성기를 이루는 때는 4~5세 때이며, 평균 수명은 20~25세 정도이다. 경마장에서 은퇴하면 승마장으로 가거나 고기집으로 팔리기도 한다.


경주 편성이 거의 마무리 되어 가고, 한쪽 의자에 앉아 바라보고 있던 감사과장은 무료했던 탓인지 잠시 꾸벅꾸벅 졸고 있었다. 성욱은 일부러 큰 소리로 말했다.

"어이 유 과장, 편성 다 끝났어. 날인해도 되겠어?"

감사과장, 깜짝 놀라 깨어나며 눈을 비볐다.

"벌써? 맨입으로 안 되지."

"그럴 줄 알고 콜라 사다가 냉장고에 넣어뒀어."

"밤낮 그 놈의 콜라만 읊어대지 말고 언제 빈말이라도 맥주 한 잔 사겠다고 해봐. 그저 쉽게 쉽게 통과시켜 주니까 콜라로만 문대려고 말야."

곧 투표용지마다 경주 확정 도장을 찍었다. 여직원 미스 황이 쟁반에 콜라 잔들을 받쳐 들고 와 분배했다.

감사과장은 단숨에 콜라 잔을 비우고 담배를 피워 물었다.

"그나저나 언제까지나 외국 말 일색으로 경주 편성 할 거야. 경마장에서 실컷 돈 벌어 남 좋은 일만 시키는 거 아니야."

그러자 마사과장이 받았다.

"그렇잖아도 이번 회장님 때 적극적으로 추진해 보려고 회의도 개최하고, 건의도 올리곤 했는데 왠지 회장님은 별로 관심이 없는 것 같습니다. 이번에도 국산마 육성 건은 그저 지나가는 게 아닌지 걱정스럽습니다."

그러자 업무과장도 거들었다.

"장외발매소(場外發賣所) 문제도 그렇습니다. 우리 직영(直營) 체제로 하면 수입도 늘 뿐만 아니라, 관리 감독을 강화하여 문제점도 훨씬 줄일 수 있을텐데 회장님은 좀처럼 열의를 보이지 않고 있어요."

"군 출신에다 임기만 채우면 그만이다, 이건가?"

"그보다 회장님 마음은 지금 콩밭에 가 있어."

성욱이 재빨리 낚아챘다.

"콩밭이라니?"

그러자 감사과장은 오른쪽 눈을 찡긋했다.

"하하, 이거야말로 맨입으로는 안 되지. 내 얘기가 아니라도 언젠가는 알게 될 걸세."

성욱은 내심 놀라움을 금할 수 없었다. 유 과장은 무슨 얘기를 알고 있는 것일까. 회장에 대해 남들은 다 알고 있는 사실들을 자신만 모르고 있는 것은 아닐까. 하기야 흔히 경마과에서는 경마 시행에 관한 일들에만 집중하느라 사내의 소식들에 가장 둔감하곤 했다.

# 최상국이라는 사내

황혼이 내린 한강 변, 군데군데 비닐하우스들이 들어서있는 공터 한쪽에서 난투극이 벌어지고 있었다. 모두 40~50명 가량 되는 패거리들이 서로 엉겨 붙어 죽기 아니면 까무러치기 식의 살벌한 난투극을 벌이고 있었다.

"죽여!"

"개새끼들! 겁대가리 없이…"

"피래미 같은 것들이…"

각목과 쇠파이프들이 부딪치는 파열음과 비명소리들 속에서 비닐하우스들이 뭉개지고 하나 둘씩 머리통을 감싸 안고 쓰러졌다. 바람결에 비릿한 피내음도 실려 왔다.

좀 떨어진 한쪽 비닐하우스 뒤에서 김 부장과 성욱은 몰래 이 패싸움을 훔쳐보고 있었다. 성욱은 흠칫 몸서리를 치다가 가까스로 입을 열었다.

"살벌한데요. 도대체 뭘 노리고 저렇게 죽기 살기로 싸우는 걸까요?"

"자세히 보시오. 혹시 아는 얼굴들이 있는 것 같지 않소?"

"그러고 보니… 있는 것도 같은데요."

"왼쪽에 있는 친구들이 소위 말하는 신설동파라는 자들이오. 자기들 딴에는 본장(本場: 경마장이 있는 곳)의 맞대기파들을 장악하고 있다고 하지."

"그랬군요. 그렇다면 오른쪽은 다른 세력으로, 말하자면 맞대기파 주도권 장악을 노린 싸움인가요?"

"그런 것 같소. 오늘 경마 끝나고 이 곳에서 일전을 벌이기로 작정한 것 같소. 오른쪽 세력들도 짐작이 가기는 한데, 싸움이 끝난 뒤에 얘기하겠소. 경마장에 출입하는 폭력배들의 특징이 흔히 저렇게 외진 곳에서 세력 다툼을 벌인다는 것이오. 얼굴이 드러나는 것을 피하려는 것이겠지."

점차 형세가 판가름 났다. 왼쪽 패거리들이 비닐하우스 밀집 지역으로 밀리면서 쓰러지는 자들이 늘어났다. 마침내 오른쪽 패거리들 10여 명이 일제히 뛰어올라 머리 위로 날아들자 일부는 내빼고 일부는 발길질에 걷어차여 비닐하우스 안으로 처박혔다.

김 부장은 양손을 털며 한탄하듯 내뱉았다.

"승부는 결정이 났군."

"그나저나 여기서 싸움판이 벌어질 줄 어떻게 아셨습니까?."

"일단 이 곳부터 벗어납시다."

성욱과 김 부장은 비닐하우스 사이를 지나 차를 세워둔 곳으로 다가갔다. 어느 새 한강 변의 물빛 황혼도 사라지고 어둠이 내려앉고 있었다.

성욱과 김 부장은 퇴근길의 복잡한 거리를 가까스로 빠져나와 화양리의 어느 자그마한 보쌈집 옆에 차를 세웠다.

"아직도 이 집은 그대로 남아 있군. 혹시 없어지지 않았나 했는데."

"그러게 말입니다. 예전에 부장님과 종종 들리던 곳이어서 저도 기억이 새롭습니다."

두 사람이 가게 문을 열고 들어서자 주인아줌마가 "어서 오시요" 하다가 문득 두 사람을 뚫어지게 쳐다보았다.

"아니, 이게 누구야? 어디서 많이 보던 얼굴들인데…"

"예전에 자주 와서 외상만 먹고 잘 갚지도 않던 사람들입니다."

"그래도 살아들 있었구만. 그래, 높이들 되었다고 이제 우리 같은 집은 거들떠보지도 않는 거여?"

"그게 아니고, 먹고 살려니 그저 좀 바빠서…"

"안 바쁜 사람이 어디 있어. 그래도 다들 와서 잘만 먹고 가는데. 아무튼 왔으니 자리부터 앉아. 내 뒷다리 보쌈으로 푸짐하게 내올게."

자리를 잡자 주인아줌마는 곧 간단한 찬과 소주부터 내놓는다. 김 부장은 심정이 복잡하기 때문인지 따라준 소주를 따라 단숨에 비웠다.

"사태가 심상치 않소. 뭔가 먹구름이 몰려오는 듯한 느낌이오."

"아까 오른쪽에 있는 세력들 얘기는 안하셨습니다."

"아마도 최상국이라는 자의 수하들일 것이오."

그러자 성욱은 엉겁결에 벌떡 일어서고 말았다.

"최상국이라고요? 며칠 전 박 기자가 얘기한 그 자 말입니까?"

그러나 김 부장은 침착하게 대꾸했다.

"그렇소. 천호동 나이트를 뒤집어 놓았다는 놈들의 보스요. 지금은 청량리에 둥지를 틀고 앉아 조폭들 사이에서 청량리파라고 불린다고 합니다."

"엄청난 일이군요. 그 자가 왜 이처럼 경마장에 집착하는 걸까요? 경마장을 어떻게 하려는 걸까요?"

"원래 경마장에서 좀 알려진 자였소. 그런데 한동안 발을 끊었다가 다시 나타난 거요. 그것도 예전과는 전혀 다른 규모로…"

"그랬군요. 제가 그의 이름을 들은 듯 했던 것은 그래서였군요. 그런데 어떻게 그에 대해 소상히 아십니까?"

이 때 주인아줌마가 김이 모락모락 나는 보쌈 접시와 상추 등을 가지고 와 얘기가 끊겼다.

"푸짐하게 내왔소. 실컷 먹고 또 오라고."

"감사합니다. 앞으로는 자주 찾겠습니다."

두 사람, 허기진 탓인지 허겁지겁 젓가락질을 했다.

"오랜만에 왔지만 맛은 여전하군요."

김 부장도 만족스런 표정을 지으며 젓가락을 내려놓았다.

"그저 평탄하게 살면서 가끔씩 이런 맛집이나 찾아다니는 게 사람 사는 행복일텐데, 세상사는 그런 소소한 행복마저 쉽게 주지 않으려는 것 같습니다."

"무슨 말씀이십니까?"

"최상국이가 이 바닥에 다시 등장했기 때문이오. 어차피 곧 그도 내게 접근해올 것이지만, 나도 가만히 있을 수는 없소."

"그와는 어떻게 알게 된 사이였습니까?

그러자 김 부장은 잠시 헛기침을 한 후 목소리를 가다듬었다.

"내가 장 과장 자리에 있을 때였소. 경주 중에 우연히 한 기수의 부정행위를 목격하고 추적 조사를 벌인 결과, 그와 또 하나의 기수가 최상국이란 자와 얽혀있는 것을 알아냈소. 나는 그들을 재정위원회(裁定委員會: 조교사, 기수에 대한 징계위원회)에 회부하여 심의할 준비를 마쳤을 때 최상국의 기습을 받았소. 퇴근하기 위해 정문을 나서는데 다짜고짜 차 앞을 가로막고 올라탄 거요.

그들은 나를 위협하며 한강 변으로 데리고 갔고, 그 자리에서 두 기수들을 살려달라는 것이었소. 나는 당연히 안 된다고 했더니 그들은 돈 액수를 제시하며 협상하자고 했소. 그래도 안 된다고 단호하게 거절하자 한 뭉치의 서류를 꺼내들었소.

그것은 그동안 자기들이 수집했던 조교사, 기수들의 명단과 부정행위 내역이라는 것이었소. 만약 내가 고집 부려 기어코 두 기수를 자르겠다면 곧바로 동부경찰서와 언론에 보내 경마장을 쑥대밭으로 만들겠다고 했소.

나는 충격을 애써 감추며 서류들을 뒤적여 보았는데, 몇몇 조교사, 기수들이 그들의 오데(물주)들과 벌인 부정행위, 그 대가로 오간 금품의 내역과 향응을 받았던 술집의 현장 사진까지 붙어있었소.

더욱 놀랄만한 사실은 경마장 직원 몇몇도 외부의 큰 손들과 이런 저런 사유로 연계되어 있다는 것이었소.

나는 경악을 금치 못해 시간 여유를 달라고 했소. 그런 뒤 밤잠을 못 이루며 고민한 결과, 어쨌든 회사를 살리고 봐야 한다는 결론에 다다랐소. 그래서 최상국을 다시 만나 두 기수의 징계를 철회하는 대신 서류뭉치를 넘기고, 차후 경마장 출입을 일체 금하겠다는 서약서를 받는 것으로 협상을 봤소.

이랬던 그가 약속을 깨뜨리고 몇 년 만에 전혀 다른 모습으로 다시 나타난 거요."

성욱도 내심 충격을 가까스로 억누르며 물었다.

"그때 살렸던 두 기수는 지금 경마장에 있습니까?"

"있습니다. 그러나 때로 어떤 비밀들은 무덤 속까지도 가져가야 하기 때문에 장 과장에게도 밝히질 못하는 것을 양해해주기 바라오. 두 기수 모두 현재는 조교사가 되어 있소."

"지금 최상국이가 설쳐대는 걸로 봐서는 상당한 세력인 듯한데, 그동안 무슨 수를 써서 자금을 확보했을까요."

"나도 그게 의문이오. 더구나 그는 몇 년 동안 감방 생활을 하다 작년 가을에 출소했다는 소문이오. 그는 한동안 인천에서 중국을 상대로 밀수에 손을 대 재미를 좀 본 모양인데, 그와 라이벌 관계에 있던 자가 그를 꺾기 위해 수하 행동대장 격인 자를 끌어들였다 합니다. 거액의 이적료에 눈이 먼 그 자는 자리를 옮겨 앉았고, 졸지에 밀수 루트가 막혀버린 최상국은 설상가상으로 경찰에 체포까지 되어 완전히 거덜 나 버렸답니다. 이랬던 그가 출소한지 오래 되지도 않아 저렇게 날개 단 호랑이처럼 설치고 있는 것이오."

김 부장에게 이런 비밀스런 과거가 있었다니. 그런데 그동안 어떻게 한 번도 내색을 하지 않았단 말인가. 그동안에도 종종 그랬지만 새삼 그의 깊은 속이 느껴졌다.

"그런데 도대체 이런 사실들을 어떻게 아셨습니까?"

그러자 김 부장은 성욱을 지그시 바라보며 웃음을 머금었다.

"알고 싶소? 최상국이 때문에 죽으려다 살아났던 조교사요. 그들은 지금도 두어 다리 건너면 최상국의 동정을 알 수 있소."

"그렇다면 오늘 한강 변에서 두 세력이 맞붙었던 것도 그들이 알려준 것입니까?"

"그렇소."


성욱은 술 때문에 차를 주차장에 그대로 둔 채 택시를 타고 집으로 향했다. 한강 변에서의 살벌한 장면들과 김 부장이 털어놓은 얘기들의 충격 때문에 마음이 요동치고 있었다. 특히 일종의 정보원까지 활용하고 있는 김 부장의 수완에 대해서도 많은 생각을 했다. 언뜻 보기에는 그저 업무에만 충실하고, 자신이 따라야 할 표상으로만 알고 있었던 김 부장, 그의 이러한 일면을 능력으로 봐야할 것인가, 아니면…


누군가는 신의 최고의 작품으로 말을 꼽기도 한다. 500kg 안팎이나 되는 커다란 몸집이면서도 전체적으로 날렵하고 유려한 곡선, 번지르르한 털, 완벽한 균형, 크고 선명한 눈동자… 콧김을 내뿜고 갈기를 휘날리며 달릴 때는 마치 생명력의 눈부신 정화를 보는 듯하다.

그래서 예로부터 시인 묵객들은 말을 즐겨 소재로 삼아왔고, 말에 대한 지극한 사랑은 종종 무덤에까지 이어지곤 했다. 명마들은 무덤을 만들어주기도 했던 것이다.

말은 동물 중에서도 생리적으로 인간과 가장 비슷하다고 한다. 또한 어느 동물보다도 예민하고 기억력 또한 뛰어나 사람을 잘 따른다. 얼핏 보기에는 모두 비슷해 보이지만 생김생김이나 걸음걸이가 다 다르다.

그러나 경마장 가는 길은 아직도 질척거리고 악취가 진동한다. 그래서 누군가는 '말은 말이 없지만 말이 있는 곳에는 항상 말이 많다' 라는 명언을 남기기도 했다.

돈과 결부되어 있기 때문인가, 아니면 인간 고유의 본성 때문인가. 아니, 우리만의 특성인지도 모른다. 서구 선진국들은 경마를 최고의 레포츠(Re-ports) 중의 하나로 꼽고 있지 않은가….

# 아, 신영규

벽제 화장터의 커다란 굴뚝에서는 언제나처럼 검은 연기가 허공에 흩어지고 있었다. 주차장에는 각종 차량들이 빼곡히 들어차고, 사람들의 발걸음이 분주한 가운데 성욱은 기수들과 함께 망연자실한 모습으로 서 있다가 문득 손 여사를 바라보았다.

한쪽에서 소복 차림으로 눈물을 훔쳐내며 굴뚝을 바라보고 있는 손 여사. 성욱은 자신도 모르게 그 쪽으로 발걸음을 향했다. 손 여사는 가까이 다가온 성욱을 흘낏 바라보고는 다시 굴뚝 쪽으로 눈길을 던졌다.

"영규의 영혼도 연기처럼 저렇게 하늘나라로 가겠지요."

성욱은 두 손을 맞잡고 면구스러운 표정으로 말을 꺼냈다.

"영규를 경마장에 들이지를 말았어야 하는 건데…."

"그게 제 운명인 걸 어떻게 하겠어요. 그저 영규 하나만을 낙으로 삼고 살았는데… 이제 무엇을 바라보며 살아야 하는 건지…"

"지내다 보면 기회가 올 수도 있겠지요. 서양 속담에 하느님이 한쪽 문을 닫으면 다른 쪽 문을 열어 놓는다고 합니다. 저도 도움을 드릴 수 있도록 최선을 다하겠습니다."

성욱은 사실상 이런 결과를 대략 예측하고 있었다. 애처로운 모습의 손 여사를 바라보며 문득 담당 의사의 말을 떠올렸다. 병원에서 다시 한번 영규의 회복 가능성을 묻자 담당 의사는 난감한 표정으로 대꾸했었기 때문이다.

"보호자께는 아직 말씀드리지 못했습니다만 이 환자가 소생할 가능성은 채 5퍼센트도 되지 않습니다."

의사는 기적이 일어나지 않는 한 죽음을 대비할 수밖에 없다는 것이었다. 그러나 그 애기를 어찌 손 여사에게 그대로 전할 수 있겠는가. 혼자 속으로만 끙끙 앓으며 그저 잘 풀리게 될테니 너무 상심하지 말라고 하는 수밖에 없었다.

성욱은 옆에서 자그마한 어깨를 들먹이며 슬퍼하는 모습을 보고 있자니 그저 단숨에 껴안고 위로해주고 싶기만 했다. 그러면서 영규를 저렇게 만든 데 일조를 한 책임은 반드시 지리라고 다짐했다.

이윽고 화장장에서 기수회장과 영규 소속 조의 진 조교사 등이 유골함을 들고 다가오자 성욱은 그 쪽으로 향했다. 손 여사가 가슴이 떨려 도저히 영규의 시신이 들어가는 것을 못보겠다고 해서 그들이 기다렸다 유골함을 건네받아 오는 것이었다.

기수회장이 두 손으로 유골함을 받쳐 들며 자조적인 목소리로 말했다.

"신영규는 하늘로 가고 이렇게 유골만 남았습니다."

성욱은 마치 자신의 잘못인 양 얼굴이 붉어졌다. 성욱의 당황한 모습을 눈치챘는지 진 조교사가 재빨리 끼어들었다.

"새삼스럽게 무슨 얘기냐. 사람은 어차피 이 세상에 언제까지나 눌러 있을 수는 없다. 저 세상으로 가기 마련이야."

"그래도 살만큼은 살고 저 세상으로 가야하지 않겠습니까. 작년 가을에 정진기 보내고 겨우 몇 개월 만에 이게 또 무슨 경우란 말입니까?"

"그만 해. 날도 저무는 데 빨리 돌아가자."

조교사들이 다독거려 기수들 모두 경마장 공용 버스에 올랐다.

신영규 소속 조의 진 조교사가 마지막으로 오르더니 성욱의 옆 자리에 앉았다. 그러나 성욱은 앞쪽에 앉은 손 여사의 작고 가냘픈 어깨에서 눈길을 떼지 못하고 있었다. 버스는 정문 쪽으로 방향을 틀어 곧바로 출발했다.

"지금 조기단에서 기수들이 술렁이고 있는 게 사실입니다. 정진기 상을 치른 지 얼마 되지 않아 신영규마저 저렇게 되고, 김동섭이도 오리무중이니 기수를 하고 있다는 게 회의가 들기도 하는 것 같습니다."

"나도 이해합니다. 원래 큰 사고가 한 번씩 나면 초상집 분위기가 되지 않았습니까."

"김동섭이는 지금도 소식 없습니까?"

"여러 루트로 알아보고 있습니다. 정 안되면 경찰에 수사의뢰할 생각입니다. 기어이 찾아내어 자 잘못을 가릴 생각입니다."

"그래 주십시오. 능력 있는 분이니 잘 하시리라 믿습니다."

그러나 성욱은 이런 자리에서 하필 정진기 얘기가 나오는 게 원망스럽기만 했다. 아직도 그에 대한 상처는 가슴 깊은 곳에 응어리로 남아 있기 때문이다.

정진기는 2년 전부터 체중 문제로 경마과 직원들의 골치를 썩이던 기수였다. 처음 기수생활을 시작할 때는 자그마한 체구였으나 나이가 들면서 급격히 체격이 커져 체중이 60kg에 육박했다. 그러자 조교사들이 부담중량 문제로 말에 태우기를 꺼려했던 것이다.

그는 경주에 나가기 위해 굶기를 밥 먹듯 하고, 사우나탕을 제 집처럼 들락거리고, 여러 약을 먹는 등 갖은 수를 다 썼으나 체중은 별 변동이 없었고 몸만 상해갔다. 보다 못한 경마과에서 퇴직을 권유하며 다른 직업을 찾아보라고 했으나 그는 막무가내였다.

기어코 기수로 성공하여 경마장 귀신이 되겠다며 고집을 부리다가, 이도저도 안되자 어느 날 밤 기수합숙소에서 그만 목을 매고 만 것이다…

당시 그의 자살로 기수들은 큰 충격을 받았고, 평소 체중 때문에 고통 받던 몇몇 기수들은 밤을 새워 폭음을 하며 자신들의 신세를 한탄했다고 한다.

일부 기수들의 체중 조절 노력은 눈물겨울 정도이다. 패스트푸드는 그나마 양반이고, 하루 한 끼나 과자류로만 때우는가 하면 땀을 쏟아내기 위해 갖은 방법을 다 동원한다. 심지어 경주 전에는 계체량(計體量)을 통과하지 못할까봐 커피 한 잔에도 신경을 쓰고, 아예 팬티를 입지 않기도 한다.

성욱은 밀려드는 생각들을 떨쳐버리기 위해 창밖을 바라보았다.

산야에는 신록이 한창이었고, 길 양쪽에는 간간이 화단이 꾸며져 있어 꽃들의 색채가 눈부셨다. 경마장에만 박혀 있느라고 봄의 향연이 성큼 다가온 것을 모르고 있었던 것이다.

성욱은 다시 앞쪽을 바라보았다. 손 여사의 작고 가냘픈 어깨가 떨고 있는 듯했다. 세상에 혼자만 남게 된 듯한, 그래서 세상사의 중량을 견뎌낼 것 같지 않은 작은 어깨…

남편이 지방 출장 중에 교통사고를 당해 졸지에 혼자가 된 그녀는 생계를 위해 임시방편으로 파출부 생활을 시작했다 한다. 그러나 낮에만 와서 살림을 보살펴 주느라, 아침 일찍 나와 저녁 늦게 들어가는 자신과는 별로 가까이 할 일이 없었다. 주로 미영이만 상대했고, 영규라는 아들이 있다는 것도 미영이를 통해서 알게 되었다.

고교를 갓 졸업한 아들이 있는데 대학 보낼 형편은 못돼 걱정이라는 사실을 알고, 자기 딴에는 직장을 잡아준다고 경마장 기수로 오게 했던 신영규가 이런 결과를 당하게 되다니…

화불단행(禍不單行)이란 말이 있던가. 그저 여리고 여자답게만 보이는 손 여사에게 왜 연이어서 이런 재앙이 닥친단 말인가…


문득 저 세상 사람이 된 아내가 떠올랐다. 학창시절 열렬한 연애 끝에 결혼까지 하게 된 드문 케이스였다. 남 못지않은 지성도 갖췄지만 성격이 활달하고 정열적이어서 누구나 호감을 갖고 가까이 하고 싶어 하는 여자였다. 그만큼 인생에 대해 욕심도 있었던 사람이고, 성욱에 대한 기대도 가졌었다. 그러나 성욱이 경마장에 뿌리를 박을 조짐이 보이자, 차츰 집안에는 찬바람이 돌기 시작했고, 어린 미영이도 낌새를 채고는 눈치 보는데 익숙해지고 있었다.

"당신이 도대체 학벌이 없어요, 능력이 없어요, 마음만 먹으면 세상의 좋은 기회를 얼마든지 찾을 수 있는데, 왜 그 지저분한 경마장에 말뚝 박으려 하냐고요. 내 친구들이 그럽디다. 당신 돈에 환장한 것 아니냐고. 경마장에 있으면 돈 벌기는 쉬울테니 그 돈 보고 경마장에 있는 것 아니냐고…"

하루의 중량에 지친 몸을 끌고 늦은 시간에 집안에 들어설 때마다 냉기는 점차 더 심해져 갔고, 시선은 더욱 더 외면되어졌다.

"오늘 또 협박전화가 왔었어요. 전화기를 들자 다짜고짜 주제넘게 깝치지 말라며 집을 날려버리겠대요. 얼마 전에는 미영이 이름을 들먹이기도 했어요. 음란전화는 또 몇 번이나 왔는지 알아요? 이게 사는 거에요, 뭐에요. 도대체 뭘 바라고 이렇게 살아요?"

그들은 분명 자기 손에 의해 쫓겨나간 조교사, 기수 관련 인물이거나 경마장 주변의 조폭들일 것이었다. 그런데 그런 때마다 전화번호를 바꾸어도 그들은 어떻게 알았는지 희한하게도 또 다시 전화질을 해댔다. 부서를 총무과 같은 데로 옮기거나, 아예 경마장을 떠나지 않는 이상 그들의 손길에서 벗어나는 것은 요원할 것 같았다.

"이제 선택을 하세요. 이대로는 더 이상 살 수 없으니 경마장인지 나인 지 선택을 하란 말이에요…"

어느 날 대판 싸움을 벌인 후 아내는 기어이 짐을 꾸려 나가고 말았다. 엄마 없는 애를 만들고 싶지 않다며 미영이라도 데리고 가라해도 아내는 끝내 혼자 떠나버리고 말았다.

그 후 아내는 몇몇 직장을 전전하다가 갑작스레 암이 걸려 병원에 입원했다는 얘기를 들었다. 문병을 가야하나 말아야 하나 결정을 내리지 못하고 있던 차에, 어느 날 날벼락같이 사망 소식을 들었다.

그녀가 만약 자기 말고 다른 남자와 결혼했더라면 어떠했을까? 자신의 기질을 그대로 발휘하고 행복한 삶을 만끽하며 제 명을 다할 수 있지 않았을까…

# 벗겨지는 실체

    방배동 까페 골목. 다소 늦은 시간이어서 한쪽 구석의 2차선 도로는 한적했다. 색색의 네온사인들이 현란한 빛을 발하고 있는 가운데, 『바이킹』이라는 간판이 번쩍이는 카페 주차장에서 흰색 외제차가 서서히 앞으로 나왔다.

    그러자 카페 문이 열리며 회색 양복 차림의 사내가 비척거리며 나왔다. 이어 두 여자가 따라 나오더니 승용차에 올라타는 사내를 깍듯이 전송했다.

    승용차가 서서히 출발하고 여자들이 카페 안으로 들어가자 골목길에서 검은색 그랜저 한 대가 미끄러져 나와 흰색 승용차를 뒤쫓기 시작했다. 이어서 한쪽 어둠 속에서 두 남자가 함께 탄 오토바이가 나타났다. 뒤쪽의 남자는 커다란 종이 박스와 함께 있었다.

    흰색 승용차가 대로변을 달리다 이윽고 주택가 골목길로 들어서자 일정한 거리를 유지하던 그랜저가 재빨리 앞질러 승용차를 막아 버렸다. 곧 그랜저에서 3명의 사내가 뛰쳐나오더니 흰색 승용차의 뒷문을 열고 앉아있던 사내의 멱살을 잡아 끌어냈다. 운전석을 뛰쳐나온 기사는 대들다가 곧 길바닥에 내동댕이쳐졌다.

그랜저가 골목길을 빠져나가자 한참 뒤에서 두 사내의 오토바이가 따라갔다. 그랜저는 사당역을 지나 과천 쪽을 지나다가 어느 관악산 아래 길로 접어들었다. 역시 상당한 거리를 두고 오토바이도 따라갔다. 어느새 종이 박스는 사라진 채다.

이윽고 그랜저, 허름한 창고 같은 건물 앞에 섰다. 그 오른쪽에는 이미 3대의 다른 승용차와 봉고 등이 세워져 있었다.

오토바이는 다소 떨어진 데서 멈추어 나무그늘 밑에 숨겨졌다. 두 남자, 내려서 옷차림을 바로 잡고 물건이 든 가방을 챙겼다. 침침한 빛 아래에서 보이는 모습은 바로 성욱과 박상수 기자다.

"그나저나 오토바이 운전은 언제 그렇게 배웠어?"

"제가 특전사 출신이라고 하지 않았습니까? 운전이라면 비행기와 잠수함 빼고는 다 할 수 있습니다."

두 사람은 주위를 살피며 살금살금 건물 뒤쪽에 다다랐다. 곧 허름한 벽에서 틈새를 발견하고 바싹 다가붙었다.

"자, 보입니다."

창고 벽 틈으로 보이는 실내에는 검은 양복 차림의 사내들이 양쪽으로 도열해 있고, 그 가운데에는 턱 밑에 흉터가 있는 사내가 의자에 다리를 꼰 채로 앉아 있었다. 회색 양복의 사내는 반대편에서 엉거주춤한 모습으로 서 있었다. 박 기자, 곧 성욱의 도움을 받아 창고 지붕으로 기어 올라갔다.

"조심하게. 미끄러지면 큰일 나네."

"걱정하실 것 없습니다."

이윽고 박 기자, 민첩한 동작으로 다시 내려왔다. 곧 그는 다시 가방 속에서 이어폰 같은 것을 찾아냈다.

"이게 뭔가?

"이것을 귀에다 꽂고 있으면 저들이 하는 얘기를 들을 수 있습니다. 창고 천장 구석에 소형 집음기(集音機)를 설치했습니다. 흔히 음파 확대기라고 하지요."

"그러다 들키기라도 하면 어떡하려 그래? 뼈도 못 추릴 텐데."

"하하. 저 치들이 천장 구석까지 쳐다볼 정신은 없을 겁니다. 자, 이어폰 하나씩 나누어 끼워 보십시다."

박 기자가 하는 대로 따라하자 비록 선명하지는 않지만 곧 내부의 소리들이 들리기 시작했다.

"이봐, 배병호. 그래, 무릎 꿇지 못하겠다는 건가?"

"이보시오. 상국이 형. 내가 무슨 죽을 죄를 졌다고 무릎을 꿇는단 말이요?"

어둠 속에서 박상수가 속삭이듯 말했다.

"저 상국이 형이라는 자가 바로 최상국일 것입니다. 청량리파의…"

그러자 최상국이라는 자는 싸늘하게 웃으며 담배를 피워 물었다.

"내가 큰집(감방을 말함) 차디찬 마룻바닥에서 나뒹굴 때, 자네는 계집 옆에 끼고 술타령 하며 지냈겠지. 남 배신한 대가로…"

"누구를 배신했다는 거요, 도대체? 모두 제 살길 찾아 흩어지는데 나만 옥바라지 하라는 법이 어디 있소? 알다시피 내가 가진 게 뭐 있소? 달랑 몸 하나에, 딸린 식구가 한 둘이요? 상국이 형도 잘 알잖소?"

"개자식, 그래도…"

최상국이 유리 재떨이를 내던지자 배병호라는 사내는 잽싸게 피했다. 재떨이는 시멘트 바닥에 부딪혀 산산조각났다.

이어서 최상국이 호주머니에서 소형 녹음테이프를 꺼내 앞쪽에 있는 사내에게 건넸다. 사내가 한쪽 책상 위에 있는 녹음기에 테이프를 넣고 작동시키자 곧 지지직 하는 잡음과 함께 녹음기 소리가 울려 퍼졌다.


- 우리도 사기치고 살지만 배병호, 그놈이야 말로 더러운 놈이지. 한 마디로 버러지 같은 놈이야.

- 그러게 말야. 최상국이 오른팔 노릇을 하다가 어떻게 하루아침에 김동찬이한테 가서 달라 붙느냐구. 게다가 밀수 루트를 죄다 불어버렸다며…

- 최상국이만 개밥이 된 거지 뭐. 졸지에 가진 거 다 털리고, 애들까지 달아나고. 경마장도 풍비박산이라며?

- 하긴 배병호란 놈도 머리를 굴린다고 굴린 거겠지. 김동찬이 한 몫 쥐어준 데다가 안기부 차 실장의 빽으로 하루가 다르게 세력을 늘려가고 있었으니 대세를 판단한 거겠지. 그렇지만 그가 제대로만 처신했어도 최상국이는 큰집까지 가지 않을 수도 있었어…

녹음기가 지지직 소리 내며 꺼지자 곧바로 '무릎 꿇어, 이 새끼야!' 하는 욕설과 함께 한 사내가 배병호의 정강이를 걷어찼다.

배병호는 엉거주춤한 자세로 무릎을 바닥에 댔다. 최상국은 옆 책상의 서랍을 열고 회칼을 꺼냈다. 그러자 배병호, 깜짝 놀라 일어섰다.

"지금 뭐하려는 거요? 나한테 이러고도 무사할 것 같소?"

"피라미 같은 자식. 똑똑하지 못하면 미련하지나 말아야지. 지금 너는 주제파악도 못하고 있는 놈이야. 넌 김동찬이한테 이용가치가 다 됐어. 곧 용도폐기 될 놈이야."

최상국이 회칼을 오른쪽 앞 사내에게 던지자 사내는 잽싸게 낚아챘다.

"저놈 끌고 나가서 양쪽 손가락 하나씩만 받아!"

두 사내가 달려들어 배병호의 양팔을 붙잡았다. 배병호는 앙탈을 부리다가 끌려나가며 애원 조로 소리쳤다.

"상국이 형, 옛 정을 봐서라도 이럴 수 있소? 한 번만 봐주시오!"

그러나 최상국은 묵묵히 바라보기만 하다가 다시 담배를 피워 물었다.

배병호가 문밖으로 사라지자 최상국, 담배를 내던지고 자세를 고쳐 앉았다.

"이봐, 박 실장. 천호동 나이트 건은 어떻게 됐나?"

"길동파가 협상에 응할 것 같습니다. 따끔한 맛을 본 데다가 우리 뒤에 회장님이 있다는 것을 눈치 챈 것 같습니다."

"하긴 길동파 원식이란 놈은 약삭빠르기로 소문난 놈이니까. 그래,

조건이 뭐야?"

"두 당 천만 원씩 달라고 하는 모양입니다. 그가 데리고 있는 조교사, 기수는 모두 6명입니다.

"넉 장 준다고 해. 넉 장으로 밀어붙여."

"알겠습니다."

최상국, 잠시 고개를 숙이고 생각에 잠겼다.

"참, 맞대기파 건은 어떻게 됐나?"

한 사내가 앞으로 나서서 자신만만하게 대꾸했다.

"한강 변에서 신설동파 놈들을 확실히 꺾었습니다. 이번에 대전 역전파 애들이 힘 좀 썼습니다. 앞으로 본장 주변에서는 신설동파 놈들이 얼씬도 못할 것입니다."

"잘했어! 역전파 애들은 달라는 대로 줘. 앞으로도 불러들일 일이 있을지 모르니까."

"장외발매소 놈들은 어떻게 처리할까요.

"본장을 장악했으니 이미 소문이 퍼졌을 것이다. 소소한 놈들은 놔두고 굵은 놈으로 하나만 쳐. 그러면 나머지는 쉽게 해결될 거다."

"잘 알겠습니다."

사내가 고개를 숙이며 받아들이자 최상국은 박수를 치며 소리쳤다.

"자. 오늘 회동은 이걸로 끝이다. 술과 안주 있는 대로 다 내놔. 진창 한번 취해 보자!"

서 있던 사내들은 곧 흩어져서 빠르게 움직였다.

성욱과 박 기자는 벽에서 눈을 떼고 이어폰을 뺀 뒤에도 충격으로 한동안 그대로 서 있었다. 곧 박 기자는 이어폰에 이어져 있는 줄을 슬슬 잡아당겨 지붕 위의 집음기를 회수했다. 두 사람은 동정을 살피며 벽을 따라갔다.

잠시 후, 나무그늘 밑에서 오토바이를 끄집어 낸 박 기자와 성욱은 오던 때와 같이 타고 어둠 속으로 향했다.


맞대기란 경마장의 매표소를 통하지 않고 소수의 고객들에게 사설(私設) 마권을 사고파는 행위를 말한다. 경마장 내 은밀한 곳에서, 혹은 주변의 격리된 장소에서 경주 결과를 이용하여 자기들끼리 경마를 하는데, 경마장 측이나 경찰의 눈길을 피하여 불법으로 이루어지기 때문에 철저하게 점조직으로 운영된다.

보통 맞대기 1개 조직은 5~10명으로 구성되며, 돈을 투자하고 관리하는 전주(錢主), 사설마권을 판매하는 모금책, 전주와 모금책을 보호하고 단속원들을 상대하는 똘마니 등으로 구분된다.

맞대기파들은 정식 마권에서 공제하는 세금과 운영비 등이 없기 때문에 보통 경마장보다 1할 이상 환급액이 높고, 그날 많이 잃은 고객들에게는 소위 개평까지 주어 달래기도 하면서 고객관리를 하는 것으로 알려져 있다….


김 부장 집 근처의 허름한 소줏집에서 마주 앉은 세 사람. 성욱과 박 기자는 무거운 표정으로 술잔을 나누고 있고, 김 부장은 신경을 곤두세우며 박 기자의 집음기 이어폰을 귀에 꽂고 있었다.

성욱은 너무 충격적인 일들이어서 한시라도 빨리 김 부장에게 보고하는 게 상책이라고 생각했고, 얘기를 들은 김 부장도 바로 집 근처로 와달라고 해서 이루어진 회동이었다.

성욱은 소리를 낮춰 박 기자에게 물었다.

"그래. 우리가 들었던 얘기들이 다 녹음되어 있단 말이지."

"저 기계는 집음기와 녹음기 성능을 동시에 갖추고 있습니다. 그래서 편리하기도 하지만, 범죄에 악용될 소지도 그만큼 높다고 할 수 있지요."

곧 김 부장은 무거운 표정으로 이어폰을 떼어냈다.

"두 사람 이번에 엄청난 일을 해냈군. 이 녹음기 하나만 가지고도 경마장 주변은 대충 청소가 되겠는걸. … 큰 표창을 해야겠군."

"소스는 장 과장님이 제공했지만, 제 자신도 원래 이런 일을 좋아합니다. 음습한 곳을 파헤치고, 끝까지 물고 늘어지고 하기 때문에 신문사 내에서 제 별명이 투견(鬪犬)이기도 합니다."

"그나저나, 그 바이킹이라는 술집은 어떻게 알게 되었소?"

성욱은 헛기침을 해서 목소리를 가다듬었다.

"저는 김동섭이 드나들었다는 강남의 환희라는 술집과 종업원 미스 신이라는 여자까지 추적했습니다. 그러나 동섭의 행방을 아는 데는 실패했습니다. 여자가 동섭의 얘기를 듣더니 사라져버렸기 때문이지요. 그런데 뜻밖에도 또 다른 여자에게서 귀중한 정보들을 들을 수 있었습니다.

그 집의 이 사장이라는 작자가 동섭이 뿐만 아니라 경마장 내 몇몇 조교사, 기수들과도 연계되어 있다는 것이었습니다. 아마도 동섭이와 비슷한 수법으로 코를 꿰겠지요.

저는 일단 동섭이를 찾아내는 게 급선무라고 생각되어 그의 차종과 번호를 알아낸 뒤, 주차장에서 찾아내 차 밑에 위치 추적 장치를 부착해 두었습니다. 그리고 아무래도 혼자 추적하는 것은 내키지가 않아 여기 박 기자에게 도움을 요청했습니다.

박 기자는 그들을 미행하는데 차 보다는 오토바이가 나을 것 같다면서 택배 기사를 가장했습니다. 그런데 뜻밖에도 오늘 밤과 같은 수확을 얻게 된 것입니다. 그리고 이 사장이란 작자도 독자적으로 행동하는 게 아니라 최상국이의 바지사장같은 존재라는 것을 알게 되었습니다.

동섭이는 찾지 못했지만, 결과적으로 꿩 대신 멧돼지를 잡은 격이지요."

김 부장은 심각한 표정으로 무거운 기침소리를 터뜨렸다.

"아무튼 두 사람 오늘 큰 일을 했소. 이 결과가 어떻게 전개될지 나도 장담못하겠소."

"오늘 밤 박 기자 활약하는 걸 보니 그야말로 스포츠신문사 기자로 있기는 아까운 인물이더군요. 어디 국가기관 수사요원으로 특채돼도 손색이 없을 것 같았습니다."

그러자 김 부장은 박 기자의 손을 잡았다.

"나중에라도 신문사 나올 일 있으면 얘기하시오. 우리 경마장에 적극 추천하리다.

그건 그렇고, 참 알 수 없는 일이군. 도대체 누가 최상국이 뒤를 대주고 있는 거야. 감방에 간 뒤로 부하들도 다 흩어지고, 주먹패들 사이에서도 평판이 좋지 못한 그가 왜 출소한지 얼마 되지도 않아 저렇게 커버린 건지… 내가 아는 바로는 다른 조직들도 그의 행적을 주시하며 뒷줄 캐기에 혈안이 되어있는 모양이던데….”

잠시 침묵이 이어지다 이윽고 박 기자가 술잔을 비운 뒤 입을 열었다.

“그렇다면 혹시… 물 건너온 돈 아닐까요?”

김 부장이 깜짝 놀라 말을 받았다.

“물 건너온 돈이라니… 야쿠자?”

그러자 박 기자는 침묵으로 답변을 대신했다.

“야쿠자가 침투해 있다는 소문은 들었지만 경마장까지 손을 뻗쳤다는 것은 금시초문인데….”

“짐작은 할 수 있지요. 그 작자들 생리가 돈이 굴러다닐만한 곳은 지체 없이 파고드는데 경마장에 눈독을 들이지 않을 리 있겠습니까. 주식이니, 부동산이니, 건축업계, 유통… 이런 데보다 경마장이 못할 게 뭐 있겠습니까. 외형으로 보나 차후 전망으로 보나 말입니다. 더구나 경마장은 100% 현금장사라는 메리트도 있지 않습니까.

지금 일본 당국에서는 종전과는 달리 야쿠자에 차츰 제재를 가하고 있습니다. 우선 그들이 규모가 너무 커져 정, 재계 등 사회 전반에 각종 영향력을 행사하고 있기 때문이고, 또 하나는 그들에 대한 인식이 종전과는 같지 않기 때문입니다.

그래서 자꾸 우리 쪽으로 시선을 돌리려는 것 같습니다. 자신들의 사업도 확장하고, 합법적으로 돈세탁도 할 겸 해서요. 야쿠자의 20% 정도가 재일동포 출신이어서 사업 펼치기도 용이한 편이지요.”

박 기자의 거침없는 답변에 김 부장과 성욱은 눈이 휘둥그레져서 바라보았다. 곧 김 부장이 무거운 목소리로 말을 꺼냈다.

"지금 최상국이 설쳐대는 꼴을 보면 일리 있는 얘기이기는 한데… 만약 사실이라면 보통 일이 아니요. 경마장을 자신들 사업의 또 다른 베이스 캠프로 삼아보겠다는 얘긴가?"

성욱이 한숨을 내쉬며 말을 이었다.

"내우외환이라더니 이런 때를 두고 하는 말 같습니다. 경마장 노리는 사람은 많고, 지키려는 사람은 적으니 어디 힘들어 해먹겠습니까? 저도 이것저것 다 모르는 체하고 월급이나 타다가 퇴직해야 할까 봅니다."

"능력 있는 김 부장님 계시지 않습니까. 계장들도 있고…."

"우리 몇 사람만으로 되겠소?"

"저도 있습니다. DNA에 이런 일들을 좋아하도록 새겨진 저 말입니다. 그리고 누군가가 또 나타날 것입니다. 두 분의 진실이 알려지는 때에는…."

그러자 김 부장은 반색을 하며 박 기자의 어깨를 쳤다.

"하하, 우리가 도리어 젊은 박 기자에게 위로를 받게 되다니… 이 사건 역시 보통 일이 아니요."

세 사람, 모처럼만에 호탕하게 웃으며 건배를 했다. 벽에 걸린 시계는 어느 덧 12시에 가까워지고 있었다.

# 여인의 등장

성욱은 차들로 가득한 L호텔 지하 주차장에 가까스로 차를 세웠다. 시계를 보니 아직 여유가 있어 의자를 눕히고 잠시 기대기로 했다. 그리고 낮 시간 때 사무실에서의 전화를 다시금 떠올려 보았다.

"전화 바꿨습니다. 경마과장입니다."

"아, 안녕하세요. 제 목소리 기억하시겠어요?"

뜻밖의 여자 얘기에 자신은 잠시 머뭇거리다 가까스로 대꾸했다.

"혹시… 지난 번 6경주 때 전화하셨던….

"맞습니다. 용케도 기억 하시는군요."

그러자 바짝 긴장되어 자신도 모르게 전화기를 바짝 귀에 댔다.

"이번에는 무슨 일로….

"우리 한번 만날 때가 되지 않았나요? 제가 도움 드릴 일도 있고, 도움 을 받을 일도 있고….

"도움을 주고받을 일이 있다니요?

"먼저 도움 드릴 일은 김동섭의 은신처를 알려드리지요. 다음 도움 받을 일은 제 사업과 관련하여 협상을 해보고 싶어서입니다."

자신은 엉겁결에 소리쳤다.

"은신처라고요! 사업과 관련된 협상은 또 무슨 얘깁니까? 아무튼 일단 만나십시다. 만나서 얘기해 보십시다…."

여인은 침착하게 시간과 장소를 불러주었다.

김동섭의 은신처를 알고 있다니. 그토록 갈구하던 동섭의 은신처를 여인은 어떻게 알고 있단 말인가. 도대체 여인의 정체는 뭘까. 혹시 어떤 함정은 아닐까…

아무튼 마음을 굳게 다잡기로 하고 성욱은 차에서 내려 엘리베이터 쪽으로 향했다.

성욱이 호텔 3층에 위치한 커피숍에 들어서자 한쪽 구석에서 손을 번쩍 들어 자신을 알리는 여자가 있었다. 검은색 투피스에 역시 검은색 라피아 모자를 썼는데, 그리 밝지 않은 실내인데도 여자는 선글라스를 쓰고 있었다.

성욱이 자리에 앉자마자 여자는 미소를 띠며 차분한 목소리로 말을 꺼냈다.

"좀 놀라셨습니까? 제가 만나자고 해서…."

"아닙니다. 사실 저도 어떤 분인지 궁금하기도 해서 만나보고 싶었습니 다."

"김동섭은 무사히 살아있습니다. 이제 6경주 사건도 외견상 찾아들었으니 그들도 곧 풀어줄 생각을 하고 있을 것입니다."

성욱은 엉겁결에 다그쳐 물었다.

"동섭의 은신처는 어떻게 아셨습니까? 그리고 지난 6경주 적중마는 어떻게 아셨고요. 경마장 안팎에 알려진 분도 아니면서 어떻게 경마장 일들을 그처럼 손금 보듯 알고 계십니까?"

"호호, 그건 제 노하우지요. 곧 아시게 될 겁니다."

이때 종업원이 다가와 주문을 받느라고 얘기는 잠시 중단되었다.

여인은 주문한 음료가 오기 전에 백에서 담배를 꺼내 피워 물었다. 검은 색 일색의 모습에 희고 긴 손가락 사이에서 피어오르는 연기는 퍽 고혹적인 느낌을 갖게 했다. 나이는 30대 후반일 것이라고 추측해 보았다.

성욱은 묻고 싶은 얘기들이 목구멍까지 차올랐지만 여자가 먼저 꺼낼 때까지 눌러 참기로 했다.

이윽고 음료가 배달되자 여자는 잠시 찻잔을 입에 댄 후 말을 꺼냈다.

"먼저 제 사업 얘기부터 시작하지요. 지금 경마장에 기수가 부족할 텐데, 언제 기수 모집을 하실 예정이십니까."

"대강 가을 정도로 생각하고 있습니다."

"그 시기를 좀 앞당길 수 없을까요? 가령 초여름 정도로…"

"뭐 그럴만한 이유라도 있습니까? 피치 못할…?"

"제가 개인적으로 훈련시킨 기수가 2명 있습니다. 그들에게 빨리 능력 발휘를 하게 해주고 싶습니다. 그렇다고 제가 야이쪼(부정경마)를 하겠다는 것은 아닙니다. 실력으로 정정당당한 승부를 해보겠다는 것입니다.

저는 그들에게 많은 투자와 노력을 기울였고, 그들도 혹독한 훈련 과정을 거쳐 고도로 단련된 기술을 가지고 있습니다. 경주와 관련된 여러 비디오들을 보며 작전 전개에 대해서도 많은 연구를 했지요. 또한 해외 전지훈련까지 마쳤습니다."

"경마장으로서도 다행스러운 일이군요. 혹시 경력 상의 하자는 없습니까?"

"하자? 신분이나 부정경마 관련? …그런 건 없습니다."

"하지만 경마가 기수들의 자질만 가지고 결정되는 것은 아닙니다. 마칠인삼(馬七人三)이라 하여 말의 능력이 70프로고, 사람의 능력이 30프로…"

그러자 여자는 커다랗게 웃음을 터뜨렸다.

"지금 제게 교양강좌를 하시겠다는 겁니까? 제가 그것도 모르고 기수들을 양성했겠습니까? 설사 사람의 능력이 10프로에 불과한다고 해도 경주 결과를 좌지우지 할 수도 있습니다."

아무튼 예사로운 여자는 아니었다. 경마에 관한 한 자기보다 오히려 몇 수 위인지도 모른다는 생각이 들었다.

"그런데 그런 일은 저 혼자 결정할 일은 아닙니다."

"저도 잘 알고 있습니다. 그러나 기수 모집에 과장님의 영향력이 커서 제가 협상하자고 하는 것입니다. 만약 거래가 성사되면 김동섭의 거처와 최상국의 근황에 대한 정보를 모두 드리겠습니다."

동섭의 거처에 최상국의 근황까지라니. 그야말로 자신에게는 저절로 굴러온 호박넝쿨이나 다름없었다. 어쨌든 결코 놓쳐서는 안될 순간이었다.

"협상 수락 여부 기간은 얼마나 주시겠습니까?"

"3주입니다. 3주 이내에 기수 모집 공고가 일간지에 게재되면 우리 거래가 성사된 걸로 간주하겠습니다."

"3주라⋯."

성욱은 잠시 망설여졌다. 3주 안에 윗사람들의 동의를 받아낼 수 있을까. 사실 최근 여러 사고도 있었고, 곧 외국에서 말이 들어올 예정이어서 기수 자원이 필요하기는 하다. 그러나 지금 경마장에는 시급한 현안들이 한두 가지가 아닌데, 윗선에서 기수 모집을 쉽게 승낙해줄까⋯

재빨리 머리를 굴려본 후 성욱은 결단을 내렸다.

"3주는 좀 이른 것 같고, 4주는 어떨까요. 그 정도면 고려해 볼 수 있을 것 같습니다."

"좋습니다. 그러면 우리 거래는 성사된 걸로 간주하겠습니다."

여자는 어느 정도 만족했는지 담배를 피워 물었다. 두어 모금 내뿜은 후 헛기침을 하더니 말을 꺼냈다.

"지금 최상국은 경마장을 제 수중에 넣고 좌지우지하려고 혈안이 되어있어요. 제가 그저 재미 삼아 최상국의 주변을 살피고 있었던 것은 아닙니다."

"그러면 무엇 때문입니까? 저로서는 짐작하기조차 쉽지 않습니다."

"최상국은 과장님께도 그렇지만 제게도 적이기 때문입니다. 거꾸러뜨리고 제거해야할 적⋯."

"우리에게는 그렇다 치더라도 왜 그쪽에게도 적이란 말씀이요?"

그러자 여인은 대답 대신 차를 마시고 잠시 침묵을 지켰다. 성욱은 내심 고맙기만 해 벌떡 일어나 볼에다 뽀뽀해주고 싶은 충동마저 일었다. 여인은 마지막으로 담배 연기를 길게 내뿜고 재떨이에 부벼 끈 후 얘기를 시작했다.

"저는 그동안 많은 시간을 경마에 쏟아 부었습니다. 당연히 투자도 적잖게 해서, 현재 경마장 안팎에서 누구 못지않은 이론의 소유자라고 자부할 수 있습니다. 또한 저는 적잖은 노력 끝에 컴퓨터를 이용한 독특한 경마 프로그램을 개발했습니다. 그 덕분에 재미도 좀 보고, 경마를 하나의 사업으로 발전시킬 가능성도 발견했습니다. 그런데 도처에 변수가 잠재되어 있는 겁니다. 바로 최상국이 같은 작자들때문입니다. 이를테면 제 계획과 프로그램을 망쳐놓는 바이러스같은 존재라 할 수 있지요."

"흥미로운 얘기군요."

"생각해보세요. 아무리 정교하고 과학적인 프로그램도 저런 식으로 각목을 들고 죽기 아니면 까무러치기 식으로 설쳐대는 데는 별다른 도리가 없지요. 경주는 개판이 될테고, 그저 최상국이 의도하는 대로 끌려가기 십상입니다."

"경마에 관심을 가진지는 얼마나 되었습니까?"

"대략 5년쯤 됩니다. 그 계기도 참으로 우연이었지요. 제 주위에 있던 한 사람이 경마로 인해 자살에 이르게 되었기 때문입니다."

"주위 사람이 경마 때문에 자살했는데, 그 때문에 도리어 경마에 빠져들게 되다니, 아이러니 하군요."

"그게 그럴만한 이유가 있습니다. 그 사람은 명문대에서 경제학을 전공하고 회계사 시험까지 패스한, 흔히 말하는 엘리트에 장래도 탄탄대로일 것 같은 사람이었습니다. 그런데 그런 사람이 주변 사람을 따라 경마장에 출입하기 시작하더니 차츰 경마에 빠져들기 시작했습니다. 그러다 곧 중독이 되어 경마장에 살다시피 하며 직장은 아예 뒷전이 되고 말았지요. 결국 빚에 몰리다 못해 자살을 택하게 되고 만 겁니다. 명석한 머리에 회계의 대가라는 사람이 경마에서 헤어 나오지 못한 것입니다."

"음… 그런 일도 있었군요."

성욱은 마치 자신의 잘못인 것만 같아 한숨을 내쉬며 물컵의 물을 마셨다. 사실 경마장 주변에서 그와 비슷한 일들이 낯선 것은 아니다. 그러나 명문대 출신의 회계사가 경마 때문에 자살까지 택했다는 것은 처음 듣는 얘기였다.

성욱은 문득 주변을 들러 보았다. 주위에는 화려한 분위기와 잘 가꾸어진 화분들 속에서 사람들의 발걸음이 바쁜데, 뜬금없이 울적한 얘기를 듣고 있자니 가슴이 답답해왔다.

"당시 저는 그 사건을 겪고 큰 충격을 받았습니다. 그저 컴퓨터 회사에 다니는 평범한 회사원에 불과했던 제게, 그는 선망의 대상을 넘어 쉽게 다다를 수 없는 우상같은 존재였기 때문입니다.

그래서 도대체 경마라는 게 어떤 것인가 하고 관심을 갖게 되었고, 주말이면 경마장에 출입하기 시작했습니다."

"그야말로 소설같은 얘기군요."

"더 소설같은 일은 바로 그 다음에 일어났습니다. 막상 경마장에 출입하고 보니 밖에서 듣던 바와는 많이 다르더군요. 생각보다 공정하고 합리적인 면이 적지 않았습니다. 수십 년에 걸쳐 기록된 수많은 통계수치들, 경주 기록에 영향을 미치는 다양한 변수들, 게다가 각 조교사나 기수들의 경주 운용법….

저는 경마장에 출입한지 얼마 되지 않아 곧 깨달을 수 있었습니다. 그 모든 자료들을 활용하고 적절하게 배치하면 경마라는 게 실제로 해볼만한 것이라고 말입니다."

"대단하군요. 그래서 경마 때문에 패가망신 하는 것도 실상은 자기 자신 때문이라는 결론도 얻었겠군요. 가령 그저 허황된 욕심이나 떠도는 정보에만 매달려 한탕주의에 휩쓸리면서 경마의 실체를 바로 보지 못하고 질곡에 빠져드는 것이라고…."

"그렇습니다. 저로서는 생각지도 못했던 큰 깨달음이었습니다. 그때부터 저는 모든 시간을 투자해 경마 연구에 매달렸어요. 국내 외의 모든 경마 서적을 구해다 읽고, 주말마다 경마장에 쫓아다니며 경주를 관람하고 말을 관찰했습니다. 틈틈이 새벽공기를 마시며 경마장으로 달려가 아침 조교를 구경하는 것도 빠뜨리지 않았습니다."

"아주 경마박사가 되셨겠군."

"실제로 학위를 받을만 하다고 자부할 수 있습니다. 저는 제가 연구하고 직접 관찰한 결과를 모두 데이터베이스화했고, 이 자료들을 체계적으로 분류하고 분석에 분석을 거듭하면서 승산이 있다는 결론에 다다랐습니다. 그때부터 프로그램 제작에 돌입했습니다."

"놀라운 얘기군요."

"저는 원래 프로그래머였습니다. 10여 년을 컴퓨터 앞에서 살았습니다. 이 경력을 잘 활용하면 정확한 경마 프로그램을 만들 수 있겠다는 확신이 섰습니다. 그래서 직장도 그만두고 보다 완벽한 프로그램 제작에 몰두했습니다."

성욱은 엉겁결에 다급하게 물었다.

"그래서 성공했습니까?"

"물론입니다!"

성욱은 여인의 자신 있는 목소리에 충격을 받았다. 그러나 내색을 하지 않기 위해 억누르면서 차를 마셨다. 사실 그러한 시도가 경마장 내에서도 없었던 것은 아니다. 그러나 번번이 실패하면서 현재까지도 지지부진한 상태였다.

여자는 웃음을 머금은 얼굴로 얘기를 이어갔다.

"그렇다고 해서 제 프로그램의 적중률이 100프로 완벽하다는 것은 아닙니다. 그 정도로 완전하다면 이렇게 제가 과장님하고 마주앉아 있을 필요도 없겠지요. 제 프로그램의 적중률은 대략 80프로에 육박합니다. 그것도 이론상으로…."

"이론상으로라니요. 그렇다면 실제 결과는 그렇지 못하다는 말씀입니까?"

"그렇습니다. 바로 갖가지 부정행위 때문입니다. 기수와 조교사에 대한 매수, 고의의 승부조작, 약물투여 등으로 인해 제 프로그램의 오차율이 클 수밖에 없었던 겁니다. 실제 상의 오차율이 10프로 이상이 되면 제 애써 만든 프로그램도 무용지물이 되기 십상입니다. 그래서 저는 고심 끝에 사력을 다해 정보망을 구축하게 된 겁니다."

"대단하시군요. 그래서 경마장 안팎의 일들을 그처럼 손금 보듯 알고 계셨군요. 우리에게 알려주기도 했고…"

"저는 지금 당장이라도 최상국을 다시 집어넣을 충분한 자료를 가지고 있습니다."

"그럼 왜 직접 경찰이나 검찰에 제보하지 않는 겁니까?"

"그래도 되겠지요. 하지만 저는 적어도 당분간은 전면에 나서서는 안될 이유가 있습니다. 쉽게 말씀드리자면 보다 거시적인 제 사업에 차질을 빚게 되기 때문입니다."

그러자 성욱은 바싹 다가들었다.

"그렇다면 내게라도 최상국에 대해 좀더 알려줄 수 있습니까. 가령 그에 대한 배경이라던가 하는….

그러자 여인은 성욱을 잠시 빤히 바라보았다.

"그 정도는 알고 계시리라 생각했는데 아직 모르고 계셨던 모양이군요. 하긴 워낙 교활한 놈이니까…."

여인은 마음을 다잡으려는 듯 은색의 담배 케이스에서 또 다시 담배를 꺼내 물었다. 성욱은 탁상용 라이터를 여인 쪽으로 밀었다. 여인은 묵묵히 두어 번 담배 연기를 내뿜은 후 헛기침을 해서 목소리를 가다듬었다.

"과장님이 아니라도 김 부장님은 그 정도는 알고 계시리라 생각했습니다.

최상국의 뒤에는 일본 3대 야쿠자 조직 중의 하나인 스미요시 파가 있어요. 작년 가을 감방에 있던 최상국은 수를 써서 가석방 된 뒤 곧바로 부산의 주먹패 남상철을 찾아 갔지요. 물에 빠진 사람 지푸라기라도 잡는 심정으로 말입니다.

주먹세계에서 버려지고 배신당한 그에게 유일하게 남은 인물이 바로 남상철이었습니다. 두 사람의 인연은 당국이 범죄와의 전쟁을 벌이면서 폭력배들을 일제 소탕할 당시, 도망다니던 남상철을 최상국이 도와줘 교도소 행을 모면하게 해줬던 데서 시작됩니다.

그 뒤 남상철은 당국의 단속이 느슨해진 틈을 타 부산항 쪽에 모습을 나타냅니다. 그는 험한 부두패거리들과 부대끼면서 독기와 의리로 점차 조직을 형성하여 지금은 영남의 3대 폭력 조직의 하나인 동철파를 거느리고 있지요.

남상철은 세력이 커지면서 바다 건너 일본 야쿠자들과도 거래를 트게 되었고, 그러면서 스미요시파와도 교분을 갖게 됩니다."

엊그제 박 기자의 추측이 맞았던 것이다. 그나저나 두 사람이 말을 맞춘 듯 며칠 사이로 최상국과 야쿠자 얘기를 꺼내다니… 성욱은 충격을 억누르면서 가까스로 물었다.

"남상철이라는 인물이 그 정도 세력이면 직접 도와줘도 될텐데 왜 최상국을 구태여 야쿠자에게까지 소개를 시켰을까요?"

"이렇게 추리하면 무리가 없을 것입니다. 먼저 남상철이 다른 조직의 시선을 의식할 만큼 세력이 커졌다고 봐야지요. 모두들 개밥에 도토리 취급하는 최상국을 거둬줬다는 소문이라도 퍼지면 자신의 이미지에 흠집이 남기 때문입니다. 또 하나는 야쿠자들이 한국 경마장에 호시탐탐 눈독을 들이고 있는 것을 잘 알고 있는 남상철이 다리를 놓아주는 역할로 최상국을 택한 겁니다. 한때 경마장에 발을 붙이고 있던 최상국을 서로 연결시켜주면 그야말로 누이 좋고 매부 좋은 식이라고 판단했겠지요.

스미요시파는 최상국에게 조직의 핵심 요원 한 명과 전폭적인 자금 지원을 약속했다 합니다. 물론 수익금에 대한 일정한 배당을 전제로 한 것이겠지만요."

성욱은 가까스로 침묵을 유지하며 고개를 숙인 채 여인의 시선을 피했다.

그래서 최상국이라는 인물이 저렇게 날개 단 호랑이가 되어 설쳐대는 것이로군. 그나저나 여인은 도대체 어떻게 이런 사실들을 다 알고 있을까. 한마디로 무서운 여자라는 생각이 들었다. 마음만 먹으면 경마장도 집어 먹을 수 있을 것 같았다.

성욱의 심중을 아는지 모르는지 여인은 담담한 어조로 이어갔다.

"주목해야 할 것은 이러한 일들의 이면에 있는 사실들이지요. 최상국은 일본 야쿠자들이 한국의 경마장에 발을 들여놓게 하는 전위대 역할을 하고 있다는 것입니다. 최상국이란 놈은 그저 무식하고 단세포적이어서 그런 것도 모르고 관심도 가지려고 하지 않지만요. 그저 자신이 살길은 오직 스미요시를 철저히 본받고 따르는 길 뿐이라고 생각하고 있을 것입니다.

지금 그는 그동안 당한 것에 대한 복수전이 어느 정도 마무리되었다고 생각하고, 경마장을 기반으로 이제는 정치권에까지 손을 뻗치려 하고 있습니다. 요즘 패거리들은 정치적인 배경 없이는 크는데 한계가 있을 수밖에 없다는 것을 들어서 알고 있기 때문이지요."

# 김동섭과의 조우

초저녁 차들로 붐비는 거리. 박 기자, 신중하게 운전을 하고 있고 성욱은 조수석에 앉아 있다.

"번번이 신세 져서 미안하구만. 내 이번 사건 마무리되면 거하게 한잔 사겠네."

"이렇게라도 해서 김동섭이를 찾게 된다면 다행이지요. 동섭이만 있으면 6경주 사건은 대강 해결되는 것 아닙니까?"

"엊그제 이사님이 동섭이 얘기를 꺼냈었네. 스스로 돌아올 가능성이 없을 것 같으니 경찰에 신고하는 게 어떻겠냐고 하더군."

"그래서 뭐라고 하셨습니까?"

"며칠만 더 기다려 주시라고 했네. 우리 힘으로 찾는 데까지 찾아보겠다고. 언론에서 또 냄새 맡고 달려들면 호미로 막을 것을 가래로 막을 수도 있다면서⋯."

"그나저나 동섭이가 있는 곳은 어떻게 아셨습니까?"

성욱은 강남의 호텔 커피숍에서 여인을 만났던 얘기를 털어 놓았다.

"그랬었군요. 실은 지난번에 천호동에 있는 리버사이드 나이트에 갔던 것도 여인의 제보 때문이었습니다."

"그래? 천만뜻밖이군. 자신이 누구라고 하던가?"

"자신은 밝히지 않고 그냥… 중년 여인의 목소리였습니다. 부드러운 저음의… "

"음…."

성욱은 가슴이 철렁 내려앉는 것 같았다. 중년 여인이라니. 자신이 만났던 그 여인이란 말인가.

"엊그제 만났다는 여인과 같은 사람일 것 같습니까?"

그러나 성욱은 쉽게 대꾸를 하지 못했다.

"밝히고 싶지 않다면 말씀 안하셔도 좋습니다."

"그게 아니고, 같은 여자인 것 같은데, 어찌 자네에게? 경마장에 다시 출입한지 얼마 되지도 않았는데… 우리 일거수일투족도 감시하고 있나?"

"그러게요. 심상치 않은 일입니다. 여자의 정체가 과연 무엇일까요?"

성욱은 할 말을 잃었다. 이때 갑자기 누군가가 앞쪽으로 끼어들자 박 기자 클랙슨을 울리며 욕설을 내뱉었다. 다시 페이스를 유지하고 말을 꺼냈다.

"어쨌든 동섭이를 찾게 된다면 그 미스터리 여인은 경마장에 큰 공을 세우는 셈이군요. 참 알 수 없고 흥미진진한 여자입니다. 또 동섭의 소재를 알려주면서 요구하는 게 겨우 기수 모집 좀 앞당겨달라는 것이라니…. 뭔가 다른 흑막이 있는 것은 아닐까요?"

"아무튼 내게는 그 얘기뿐이었네. 우리에게 뭔가 무리한 요구를 한다거나 해를 끼칠 것 같지는 않아보였어. 그저 사업가 기질로 무장된 여자로만 보였어."

"그렇더라도 뭔가 이상하지 않습니까. 뭔가 다른 의도가 또 있을 것 같습니다. 뭐 하면 내기를 해도 좋습니다.

그건 그렇고, 최상국이가 출소한 후에 어떻게 지냈다고 합디까. 하루아침에 알거지 신세가 된 자가 어디서 쇠심줄 같은 줄을 잡아 저렇게 설쳐댄답디까?"

"지난번 자네 예상이 맞았네. 최상국의 배경의 비밀은 바로 야쿠자에 있었네. 그 여자는 최상국의 행적에 대해서도 놀랍도록 세세히 알고 있더군. 나도 듣는 동안 내내 전신에 소름이 돋는 느낌이었어. 그동안 우리는 그저 우물 안 개구리처럼 살아왔다고나 할까. 앞으로 어떻게 대처해나가야 할지 그저 막막하기만 할 뿐이었네."

차는 한강을 건넜고, 박 기자는 성욱이 얘기한대로 능숙하게 청담동 H빌딩 쪽으로 차를 몰았다.

주차장에 차를 세운 그들은 엘리베이터를 타고 지하 3층으로 향했다. 그러나 막상 다다른 지하에는 음식점 하나와 술집만 있을 뿐 텅 비어 있었다. 여인이 얘기한 슬롯머신 업소는 어디에도 없어 성욱은 당황스러웠다.

"어떻게 된 거야? 그 여자 성격에 거짓말 할 것 같지는 않은데…"

그러나 박 기자는 침착한 표정으로 L 자로 구부러진 복도의 끝까지 걸어갔다. 끝 쪽에는 문이 하나 있었는데, 달랑 손잡이만 달려 있어 무슨 창고같은 게 있는 것만 같았다. 박 기자는 그 앞에 다다르더니 눈썹을 곤두세우고 문틈에 귀를 댔다.

잠시 후, 박 기자는 손잡이를 돌려 본 후 문에 노크를 해댔다. 반응이 없어도 계속 노크를 했다. 그래도 아무 반응이 없자 돌아서려는데, 갑자기 문이 조금 열리며 누군가가 얼굴을 내밀었다.

"누굴 찾으십니까?"

20세를 갓 넘겼을 것만 같은 젊은이는 박 기자의 위아래를 훑어보며 물었다.

"사장님 좀 만나러 왔습니다."

"여기는 회사가 아닙니다."

젊은이가 빠르게 내뱉으며 문을 닫자 박 기자는 손잡이를 잡고 냉큼 문을 열었다. 그리고 젊은이를 밀고 안으로 들어가자 성욱도 재빨리 따라 들어갔다. 안에는 커다란 소파 2개와 탁자만 있는 평범한 사무실이었다. 젊은이는 눈을 부릅뜨며 달려들었다.

"왜 이러는 거요? 여기가 어딘 줄 알고 들어와서…"

"여기 김동섭이라는 애 있지?"

그러자 젊은이는 놀란 표정이었으나 곧 시치미를 뗐다.

"그런 애 여기 없습니다."

"우리는 김동섭이 친척이다. 없다고 우기면 경찰에 신고하겠다."

박 기자가 핸드폰을 꺼내자 젊은이는 난감한 표정을 짓더니 곧 한쪽에 있는 쪽문을 열고 안으로 사라졌다. 그런데 문을 열었을 때 얼핏 소음들이 들려 안쪽에 커다란 뭔가가 있다는 것을 짐작케 했다.

이윽고 문이 열리며 중년사내와 함께 김동섭이 나타났다. 동섭은 성욱을 보고는 깜짝 놀라며 어쩔 줄을 몰라 했다. 험한 인상의 중년 사내는 성욱과 박 기자를 번갈아 바라보다 말을 꺼냈다.

"동섭이 친척 되신다고요?"

"그렇습니다. 여기 있다는 얘기를 듣고 찾아왔습니다."

"어떻게 아셨는지는 모르겠지만 지금 바쁘니 30분 시간을 주겠소. 그동안에 얘기를 나누고 돌려보내줘야 합니다."

중년 사내는 거친 목소리로 얘기하고는 젊은이와 함께 안으로 사라졌다.

동섭은 성욱과 박 기자에게 소파에 앉으라고 하고는 풀 죽은 모습으로 물었다.

"여기는 어떻게 아셨습니까?"

"그보다 지금 바로 우리와 나가자. 우리가 보호해서 데리고 가마"

"안됩니다. 무슨 꼴 당하시려구요. 지금 이 곳도 안에서 CCTV로 다 감시하고 있어요. 그리고 저들도 곧 저를 내보낼 것 같으니 굳이 무리하실 것 없습니다."

박 기자가 바로 받았다.

"날짜도 좀 지났고 사건도 잠잠해져 가둬두고 있을 필요가 없다는 얘긴가."

"아무튼 살아 있어서 다행이구나."

그러자 동섭은 금방 울음을 터뜨렸다.

"차라리 그때 제가 죽어버렸으면 오히려 속이 편했을 것입니다. 저는 그저 자작나무를 견제하려 했을 뿐인데 그런 사고로 이어질 줄 몰랐습니다. 평소 착하고 열심인 영규였는데, 지금 어떻게 되었는지… 곧 나가서 다 말씀드리고 저는 어떤 대가도 치르겠습니다. 그리고 경마장을 떠날 생각입니다. 사람도 싫고 세상이 싫어졌습니다."

박 기자는 성욱과 눈길을 마주친 후 단호하게 얘기했다.

"그러면 우리는 순순히 물러가마. 대신 분명히 전해라. 며칠 내로 내보내지 않으면 경찰과 같이 오겠다고"

성욱과 박 기자는 오던 길로 되돌아 주차장으로 나왔다. 곧 차는 지하 주차장을 빠져 나와 한창 붐비는 차량의 물길 속에 섞였다. 한숨 돌리게 되자 성욱은 놀란 눈길로 박 기자를 바라보며 말을 꺼냈다.

"그나저나 순발력 하나만은 알아줘야겠군. 그 지하에 뭐가 있는 줄 어떻게 알았어?"

"그 여자가 제보했기 때문에 사실이라 믿었습니다. 여러모로 볼 때 허튼소리 할 사람은 아닙니다. 그리고 최근 정부에서 슬롯머신업을 불법으로 규정하여 폐지하자 일부 업소들이 단속을 피해 몰래 비밀 업소를 차려놓고 회원제로 운영하고 있다는 얘기를 들었습니다. 아까 젊은이가 문을 열었을 때 난 소리는 슬롯머신에서 나오는 기계음들입니다."

"아무튼 동섭이가 나와 다 털어놓는다면 6경주 사건은 어느 정도 마무리되겠군. 그나저나 동섭이가 저 업소에는 왜 가 있는 거야? 저기도 최상국이와 관련이 있는 건가…"

그로부터 5일 후 성욱에게는 한 편지가 배달되었다. 바로 동섭에게서 온 편지였다. 성욱은 황급히 개방하여 읽기 시작했다.

'저는 어제 그 솔롯 머신업소에서 나왔습니다. 그러나 아무리 생각해도 제 과오가 너무 커서 뻔뻔하게 과장님을 뵈러는 못가겠기에 이렇게 편지를 띠웁니다.

지금도 제가 경주 중에 사고를 쳐서 큰 소동을 일으키고, 신영규를 그 꼴로 만든 것을 생각하면 그저 한강 물에 빠져 죽고 싶기만 합니다. 그러나 그보다는 내막을 모두 알리고, 그에 따른 처벌을 받거나 대가를 치르는 게 나을 것 같아 모두 털어 놓고자 합니다.

지난 3월 초 저는 한 여자에게서 편지를 받았습니다. 자기는 모 대학에 다니는 신영희라는 여대생인데, 친구들 따라 경마장에 출입하다가 경마에 취미를 붙이게 되었고 저도 알게 되었다고 했습니다. 그러면서 말도 잘 타고 성실한 제게 호감을 갖게 되었다며 언제 한번 직접 만나보고 싶다는 것이었습니다. 얼마 후 편지는 다시 왔고, 이번에는 시간과 장소까지 정했으나 저는 나가지 않았습니다. 어떤 미끼일 수도 있다는 생각에서였습니다.

그러나 그 후에도 편지는 계속 왔습니다. 그런데 귀여운 글씨체의 여대생이라는 여자의 편지를 계속 받다보니, 기수 합숙소에만 있던 저도 흔들릴 수밖에 없었습니다. 그래서 결국 5번째 편지를 받고는 얘기한 장소에 나가보았습니다. 책을 옆에 낀 여자는 단정하고 순진해 보였습니다.

그렇게 몇 번 만난 후 여자는 자기가 아르바이트 하는 업소가 있다며, 데리고 가서 구경도 시켜주고 사장에게 소개도 시켰습니다. 사장은 자기도 경마를 좋아하여 경마장에 종종 간다며 저도 알고 있었습니다. 그 때까지만 해도 저는 그 업소가 룸싸롱인지도 몰랐고, 넉살 좋은 사장이 친구로 지내자 해서 그러자고 했습니다.

사장은 자주 놀러 오라며 식사도 사주고 선물도 주고 하면서 저를 끌어들였습니다. 그러다 결국 미스 신과 잠자리까지 하게 되었는데, 그 방에는 미리 카메라며 녹음기 등이 숨겨져 있었습니다. 그 후로 그는 점차 경마 정보를 묻기도 하고, 경주 중에 장난질을 요구하기도 했습니다.

마침내 저는 그의 본색을 완전히 알아차리고 반항을 하다가 얻어맞기도 하고, 협박을 받기도 했습니다. 제 잠자리 사진이나 녹음기 등을 보여주며 경마회에 보내 기수 생활을 끝장나게 해주겠다는 것이었습니다. 견디다 못해 저는 정 이렇게 괴롭히면 제가 먼저 경찰서에 찾아가 다 폭로하고 경마장을 떠나겠다고 했습니다. 그러자 사장은 마지막으로 한 건 터뜨려주고 관계를 청산하자고 했습니다. 그게 바로 지난 6경주 사건이었습니다.

그 경주는 포도대장과 자작나무만 빠지면 승부를 예상하기 어렵지 않은 게임이었습니다. 2번 사선대는 최근 상승세였고, 6번 적외선은 능력이 있는데도 묵혀두고 있었기 때문입니다.

또한 저는 미스 신과 사귀면서 사장이 조교사 김×× , 송▽▽, 기수 정▽△, 유○○ 등과도 친분을 맺고 있다는 것을 알았습니다. 미스 신이 술김에 말한 인상착의 가지고 알아냈습니다. 제가 숨어 있던 빠칭코 사장과도 친한 것 같은데, 어떤 관계인지는 알지 못합니다.

이상이 제가 지난 6경주와 관련하여 말씀드릴 수 있는 전부입니다.

아무튼 제 잘못으로 경마장이나 신영규에게 많은 피해를 끼치게 되어 그저 죽고 싶은 마음 뿐입니다. 그러나 저는 기회가 있다면 어떤 식으로든 대가를 치르겠으며, 처벌을 내린다면 달게 받겠습니다.

- 김동섭 올림

# 어느 조교사의 죽음

경마회와 마사지역을 구분하고 있는 샛문은 활짝 열어 제쳐있고, 직원들이 점차 모여들고 있었다. 일부는 손으로 햇빛을 가린 채 관람대 지붕의 모서리 끝을 바라보고 있었다. 거기에는 한 사내가 확성기를 든 채 오른팔을 흔들며 서있었다. 샛문 안쪽에는 조기단 사람들이 머리에 하얀 수건들을 질끈 동여매고, 피켓과 현수막 등을 펼치며 웅성거리고 있었다.

성욱은 한쪽에서 팔짱을 낀 채 참담한 심정으로 이 모든 광경들을 지켜보고 있었다.

막 다다른 젊은 직원 하나가 동료 직원에게 말을 건넸다.

"저 사람이 도대체 누구야?"

"유성식 조교사. 조기단 노조조합장이야."

"뭣 때문에 저기 올라가서 저러는 거래?"

"모르겠어. 무턱대고 회장만 불러오래….”

직원들은 속속 모여들고 있었다. 지붕 위의 유성식 조교사가 다시 확성기를 들고 우렁차게 소리쳤다.

"회장님 면담 좀 합시다! 높으신 분은 지금 어디 계십니까? 와서 대화 좀 하자고 해주시오!”

그는 오른쪽 주먹을 흔들며 같은 얘기를 확성기에 대고 반복했다.

한쪽에서 김 부장이 모습을 드러내자 성욱은 황급히 다가가 맞았다.

"유성식이 또 일 저질렀군.”

"그러게 말입니다. 저렇게 해서 해결될 일도 아닌데…. 이런 식으로 판을 벌려 어떡하겠다는 건지.”

"자기들 잘못해서 검찰 소환장 받아놓고 우리더러 어쩌라는 거야? 우리가 무슨 힘이 있다고….”

"조기단에서는 우리가 검찰에 고발했다고 생각하는 거 아닐까요? 가뜩이나 지난 번 신영규 때문에 가라앉아 있던 탓에 검찰 소환장까지 날아드니 한번 들고 일어나야겠다고 작심한 게 아니겠습니까?”

"그럴지도 모르지요. 어쨌든 판을 키워야 자신들이 유리하다고 생각한 것 같소.”

마사지역에는 조기단 사무실을 중심으로 인원들이 점차 늘어나고 웅성거림도 더 심해지고 있었다. 사람들 머리 위로 들려진 현수막에는 '검찰은 당장 소환을 중단하라' '한성경마회는 누구 편이냐, 우리가 밥이냐?' '신영규 죽음을 구실로 삼지마라!' 등이 쓰여 있었다.

그 양쪽에는 붉고 검은색으로 '검찰 소환 중단!' '경마 중단 각오!'

'조기단 폐쇄 불사!' 등이 쓰여진 피켓들이 여기저기 솟아 있었다.

이윽고 조기단 노조 간사를 맡고 있는 박 조교사가 확성기를 들고 앞으로 나섰다.

"여러분, 우리는 이제 뭉쳐야 합니다. 뭉치지 않으면 죽음 밖에 없습니다. 검찰에서도 만만한 우리를 죽이려하고, 본회에서도 우리를 버린 자식 취급합니다. 우리가 사는 길은 스스로 뭉치는 길 뿐입니다."

"옳소. 동감이오!"

조기단 사람들은 피켓과 불끈 쥔 주먹들을 허공을 내질렀다. 그에 맞춰 한쪽에서 꽹과리 소리도 들렸다.

박 조교사는 힘을 얻은 듯 더욱 목소리를 높였다.

"검찰에서는 그동안 뭘 했습니까? 경마장 주변의 폭력배들에게는 손 하나 대지 않으면서 왜 힘없는 우리만 잡아들이는 겁니까? 그리고 마른하늘에 날벼락처럼 이렇게 한꺼번에 불러들이면 경마를 어떻게 하란 말입니까? 경마장 문 닫고 모두 애나 보고 있으란 말입니까?"

"옳소! 동감이오!"

더욱 많은 주먹과 피켓들이 허공에 솟아오르고, 꽹과리 소리도 더욱 요란해졌다.

"본회 측도 믿지 맙시다. 그동안 우리가 이용이나 당했지 그들이 우리에게 해준 게 뭐있습니까? 무슨 일이 생길 때 바람막이가 돼줬습니까, 우리 처우를 제대로 한번 개선해 줬습니까. 아닌 말로 자기들이 누구 때문에 먹고 삽니까? 바로 우리들 아닙니까? 그런데 우리들은 그저 개처럼 충성만 하다가 이용가치가 떨어지면 버려지는 헌신짝 신세밖에 더 됩니까?"

"옳소! 옳소!"

샛문 안쪽은 더욱더 북적거렸다. 아이를 등에 업은 아주머니들도 보였다. 이윽고 정문 쪽에서 전경들을 태운 버스들이 밀려들었다. 샛문 바깥쪽도 직원들이 속속 모여들고, 과장, 부장들도 허둥지둥 다가왔다.

성욱과 김 부장은 북적이는 직원들 사이에서 말을 잃은 채 마사지역 쪽만 바라보고 있었다.

이윽고 관람대 지붕 위의 유성식이 확성기를 들고 구호를 선창하자 조기단 사람들 복창했다.

"검찰은 당장 소환을 중단하라!"

"신영규를 구실로 삼지 마라!"

"경마 중단 불사!"

"조기단 폐쇄 불사!"

전경들이 아래쪽 여기저기에 투신 방지용 대형 풍선들을 깔고, 커다란 보를 펼쳐 모서리를 4명씩 부여잡기도 했다.

이때 한쪽에서 갑자기 박 기자가 나타났다.

"도대체 이 동네는 바람 잘 날이 없군요."

김 부장은 뭘 잘못하다 들킨 것처럼 깜짝 놀라 돌아보았다.

"웬일이오? 여기를 어떻게 알고…."

"웬일이긴요? 기자가 이 정도 안테나도 없이 어떻게 해먹습니까? 저뿐만이 아닙니다. 저 샛문 안쪽 보십시오. 저 사람들 다 언론사에서 나온 사람들입니다."

실제로 마사지역에서는 몇몇 젊은이들이 조기단 사람들을 상대로 인터뷰를 하고 셔터들을 눌러대고 있었다.

"노조에서 연락한 것 같습니다."

성욱이 자조적으로 얘기하자 박 기자가 잽싸게 받았다.

"번지수를 잘못 찾은 것 아닙니까? 검찰 소환에 불만 있으면 검찰청 앞에 가서 시위를 하지 왜 여기서 이러는 겁니까?"

"여러 가지 계산한 결과겠지. 판도 키우고, 유성식이 자신의 위상 강화도 노리고, 우리 쪽이 나서서 해결해주기도 바라고…."

"저 기사에 그대로 긁겠습니다."

그러자 김 부장은 당황하며 손사래를 쳤다.

"예끼, 이 사람아…."

전경들이 배치를 마치고, 남은 인원들이 샛문 부근에 정열하자 경찰 책임자가 확성기를 들고 지붕 쪽을 향해 외쳤다.

"그만 내려오세요. 요구사항이 있으면 대화를 통해 정당하게 해결하세요."

그러자 유성식은 주먹을 흔들며 소리쳤다.

"요구사항 관철되기 전에는 결코 안내려 간다. 회장 불러와! 담당 검사 전화 연결 하던지"

"일단 내려와서 얘기하세요. 그런 식으로는 문제 해결에 도움이 안 됩니다. 대화를 통해 해결해야 합니다."

"필요 없어. 회장 불러와! 회장 안 되면 검사라도 불러와!"

이때 박 기자가 경찰 책임자에게 다가갔다. 확성기를 건네 달라고 하는 모양인데, 경찰은 순순히 응했다. 곧 박 기자는 지붕을 향해 소리쳤다.

"스포츠대한의 박상수 기자입니다. 제가 잠시 올라가 면담해도 되겠습니까?"

그러자 유성식은 잠시 생각하는 듯 하더니 이내 확성기를 들었다.

"좋습니다, 올라오시오."

박 기자는 확성기를 인계하고 관람대 쪽으로 향했다. 아무튼 기발한 친구였다. 어쨌든 일을 만들고 볼 것이었다.


마사지역에는 인원이 계속 불어나고 구호소리도 드세지기만 했다. 그러나 회장실에서는 아무런 움직임이 없는 모양이었다. 밀리지 않겠다는 심사인 듯 했다. 어쨌든 쉽게 끝날 것 같지 않아 성욱은 불길한 느낌마저 들었다.

갑자기 본회에서 김 부장에게 연락이 왔다. 소회의실에서 간부급 회의가 소집되었으니 참석하라는 것이었다.

황급히 본회 쪽으로 향하는 김 부장의 뒷모습을 바라보며 성욱은 경찰 책임자와 함께 마사지역 쪽으로 향했다. 조기단 간부들을 통해 유성식을 설득해보려는 방침이었다.


본관 2층 소회의실에는 각 부서의 부장들이 모여들었다. 여느 날처럼 마호가니 탁자 위로는 햇살들이 부서지고 있었고, 벽 쪽의 군마도(群馬圖)에는 활기찬 동작의 말들이 곧 튀어나올 듯 했으나 분위기는 냉랭하고 무겁기만 했다.

이윽고 문이 열리며 회장이 잔뜩 구겨진 얼굴을 하고 이사들과 함께 들어왔다.

회장은 자리에 앉자마자 곧바로 말을 꺼냈다.

"도대체 이게 무슨 꼴이란 말이오? 요즘 같으면 사람 산다고 할 수 있겠소? 툭 하면 말 다리가 부러지지 않나, 기수가 죽질 않나, 조교사가 지붕 위에 올라가질 않나, 도대체 무슨 낙으로 자리에 앉아 있으란 말이오?"

그러자 총무이사가 곧바로 말을 이었다.

"부장님들은 도대체 뭣들 하고 있었기에 기미도 못 채고 있었소? 한꺼번에 조교사 네 명에 기수 여섯 명 소환이라니, 이런 법이 어디 있단 말이오? 도대체 담당검사가 누구요?"

홍보실장이 좌우를 살핀 후 낮은 목소리로 말문을 열었다.

"서울지검 특수 1부 홍만식이라는 검사입니다. 나이는 삼십대 중반이고, 한영대 법대를 졸업했다 합니다."

회장이 이맛살을 찌푸린 후 헛기침을 했다.

"이마에 피도 안 마른 녀석이 건방지게….그래, 얘기들 해보시오. 검찰에서 갑자기 왜 이렇게 나온다고 생각하오?"

기획실장이 신중하게 말을 꺼냈다.

"어떤 딴 의도가 있는 건 아닐까요? 한꺼번에 많은 인원을 갑자기 불러들이는 것도 그렇고…"

"딴 의도라니요?"

"지금 후계자 문제로 여권이 진흙탕 싸움을 벌이고 있어 워낙 여론이 비등하니 대중의 관심을 돌리려는 작전이 아닌가 생각됩니다. 여러 언론들도 이에 호응이라도 하듯 앞다투어 기사들을 내보내고 있지 않습니까?"

업무이사가 맞장구를 쳤다.

"맞아. 전에도 가끔 그런 일이 있었어. 갑작스럽게 이런다는 것은 뭔가 수상해. 더구나 담당검사마저 특수통이고 보면."

모두 고개를 끄덕이며 공감의 의향을 보이자, 회장의 표정이 다소 풀어지는 듯하더니 갑자기 김 부장 쪽을 바라보았다.

"김 부장은 이번 사태의 원인을 뭐라 생각하시오?"

"저는 지난번 6경주 사건의 연장선 상에서 생각하고 싶습니다."

"6경주 사건의 연장선상이라니요?"

.회장의 표정이 다시 찌푸려지고, 부장들도 못마땅한 눈초리로 김 부장을 흘끔거렸다.

"아마도 검찰에서는 경찰 수사를 기대하고 있었는지도 모르지요. 그러나 경찰에서 별다른 기미를 보이지 않자 나름대로 내사를 벌였는지도 모릅니다. 그러다보니 이것저것 걸려들지 않겠어요? 게다가 얼마 전에 지난 대선 때 관권(官權) 선거가 있었다는 폭로가 있었습니다. 이게 큰 이슈로 비화할 조짐을 보이자 마침 잘됐다 하고 우리 건을 터뜨려 버린 것 아닐까요?"

"음…."

"홍모 검사는 야심만만한 젊은이라고 들었습니다. 공안부에 있을 때도 남들이 손대기 꺼려하는 시국관련 사건 등을 과단성 있게 처리하여 고위층으로부터 능력을 인정받았다고 합니다. 그가 어떤 경위로 소환장을 띄우게 되었는지, 어떤 속셈을 갖고 있는지 재빨리 파악

해서 대책을 강구해야 할 것 같습니다."

여기저기서 긍정적인 반응이 나타나자 회장의 얼굴도 풀어졌다.

"그렇지. 앉아서 당할 수만은 없지. 대대적으로 까발려져서 또다시 경마장 문을 닫아야 하네, 내가 물러나야 하네, 등의 소리가 나오기 전에 대책을 서둡시다. 우선 기자들의 입부터 막읍시다. 모두 벌떼처럼 들고 일어나기 전에…"

홍보실장이 나섰다.

"그렇잖아도 주요 일간지 담당기자 한 사람도 빠짐없이 오늘 저녁에 약속을 해두었습니다.

"잘했소. 우리 실정을 잘 얘기하고 두둑이 쥐어주시오. 그리고 이번 건은 박 이사가 책임을 지고 맡아서 수고 좀 해주시오. 돈은 구애받지 말고 가져다 쓰고. 나도 모든 수단을 동원해서 줄을 댈테니까"

모두들 한시름 놓았다는 표정들이다. 회장이 차를 마시자 부장들도 찻잔을 끌어당겼다.

"이러기에 매사 미리미리 살펴보고 대책을 강구해 두어야 하는 게 아니겠소? 요즈음이 어떤 세상인데 정보에 둔감해서 어떻게 살겠소?"

"그동안은 그럭저럭 잘 대처해 왔습니다. 그러나 이번에는 젊은 검사인데다가 이렇게 막무가내로 나올 줄은 전혀 예상치 못했습니다."

저녁, 어둠이 내렸으나 샛문 부근의 대치 상황은 계속 이어지고 있었다. 조기단 사람들은 여전히 꽹과리를 치며 구호들을 외쳐댔다. 여기저기서 솜방망이로 만든 횃불들이 타오르고, 조기단 아파트 쪽에서는 주먹밥이며 간단한 안주와 술병들이 여인네들 손에 들려 계속 날라져 오고 있었다.

지붕 위의 유성식은 조금도 꺾임이 없이, 오히려 낮보다 더 드세진 목소리로 구호들을 외쳐댔다. 횃불까지 흔들어대며 여차하면 뛰어내 릴 듯한 자세로 구호들을 외쳐대고 있었다.

한 쪽에서 팔짱을 낀 채 안타까운 심정으로 바라보고 있는 김 부장 에게 성욱은 넌지시 말을 건넸다.

"그만 들어가시지요. 제가 지키고 있겠습니다."

"회장님은 끝내 나타나지 않을 모양이군."

"오히려 사태가 더 커지기를 바라고 있는 것은 아닐까요? 그렇게 해서 결국 검찰의 소환을 무산시키려는…."

"하지만 검찰에서 한번 내린 소환장을 거두어들이기라도 하겠나. 자기들도 별 근거 없이 시작한 것은 아닐텐데."

"아무튼 저는 이해하기 힘듭니다. 사태가 이 정도까지 되도록 회장 실에서는 뒷짐만 지고 바라만 보고 있으니. 오히려 앞장서서 해결책 을 모색해봐야 할 것 같은데…."

"나도 이렇게 답답해 보기는 처음인 것 같소. 유성식 측도 그렇고, 회장님 측도 이사에게 모든 것을 미루고 도무지 의지를 보이지 않으 니 말이오. 도대체 협상해서 해결할 생각들이나 있는 건지, 원…."

다시 망연히 지붕 위를 바라다보는 성욱과 김 부장. 이때 갑자기 조기단 사람들 사이에서 날카로운 비명소리가 터뜨려졌다. 소란은 순식간에 가라앉고 연이어 터지는 비명들 속에서 마사지역 안쪽을 보니 8조 마사 지붕 위에서 뭔가 활활 타오르고 있었다.

"사람이야! 저를 어째?"

"우와! 사람 살려….."

파편처럼 터져나오는 비명들 속에서 사람들은 그쪽으로 뛰어갔고, 그 모습은 안타깝게 몸부림치다가 이내 구르면서 아래로 떨어져 내렸다. 사람들은 곧 그를 에워쌌고 누군가가 절망적으로 외쳤다.

"성영길 조교사야!"

각종 언론들은 앞다투어 성 조교사의 죽음을 대서특필했다.

- 복마전(伏魔殿) 경마장, 조교사 분신 사태
- 검찰 소환 항의 시위 중 대형 사고
- 화염에 휩싸인 조교사, 누구의 소행인가?
- 공권력에 대한 대항인가, 회피인가, 한 조교사의 죽음…

신문들은 마치 잔칫상을 벌이듯 경마 관련 특집을 쏟아냈고, 이 때다 싶었는지 갖은 악담들이 총동원되었다. 조기단 사람들 시위 장면이나 성 조교사의 분신 장면이 실린 신문도 있었다.

이런 와중에 ABS TV에서는 발 빠르게 '스포츠 대한' 기자 박상수와 인터뷰를 진행했다.

연두색 투피스 차림의 여자 아나운서는 잿빛 버킷햇 아래로 심각한 표정을 짓고 있는 박 기자에게 물었다.

"경마장 출입기자 중 이번 조교사 분신 사태에 대해 가장 심도 있는 기사를 쓰신 걸로 알고 있습니다. 그의 죽음의 진상에 대해 알고 싶습니다."

"아직 저도 추적 중에 있고, 정확하게 아는 사람은 아무도 없습니다. 그만큼 그는 성실하게 자기 삶을 꾸려왔고, 남들에게 원망을 살일도 하지 않았기 때문입니다."

"기자님께서는 평소 조교사와 친분이 계셨습니까?"

"특별히 친분이 있던 건 아니었습니다. 그러나 남다른 관심은 갖고 있었습니다. 왜냐면 조교사는 흔히 기수 생활을 하다 일정한 경력이 쌓여서 되는 게 일반적인 관행인데, 그는 마필관리사에서 조교사가 된 최초의 케이스였기 때문입니다. 그는 철이 들 때부터 말간에서 자라 말이 바로 삶 그 자체였으며, 일에 대한 성실도나 근면성에 있어서 조기단 내에서도 손꼽히는 인물이었습니다. 그랬기에 기수를 거치지 않고서도 조교사가 될 수 있었던 것입니다."

그러자 여자 아나운서는 날카롭게 파고들었다.

"그런 인물이 왜 자살이라는 극단적 방법을 택했을까요? 혹시 누군가에 의해 살해된 건 아닐까요? 그를 희생양으로 삼아 검찰의 소환을 막아보려는 목적으로?"

박 기자는 손을 내저으며 분명한 목소리로 대꾸했다.

"그런 소문이 없는 건 아닙니다. 그러나 저는 타살되었을 가능성은 희박하다고 봅니다. 왜냐면 죽이려고 했다면 구태여 마사 지붕 위에서 몸에 불을 지르는 방식을 택하진 않았을 테니까요. 가해자가 곧바로 노출이 되는데 누가 그런 방식을 택하겠습니까?"

"그렇다면 자기 스스로 희생양을 택한 건 아닐까요? 조기단이라는 특수한 조직을 보호하기 위해?"

"저는 그럴 가능성도 희박하다고 봅니다. 그에게는 아직 어린 두 아들이 있는데다, 성격이 조직을 위해 몸을 던질 만큼 모질지 못하기 때문입니다."

"그렇다면 과연 그의 죽음의 원인이 무엇일까요? 그저 검찰의 소환이 두려워 자살을 택한 것일까요?"

박 기자는 아나운서를 바라보며 신중하게 대꾸했다.

"저는 남은 가능성은 두 가지 뿐이라고 봅니다. 누군가가 자살을 택할 수밖에 없도록 충동질을 했거나, 아니면 절망적인 상황으로 몰아가지 않았는가 하는 것입니다. 당시 그는 조기단 농성장에 있었다가 아이들에게 저녁밥을 챙겨주기 위해 숙소에 와 있었는데, 갑자기 외부에서 전화가 왔다고 합니다. 전화를 받은 그는 '못나갑니다. 저는 절대로 못나갑니다' 하고 울부짖었다고 합니다.

누군가가 그를 절망에 빠뜨렸고, 여기에 당시 조기단 농성이 광기에 가까울 만큼 극렬해있어서 극단적인 선택을 하게 된 게 아닌가 생각됩니다."


조기단 사무실 앞에는 흰 보와 조화(弔花)로 싸여진 성 조교사의 관이 놓여있고 관 앞에는 커다랗게 확대된 그의 영정이 있었다. 주위에는 조기단 사람들이 머리에 흰 끈들을 동여맨 채 모여 있었다. 입에 마스크를 쓰거나 목과 손발에 쇠사슬을 감은 사람도 있었다.

여기저기 솟은 피켓에는 '성영길 조교사를 살려내라' '살인자를 찾아내라' '검찰은 사인을 규명하여 영혼을 풀어줘라' 등의 구호가 쓰여 있었다.

성욱과 김 부장은 관람대 3층 유리창 안쪽에 몸을 숨기고 이러한 모습들을 바라보고 있었다.

"검찰은 더 이상 소환을 않을 것 같소. 이미 불러들인 조교사, 기수 2명만 입건하고 말 것 같습니다. 구조적 비리에 대한 경종의 차원을 넘는다는 것은 수사권의 남용이라나 뭐라나."

"해명이 궁색하군요. 범법은 범법이지. 수사권의 남용이라니. 어쨌든 우리에게는 잘됐지만 왜 이렇게 갑자기 꼬리를 내렸을까요? 조교사가 분신하니까 겁을 먹은 것일까요?"

"조기의 목적을 달성했다고 생각했는지도 모르지요. 커다란 사회적 파장을 불러왔으니까. 아무튼 분신사건을 두고도 검찰과 경찰이 서로 떠넘기려 하고, 검찰끼리도 관할이니 중대사안이니 하면서 서로 회피하려 했다는 소문이 들립디다."

"그래서 수사권의 남용이니, 조직의 보호니 하면서 단순 자살로 종결지어 버린 것이군요."

"아무튼 성영길이만 불쌍하게 됐지 뭐요. 도대체 왜 하필 성영길이냐구. 소싯적부터 말간에서 뒹굴다가 조교사가 되어 좀 먹고 살만해지니까 말에서 떨어져 허리를 다쳐 성불구가 되지 않나, 마누라가 나가버리지 않나, 자기 몸에 불까지 붙여 자살하지 않나. 저렇게 박복한 친구가 없다니까. 한동안 성영길이 생각에 많이 힘들었습니다."

침울한 김 부장의 표정을 바라보며 성욱은 단호하게 말했다.

"비록 수사는 끝났지만 저는 이대로 끝내지 않겠습니다. 반드시 밝혀내서 성 조교사의 억울함을 풀어주겠습니다. 근면성실하고 순진했던 그의 눈매를 생각하면 결코 이대로 물러설 수 없습니다."

"그렇게 하시오. 나도 도울 수 있는 데까지 돕도록 하겠소."


성영길 조교사의 어머니는 술집 여자 출신이라고 했다. 어찌 어찌 알고 경마장에 찾아와 아들을 집어넣고는 그 뒤 쓸만한 사내를 찾았는지 어떤지 소식 한번 없었다는 것이다.

그래서 그는 철이 들기 시작하면서부터 말간에서 자라, 말에 관한 모든 것에 도통하다시피 했었다. 말의 갖가지 잔병치레도 나이든 조교사나 수의사들이 오히려 물으러 올 정도였다.

정 붙일 곳 없었던 환경 때문인지, 아니면 원래 성격 탓인지 아무튼 그는 사시사철 말에 붙어살았고, 남들과 어울려 술집이나 당구장 한번 변변히 출입한 적 없었다.

그러했던 그가 딱 한번, 사흘 밤낮을 아파트에 틀어박힌 채 울며불며 소주를 퍼마신 적이 있었는데, 그 때가 바로 집사람이 가출했을 때였다.

그는 처음 기수가 되려 했으나 몸집과 체중이 따라주지 않아 결국 꿈을 접어야만 했다. 그러나 마필관리사로서의 경력은 물론 말에 대한 해박한 지식 등이 조교사로서의 자질에 충분하다고 인정되어 마침내 마필관리사 출신 조교사 1호가 된 것이었다.

# 파로호 행

차는 춘천의 의암호와 춘천댐을 지나 화천 쪽을 향해 북상했다. 엊그제 내린 비 덕분인지 호수는 어느 때보다도 드넓고 푸르게 펼쳐져 있었다. 지나치는 차가 많지 않아 시속 100km 정도의 속도를 유지하며 달렸다. 승용차 안에는 성욱과 손 여사가 타고 있었다.

"경마장에 근무하면 좋은 점 하나가 이렇게 평일에 나다닐 수 있다는 것입니다. 화요일이 휴일이거든요."

"그래도 화요일에 제대로 집에 계시는 것을 본 적이 없는 것 같은데요."

"원래 좀처럼 가만있지 못하는 성격입니다. 그래서 휴일에도 회사에 나가기도 하고 친구들과 어울려 등산을 하기도 하면서 지냈습니다."

그러자 손 여사는 성욱을 빤히 바라보았다.

"그런데 오늘은 왜 저와 이쪽으로 나오셨어요? 저를 위해선가요?"

"글쎄요. 저도 바람 좀 쐬고 싶기도 하고… 굳이 이유를 대자면 반은 여사님 때문이고, 반은 내 자신 때문이라고 할까요?"

"회사에 뭔가 중대한 일이 있었나 보군요. 참, 경마장에 무슨 큰 사고가 있다고 들었어요. 조교사가 무슨 일로 자살하고 그랬다면서요?"

"그랬습니다. 알고 계셨군요. 지금은 사건이 대충 마무리된 상태입니다."

성욱의 어조가 이상했는지 손 여사는 힐끗 쳐다보고는 입을 다물었다.

차는 오월리를 지나고 신포리를 거쳐 지촌 삼거리에서 오른쪽으로 향했다. 해맑은 하천의 모래톱에는 갈대들이 푸릇푸릇 자라있었고, 그 뒤쪽으로는 높다란 미루나무들이 바람결에 무성한 잎새들을 반짝였다.

손 여사는 어느새 차창 밖의 풍경에 정신이 팔려있었다. 그러한 손 여사를 바라보며 성욱은 자신도 모르게 흐뭇해지는 것을 느꼈다.

차는 군인들과 군용차량이 눈에 띄는 화천(華川) 시가지를 지나 긴 화천대교를 건넜다. 곧 왼쪽으로 '평화의 댐 가는 길' 이라는 푯말이 보였고, 차는 오른쪽으로 꺾어져 경사진 언덕길을 올랐다. 언덕 위에 올라서자 그림같은 파로호(破虜湖)가 펼쳐졌다.

밝은 태양빛 아래 호수는 잔잔하게 반짝이고 건너 편 산자락들은 선명한 연두색으로 물들었다. 이름 모를 산새들은 현란한 날갯짓으로 물 위를 떠돌았다. 잠시 후 모터보트 한 대가 엔진소리를 내며 나아가자 삼각형으로 물살이 갈라지며 파문이 번져갔다.

성욱과 손 여사는 풍경에 취해 잠시 주변을 거닐다가 파라솔 밑에 앉았다. 주인이 다가오자 송어회를 주문했다.

"이렇게 멋진 곳이 있는 줄 몰랐어요. 언제 이런 곳까지 다 와보셨어요? 밤낮 일에만 파묻혀 사는 일벌레이신 줄만 알았는데."

"군대생활을 이 부근에서 했습니다."

"그러셨군요. 일종의 귀소본능인가요? 그렇지만 남자들은 흔히 군대생활 하던 곳은 다시 돌아보기도 싫다고 하던데요."

새삼스러운 얘기는 아니지만 여자의 입에서 이런 얘기가 나오니 성욱은 웃음이 나왔다. 물론 제대할 때만해도 그야말로 이쪽을 쳐다보며 오줌도 안 싸리라 다짐했던 곳이었다. 하지만 지나고 보면 아픔도 추억이 되는 것인가. 그 후로 간간이 생각이 났고, 지겨웠던 군대생활도 아련한 그리움으로 다가오곤 했다.

주인이 송어회가 담긴 접시와 반찬 등을 들고 들어와 탁자 위에 늘어놓았다. 먹느라고 얘기는 잠시 중단되었다.

성욱은 손 여사가 맛있게 먹는 모습을 보니 자신도 모르게 흐뭇해졌다.

"어때요, 먹을만 합니까?"

"참 담백한 맛이에요. 멋진 경치 때문에 더욱 그렇게 느껴지는 것 같아요. 송어회가 이렇게 맛있게 느껴져 보기는 처음이에요."

"다행이군요."

이윽고 손 여사는 젓가락을 놓고 자세를 바로 했다.

"왜 군대생활 하던 곳을 다시 찾아오신 건가요. 그저 경치가 좋아서인가요?"

성욱은 또다시 그저 웃음만 지었다.

"혹시 이런 것 아닌가요? 과장님 개인적으로 큰 난관이 있고, 그 난관을 헤쳐 갈 용기나 힘을 얻으려 군대 생활 하던 곳을 다시 찾은 게 아닌가요?"

성욱은 엉겁결에 손 여사를 바라보았다. 그러나 손 여사의 얘기는 계속되었다.

"흔히 남자들에게 군대생활은 가장 큰 시련이고 역경이라고 들었어요. 그래서 사회생활하면서 어려움에 부딪힐 때마다 힘들었던 군대생활을 떠올리며 극복해간다고 해요. 과장님처럼 이렇게 현장까지 찾는지 안 찾는지는 모르겠지만."

손 여사의 말이 맞았다. 특히나 무슨 일로 갈피를 못잡고 허둥거리는 상황이 되면 그러한 심리는 더욱 강렬해지곤 했다. 그래서 그야말로 감당하기 벅찬 경우에는 혼자서 막연히 이곳을 찾아오기도 했었다. 일종의 자신만의 치유법이랄까.

그나저나 손 여사는 내 이런 심리를 어떻게 들여다보고 있단 말인가. 함께 사는 부부도 아닌데…

놀랄 일은 또 있다. 어느새 영규의 죽음을 극복하고 있는 것이다. 자식은 죽으면 가슴에 묻는다고, 하나 밖에 없는 아들의 상실을 극복하기가 쉽지 않은 노릇일텐데 모두 잊고 예전의 일상으로 돌아와 있는 것이다.

물론 그 속내야 어떤 심정일지 알 길은 없지만 적어도 겉으로 보기에는 평상심을 되찾고 있었다. 그동안에는 그저 가사 일만 하는 평범한 사람으로만 알았는데, 알고 보니 상당한 여자다…

　두 사람은 식사를 마치고 다시 잠시 거닐다가 주차장을 빠져나와 화천으로 향했다.
　성욱의 뇌리에는 까마득히 잊고 있던 군대생활이 스물스물 떠올랐다. 지금은 그야말로 산자수명한 관광지가 되기도 했지만 6.25 전쟁 당시 이곳은 대표적인 격전지 중의 하나였다. 파로호(破虜湖)라는 명칭도 이곳에서 중공군을 대파했다고 해서 붙여진 것이다. 로(虜)란 오랑캐라는 뜻으로, 원래는 화천호(華川湖)라는 이름이었는데 당시 이승만 대통령에 의해 개명된 것이라고 한다.
　현재도 이 곳 산자락과 높고 낮은 능선 사이로는 끝없이 이어지는 황톳길들이 있고, 험준한 계곡 여기저기에는 벙커(Bunker)들이 눈을 부릅뜨고 있을 것이다. 분단이 초래한 아물지 않은 상흔같은 것이다.
　신병훈련소를 마치고 GMC를 타고 이쪽으로 전입해 왔을 때는 늦은 가을이었다. 인적 없는 야산에는 바람에 휘몰린 낙엽들이 무성하게 쌓이고 있었고, 일찍 시작된 겨울은 곧 엄청난 눈을 퍼부어댔다. 그때 잠시 짬이 날 때마다 이러한 정경들을 바라보며 '과연 무사히 3년을 마치고 이 산야를 빠져나갈 수 있을 것인가' 하고 막막한 심정이 되기도 했었다.
　그러나 자신은 매 단계들을 별 탈 없이 견디어냈고, 그 과정에서 많은 것을 느끼고 여러 삶들을 맞닥뜨리기도 했다. 자신과는 전혀 다른 인생을 살았고, 또 제대 후도 전혀 다르게 살았을 그들은 지금 과연 어떻게들 지내고 있을까.

군인들을 상대로 한 술집들도 있었다. 여자들이 있다 하여 흔히 매미집이라 했는데, 도시에서 밀리고 밀려 전방 골짜기로 온 여자들이어서 술도 잘 마셨고 입심도 군인들 못지않았다. 당시 어두침침한 불빛 속에서 술에 취해 만난 그 모습들이 제대 후에도 마치 삼류 영화의 장면들처럼 떠오르곤 했었다.

차는 사창리와 광덕리를 지나 광덕고개 정상 휴게소에 다다랐다. 군데군데 차들도 주차해 있고 사람들도 붐볐다. 성욱은 손 여사와 파라솔 아래 앉았다.

"여기가 어디쯤 되나요?"

"이 고개를 지나면 경기도 포천 지역입니다. 흔히 말하는 일동막걸리로 유명한 곳이지요. 화천 쪽 군인들도 회식 할 때면 이 고개를 넘어 막걸리를 사다 마시곤 했습니다."

"이만한 고개를 넘어 막걸리를 샀다니요? 일동막걸리라는 술이 그렇게 대단한 술인가요?"

"당시 포천의 막걸리들은 그만한 가치가 있었습니다. 혀끝에 느껴지는 감촉부터 완전히 달라 전국적으로도 유명한 막걸리였으니까요.

이 고개는 특이하게 캬라멜 고개라고 불렀습니다. 정식 명칭은 광덕고개인데, 6. 25 동란 때 미군들이 낙타 등처럼 생겼다 하여 카멜 (camel) 고개라 불렀다 합니다. 그러나 당시 우리 군인들에게 카멜은 생소한 단어여서 비슷한 이름인 카라멜고개라고 했던 것 같습니다."

주인이 음료수를 가지고 와 성욱과 손 여사는 마시느라 잠시 얘기를 멈추었다.

"옛날 생각이 많이 나시나 봐요. 얼굴이 감회에 젖어 있어요."

"아무래도 한때 몸 붙이고 있던 곳이라서…."

"그것도 힘들고 아프게 보낸 시간들이어서 더욱 강렬한 기억으로 남아 있겠지요."

성욱은 또 다시 대단한 여자라는 생각이 들었다.

"어때요? 마음이 좀 가라앉혀지시나요? 자신감도 생기나요?"

"아직… 하지만 경마장 일들을 머릿속에서 떨칠 수 있는 것만 해도 다행입니다."

어느덧 오후는 기울었다. 성욱과 손 여사는 주차장으로 향해 차에 올랐다. 포천 쪽으로 내려가면서 빛은 퇴색하고 황혼이 시작되어 산의 능선들이 그림처럼 펼쳐졌다. 백운계곡으로 접어들었다.

한동안 침묵을 지키고 있던 손 여사는 성욱을 바라보며 말을 꺼냈다.

"제가 말하는 게 주제넘을지는 모르겠지만 한 말씀만 드리고 싶어요. 스스로 강해지세요. 그리고 과감하게 뚫고 나가세요. 확신이 서면 일단 저지르고 보세요. 세상 일은 종종 생각보다 힘들지 않을 수도 있어요."

손 여사는 성욱의 어깨에 머리를 살며시 기댔다. 그리고 여린 손으로 운전대를 잡고 있는 성욱의 손을 감싸 쥐었다.

# 고백

　과장실 문이 열리며 재결계장인 조 계장이 백창기 기수를 데리고 들어왔다. 백창기는 성영길 조교사 조의 기수로, 심란한 표정으로 시선을 피하며 마지못해 의자에 앉았다. 성욱은 분위기를 누그러뜨리기 위해 짐짓 일상적인 질문을 꺼냈다.

　"요즘 마방은 어때?"

　백창기는 고개를 숙인 채로 대꾸했다.

　"성 조교사님이 안 계신 뒤로 잘 돌아가지 않고 있습니다. 저희들끼리 그럭저럭 꾸려가고 있습니다."

　"아직 조교는 제대로 하고 있나?"

　"기본적으로만 하고 있습니다."

　성욱은 조 계장에게 질문하도록 눈짓을 했다. 조 계장은 헛기침을 해서 목소리를 다잡은 후, 탁자 위에 마필카드를 펼쳐 놓았다.

"성 조교사 보유 마필이 총 스물두마리인데, 지난번 사건 이후로 마필 카드를 꺼내 최근 기록과 성적들을 자세히 살펴봤어.

스물두 마리 중 인기마는 '들국화' 등 다섯 마리라 할 수 있고, '대성리'는 인기마는 아니지만 최근 기록 변동이 좀 심했더군."

그러자 백창기는 고개를 들고 물었다.

"무슨 말씀을 하고 싶으신 겁니까?"

"그런데 최근에 이 인기마들과 '대성리'에 유달리 자네가 많이 기승했어. 자네 조 고참 정재근은 3기 선배이고 말도 괜찮게 탔는데, 왜 성 조교사는 그를 태워 경주에 내보내지 않았을까?"

"그건 조교사님 사정이고 저는 잘 모릅니다. 저희들은 그저 조교사님이 죽으라면 죽는 시늉까지 다 해야 합니다."

그러자 조 계장의 어조는 추궁 조의 냉랭한 목소리로 변해 갔다.

"거기에 자네가 탔던 말들이 실력발휘를 했냐 하면 그것도 아니야. 오히려 이전보다 더 쳐지고 있어. 조기단에서 성실하기로 소문난 성 조교사가 왜 이처럼 무모한 일을 벌였을까?"

"저는 아무것도 모릅니다. 그저 타라고 해서 탔을 뿐입니다."

백창기는 머리를 수그리고 두 손으로 얼굴을 감싸 안았다. 이러한 모습을 성욱은 유심히 바라보았다.

조 계장은 탁자를 치며 다그쳤다.

"이봐 창기, 성 조교사가 그저 타라고만 했나? 다른 말은 없었어?"

그러나 백창기는 대꾸 없이 머리만 감싸고 있었다. 이윽고 가까스로 머리를 들고 조 계장을 쏘아보았다.

"도대체 왜 또다시 성 조교사님 문제를 끄집어내는 겁니까? 경찰 조사도 끝나고 이미 다 마무리된 일 아닙니까? 다시 들춰내서 뭘 어쩌자는 겁니까?"

성욱은 헛기침을 하며 끼어들었다.

"이봐. 경찰 조사가 끝났다고 해서 사건 자체가 해결되었다는 것은 아니야. 자네는 항상 성 조교사 가까이에 있었고, 그의 성격이나 인간성도 잘 알고 있을 것 아닌가. 그가 억울함을 당했다면 주위 사람들이 그 억울함을 밝히고 풀어주는 게 도리이고, 그렇게 해야만 자신들의 안전도 지킬 수 있는 게 아니겠어? 주위 사람이 억울함을 당했는데, 모두 외면하고 방치한다면 그 마수는 곧 자신들에게도 닥치기 마련이야. 차후로 제2, 제3의 성 조교사가 나올 수도 있어."

그러자 백창기는 또 머리를 수그리고 두 손으로 머리를 감싸 안았다. 곧 어깨에 경련이 일기 시작하자 성욱과 조 계장은 눈짓을 교환했다. 한동안 그러고 있던 백창기는 이윽고 머리를 들었다. 눈에는 눈물이 고여 있었다.

"좋습니다. 다 털어놓겠습니다. 단 제 얘기를 경찰 등 수사기관에 털어 놓지는 말아 주십시오. 그러면 저는 곧바로 한강 다리에서 투신해 버리겠습니다."

성욱이 재빨리 대꾸했다.

"그건 내 자리를 걸고 보장하지. 어때요? 조 계장도 보장할 수 있겠소?"

"저는 제 목숨을 걸겠습니다."

그러자 백창기는 고개를 들고 단호하게 말했다.

"좋습니다. 그럼 말씀 드리겠습니다. 실은 조교사님 지시가 있었습니다.”

성욱과 조 계장은 낮은 신음 소리를 터뜨렸다.

“처음 인기마 '들국화'를 태우면서 경주 나가기 전에 갑자기 '말 좀 아껴라'(승부를 하지 말라는 뜻) 하시는 거예요. 그때만 해도 그저 별도의 작전지시라고만 생각했었죠. 경주에서 우승을 거듭하게 되면 부담중 량이 올라가게 되니까 큰 경주에서 불리해질 수 있어 일부러 능력 발 휘를 않게 하는 것이라구요.

그런데 그 후에도 번번이 그러시는 거예요. 게다가 우리 조 고참 재근이 형도 낌새를 눈치 챘어요. 처음에는 인기마를 자신은 태워주 지 않는다고 불만을 쏟아내다가 곧 조교사님이 뭔가 이상해졌다는 거예요. 저는 고참인 재근이 형에게 미안하기도 하고, 인기마를 타고 서도 번번이 등수 안에 들'지 못하는 게 창피하기도 해서 한 번은 대 놓고 물었습니다. 도대체 좋은 말을 가지고 왜 그러시냐고. 이번 경 주에서 충분히 우승할 수도 있다고 했더니, 난감한 표정을 지으면서 쓸쓸히 웃더니 돌아서서 가버리는 것이었습니다.

그때 저는 성 조교사님 같은 분에게도 뭔가 말 못할 사정이 있다는 것을 직감했습니다. 우리 조 인기마들을 저만 태운 것도 재근이 형보 다는 제가 더 고분고분해서 다루기 쉽기 때문인 듯 했습니다.“

백창기는 감정이 복받치는지 머리를 두 손으로 감싸 안고 울먹였 다. 그런 그를 성욱과 조 계장은 말없이 지켜보고 있었다.

“저희야 조교사에게 찍히면 끝장이기 때문에 말을 안들을 수는 없 지만 지금 생각하면 그게 크게 후회가 됩니다. 제가 좀더 따지고 들 고, 시키는대로 하지 않았다면 최소한 조교사님의 죽음을 막을 수 있지 않았을까 해서입니다. 제가 바로 사태를 키우게 한 공범입니다."

그러자 조 계장은 백창기에게 다가가 머리를 감싸 안았다.

"탓하려면 차라리 나를 탓해. 창기는 잘못이 없어. 오히려 기미를 채지 못하고 대처하지 못한 내가 잘못이지. 그렇잖아도 그 조 말들이 최근 성적이 신통치 않아서 언제 시간 내서 조사해보려 했는데, 이것저것 걸리는 게 많아서 미루기만 했어. 잘못이 있다면 이런 내가 잘못이지."

성욱은 마무리를 지었다.

"아무튼 솔직히 얘기해줘서 고맙다. 뒷일은 우리가 알아서 할테니 가도 좋아. 혹시라도 다음에도 이런 일이 있거든 몰래 우리에게 귀띔을 해주게. 창기가 말했다고 절대 얘기하지 않을테니…."

백창기는 일어서서 정중하게 인사를 한 후 어깨를 축 늘어뜨린 채 밖으로 나갔다. 조 계장은 양손을 맞잡으며 난감해 했다.

"저 친구가 먹잇감은 던져줬지만 어떻게 해서 실마리를 잡아야 할지 모르겠습니다."

"천천히 생각해 봅시다."


경마에서의 부정행위는 주로 인기마에서 비롯된다. 한 경주에서 인기마로 잡혀 있어 많은 고객들이 해당 마권을 구입하는 경주마를 고의로 적중권에서 탈락시켜 버리는 것이다. 흔히 안 간다, 땡긴다, 뺀다라고 얘기하는 이 수법에는 말 고삐 당기기, 발주기에서 고의로 늦게 나가는 늦발주, 경주로 바깥으로만 도는 외곽주행, 경주 중 진로를 변경하기, 고의적인 소극적 질주 등이 일반적으로 사용된다.

한두 마리의 인기마가 확실히 빠지면 나머지 인기마의 적중 확률이 높아질 뿐만 아니라 배당금도 커지기 때문에 경마의 부정행위 90% 이상이 인기마 탈락을 축으로 전개된다.

이와는 반대로, 고의로 한동안 비인기마로 쳐져 있다가 어느 날 갑자기 적중권 안에 날아드는 속칭 '쏘는' 수법도 있는데, 자주 사용되는 건 아니다.

이 외에도 자기 조 또는 다른 조 말들의 건강 상태 알려주기, 경주에서의 조교사 전략이나 조기단 내에서의 조교사, 기수들에 대한 정보 제공 등의 부정행위도 있다.

# 불순한 음모

 L 호텔 로비 라운지. 오전이기 때문인지 좌석이 군데군데 비어 있고 간간히 종업원들만 오가는 한적한 모습이다. 창가에는 경마장 정 회장이 앉아 바깥쪽 정원을 바라보고 있었다. 그는 머리를 매만지기도 하고 시계를 보기도 하며 다소 초조한 표정을 짓고 있었다.

 "이거 미안해서 어쩌지. 오래 기다렸소?"

 뒤쪽에서 소리가 나자 정 회장 일어서려 하나 최모 의원 제지하며 다급하게 앞자리에 앉았다.

 "온지 얼마 되지는 않았습니다."

 "그래, 그동안 어떻게 지냈소?"

 "보다시피 잘 지내고 있습니다. 경마장 일이야 뭐 크게 신경 쓸 일 있습니까? 자리만 지키고 있으면 되는 것 아닙니까. 하하."

 여종업원이 다가와 주문을 받았다. 이때 옆 자리에 한 사내가 여자와 함께 다가와 마주 앉았다. 그는 안경을 쓴 채 변장한 모습의 박 기자였다.

"그나저나 요즘 선거 앞두고 모두들 정신없겠소. 야당 측도 죽기 아니면 살기로 달려들겠지."

"이보시오. 선거 한두 번 치러보는 거요? 생각해보시오. 우리나라에서 언제 야당이 힘쓴 적이 있었소? 야당에서는 절대 대통령이 못 나오는 게 우리나라요."

"그래도 듣기로는 이번에는 분위기가 좀 다르다고 해서… 민심이 재야 측하고 학생 애들 쪽으로 많이 기울고 있다고 들었습니다."

"그래도 설마 무슨 일이 있겠소? 이번 선거도 진작부터 다단계 전략이 세워졌어. 오차 범위는 10%도 안 되오."

이때 여종업원이 찻잔을 들고 와 대화 잠시 중단되었다. 최 의원, 반쯤 마신 찻잔을 내려놓은 뒤 다시금 힘주어 말했다.

"안심해도 되오. 지금 좌파 쭉정이 같은 놈들이 지랄들 떨어봐야 그저 찻잔 속의 미풍 밖에 안 된다는 말입니다."

"하기야 정 안되면 이것도 있으니까. 탱크로 그저…."

정 회장이 주먹을 불끈 쥐어 보이자 두 사람 파안대소하며 담배를 피워 문다.

"설사 천지가 개벽돼서 야당 대통령이 나온다 해도 당신 지역은 원래 여당 텃밭 아닙니까. 다음 공천은 따 놓은 당상이고, 금배지는 시간문제니 염려는 붙들어 매고 이번에 힘 좀 써주시오."

그러자 회장은 갑자기 고개를 숙이며 목소리를 낮췄다.

"그래, 이번에 얼마나 내야 할 것 같습니까?"

"두 장쯤 준비할 수 있겠소?"

그러자 회장은 주위를 두리번거리며 물었다.

"두 장이면, 20억?"

최 의원은 긍정의 표시로 어깨를 들썩였다. 정 회장의 표정이 잠시 심각해졌다.

"별 수 없소. 이런 상황 하에서는 돈 밖에 없습니다."

"언제까지 해줘야 합니까?"

"다음 달 중순까집니다. 선거권도 골든타임이라는 게 있으니까 지켜줘야 합니다. 지금 부임한지도 1년이 다 되니까 상황 파악은 되었을 거고, 머리 좀 잘 굴려보시오. 이번에 힘 좀 써주면 내 목을 걸고 다음 총선에서 금배지 달도록 해주겠소."

정 회장은 잠시 생각하더니 이윽고 힘 있게 말했다.

"알았소. 내 기한을 지켜 차질 없이 보내도록 하겠습니다."

최 의원은 만족한 표정으로 일어나 손을 흔들고는 황급히 호텔 입구 쪽으로 다가갔다. 이러한 그를 정 회장은 무심코 바라보고 있었다.


왕십리 한양대 쪽의 그리 크지 않은 호프집에는 늦은 시간 탓인지 텅 빈 채 한쪽에서 젊은 남녀만이 머리를 맞대고 얘기를 나누고 있었다.

다른 쪽에는 박 기자가 두 손으로 모션을 써가며 뭔가 열심히 설명하고 있었다. 성욱과 김 부장은 심각한 표정으로 듣고 있었다. 잠시 침묵이 흐른 뒤 김 부장이 무겁게 입을 열었다.

"이 얘기가 사실이라면 엄청난 일이군. 지난번 6경주 사건이나 조기단 사태 못지않은⋯."

"그러게 말입니다. 박 기자, 설마 소설 쓰고 있는 것은 아니겠지?"

"저는 기자지 소설가가 아닙니다. 제가 소설 들려드리겠다고 이렇게 늦은 시간에 만나자고 하겠습니까?"

"들은 대로 녹음까지 해놓았소?"

"녹음은 하지 않았습니다. 가까운 거리에 있었던 데다 자칫 잘못하면 제가 당할 수도 있기 때문입니다. 그러나 두 사람의 회동 사진은 있습니다. 제 넥타이핀에 장착된 소형 렌즈에 찍힌 것이죠. 자, 보십시오."

박 기자, 호주머니에서 2장의 사진을 꺼내 펼쳐 놓는다.

김 부장은 사진을 들어 유심히 바라본다.

"한쪽은 우리 회장이 분명하고, 또 한쪽은 모르는 얼굴이지만 어딘지 낯이 익은 것 같은데⋯.

"아마 TV에서 보셨을 겁니다. 여당의 숨은 실력자로 알려져 있는 최명수 의원이지요. 은하수라는 단체의 이사를 맡고 있기도 하구요."

그러자 성욱도 다른 사진을 보며 거들었다,

"아, 나도 신문에서도 그 사람 기사를 본 것 같소. 그런 사람과 우리 회장이 만났다는 사실 자체만으로도 뭔가 의심을 사기에 충분할 것 같은데⋯."

"더구나 지금은 대선을 불과 몇 개월 앞둔 민감한 시기 아닙니까? 지금 기자들 사이에서는 최 의원 행적만 잘 살펴도 여당의 선거 전략을 읽을 수 있다는 말까지 나올 정도입니다."

김 부장은 사진을 내려놓으며 박 기자를 바라보았다.

"그나저나 박 기자는 참 대단하구료. 두 사람의 비밀스런 회동을 어떻게 알고, 또 주고받은 얘기까지 다 캐치를 했으니"

"두 사람 얘기를 얻어들을 수 있었던 것은 음성증폭기라는 소형기기 때문입니다. 이것을 귀에 꽂고 모자로 감추면 좀 떨어진 소리도 잘 들을 수 있습니다. 그리고 제게 두 사람의 회동 사실을 제보해준 사람은 바로 여인이었습니다."

"여인이라니. 또 지난번 그 여자야? 중년 여자?"

"그렇습니다."

그러자 김 부장은 허탈하게 말했다.

"참 알 수 없는 여자로군. 도대체 무엇 하는 여자이길래 이런 얘기들을 계속 알려주는 것인지."

"뭔가 나름대로 목적이 있겠지요."

성욱은 잠자코 침묵만 지키고 있었다. 그 여인을 만났다는 사실을 박 기자 외에는 얘기하지 않았기 때문이다. 김 부장에게도 보고하지 않았는데, 그 이유는 일종의 거래 성격으로 만났기 때문이었다.

박 기자는 김 부장과 성욱의 눈치를 살피다가 일을 열었다.

"그나저나 회장은 20억이라는 거금을 어떻게 마련하려는 것일까요? 횡령이나 배임으로 회사 돈을 빼돌리려는 것일까요?"

그러자 김 부장은 곧바로 말을 받았다.

"그 건에 대해서는 내게 맡겨두는 게 좋을 것 같네. 과거의 일들도 있고, 대략 감이 잡혀지는 것도 있지만 보다 확실히 알아본 뒤에 얘기하도록 하겠네. 그건 그렇고…"

김 부장은 성욱을 바라보며 물었다.

"지난번 성 조교사 사건은 지금 어떻게 돼가고 있소? 진척이 되고 있는 거요?"

"그동안 진척이 좀 있었습니다."

"어떤 진척이 있었는지 얘기해 줄 수 있소? 박 기자가 들어도 괜찮은 내용이라면 얘기해보시오. 사실 성 조교사 사건 이후로 나는 잠을 제대로 못 잘 지경이오. 그 착하고 성실하기만 했던 친구가 끔찍하게도…"

김 부장은 감정이 복받치는지 말을 잇지 못했다.

"박 기자가 알게 돼도 문제될 것은 없을 것 같습니다. 설마 우리를 어떻게 하진 않을테니까요."

박 기자, 커다랗게 웃자 모두 따라 웃었다. 성욱은 헛기침을 해서 목소리를 가다듬은 뒤 말을 꺼냈다.

"저는 조 계장과 얘기를 나누면서 대책을 숙의한 끝에 성 조교사 보유 마필 카드를 뒤졌습니다. 그 중 말의 주파 기록이 평소와 다른 경주에서 주로 백창기 기수가 탔다는 것을 알아내 그를 조용히 불렀습니다. 그리고 경주 기록 변동의 원인을 추궁하자, 처음에는 극구 잡아떼던 그도 결국 눈물을 쏟으며 조교사의 지시가 있었다고 자백했습니다."

김 부장과 박 기자, 놀라는 표정으로 신음소리를 터뜨렸다.

"기수들은 조교사의 명령을 거역하면 경주에 나가기가 힘들기 때문이기도 했지만, 자기에게 마치 친동생처럼 대해줬던 성 조교사의 지시를 도저히 거절할 수가 없었다는 것입니다."

김 부장은 허탈한 표정으로 담배를 피워 물었다.

"천만뜻밖이군. 성영길에게 그런 일면이 있었다니….."

그러자 박 기자는 잽싸게 끼어들었다.

"성 조교사를 탓할게 아니라 그 이면을 주목해야 하지 않을까요. 그가 피치 못해 얽혀들 수밖에 없었던 저간의 속사정을요?"

"나보다 낫군. 그래서 어떻게 되었소. 다음 단계도 진척이 되었소?"

"저와 조 계장은 발매과에 가서 각 매표장 별로 매출현황을 살폈습니다. 물론 성 조교사 말에 백창기가 탄 경주 중 미리 점찍어 놓았던 경주에 한해서 말입니다.

거의 20개 경주까지 살필 무렵 드디어 결론이 모아지더군요. 유독 매출 변동이 심한 매표장이 바로 B관람대 귀빈실이었습니다. 다음 단계는 누가 과연 그 매표장에서 성 조교사 말이 연계된 마권을 구입했느냐를 밝히는 것이었습니다."

그러자 박 기자는 또 끼어들었다.

"그게 과연 가능할까요? 매 경주마다 많은 사람들이 마권을 구입하고, 창구에 감시카메라를 설치해 놓은 것도 아닌데….."

"불가능하지는 않다네. 왜냐면 첫째, 경마장의 큰 손들이나 단골 경마팬들은 자기들의 매표장이 거의 고정되어 있기 때문이네. 다음으로, 매표장의 종사원 아가씨들 중에는 단골이나 큰 손들과 인사도 나누고, 농담도 주고받고, 가끔씩 개평이 오가는 경우도 있기 때문에 그들을 기억하고 있네."

성욱이 차분하게 설명하자 박 기자는 곧바로 물고 늘어졌다.

"개평이 오가다니요. 돈을 많이 따게 되면 준다는 겁니까?"

"그런다네. 경마장도 사람 사는 세상이라 어쩔 수가 없는 모양이야."

"그런 일이 있군요. 그래서 종사원들은 더 잘 기억하고 있겠군요."

"아무튼 종사원 아가씨들의 안목이 적잖은 도움이 되었고, 그 외에도 매표장 집무위원들, 안면이 있는 경마팬들과도 접촉해 범위를 좁혀갔습니다."

김 부장이 참다못해 끼어들었다.

"마치 소설을 읽는 것처럼 흥미진진하군. 그래, 결과가 나왔소?"

"마침내 네 사람으로 좁혀졌습니다. 그러나 그 중 두 사람은 버렸습니다. 그들은 경마장 안팎에 오래 전부터 알려진 사람들이기 때문입니다. 이런 사람들은 부정행위를 하는지도 의문이지만, 설사 한다고 해도 성 조교사 같은 사람들을 달갑게 여기지 않습니다. 접촉하기도 어렵거니와 알게 된 후에도 별 재미를 못 본다고나 할까요. 아마도 그들은 전광판의 매출 변동만 보고도 경주에 대한 감을 잡을 것입니다."

"그럼 남은 두 사람은 어떻게 되었습니까?"

"스냅사진을 몰래 찍어두었네. 이 사람들이네."

성욱은 안쪽 호주머니에서 사진 2장을 꺼냈다. 박 기자는 잽싸게 받아 훑어본 후 김 부장에게 건넸다.

"아무튼 제가 평소 얘기하지 않았습니까. 장 과장님은 경마장에 묵혀있기 아까운 분이라니까요."

"짧은 기간에 큰일을 해치웠구료. 혹시 경찰 등 수사기관에 이러한 사실을 얘기한 적 있소?"

"얘기한 적은 없습니다. 만약 소환되어서 구체적인 얘기가 오갈 경우 제가 추적한 내용에 대해서는 힌트를 주려고 생각하고 있었습니다. 그러나 갑작스러운 수사 종결 이후 아무도 관심을 갖지 않아 그럴 기회마저 없어져버리고 말았습니다."

"설사 힌트를 준다고 해도 제대로 밝혀질지 의문이지요."

김 부장은 두 장의 사진 중 하나만 성욱에게 건넸다.

"장 과장 혼자서 두 사람을 추적할 수는 없고, 조 계장은 바빠 시간 여유가 없을테니 한 사람은 내가 뒤를 캐보겠소."

그러자 박 기자는 김 부장이 든 사진을 나꾸어 챘다.

"아니 한 사람은 제가 하겠습니다. 저는 이런 일만 보면 몸에 전율이 이는 사람이니까요. 유심히 보니 바로 이 사람 같습니다. 왠지 촉이 오는 편이랄까요."

박 기자, 손가락으로 사진을 한번 튕긴 뒤 안쪽 호주머니에 넣었다. 김 부장은 그런 그를 대견스레 바라보다 말을 꺼냈다.

"두 사람을 대하고 있자니 마치 대군을 거느리고 있는 장수처럼 마음이 든든하오. 그러나 이 사건도 지난번 6경주 사건처럼 어떤 결과가 드러나기까지는 우리 세 사람만 알고 있는 것으로 합시다.

이렇게 얘기를 나누다보니 사건의 윤곽이 어느 정도 보이는 듯합니다. 그러나 지금은 얘기하지 않겠소. 나이나 직위 때문이기도 하지만, 내가 대처해야 할 태도를 정하지 못했기 때문이오."

"저도 부장님 말씀에 담긴 뜻을 어느 정도 이해할 수 있을 것 같습니다. 부장님은 늘 놀랄만한 여지를 남겨두시는 분이었습니다."

김 부장은 박 기자의 어깨를 두드렸다.

"앞으로 박 기자의 도움이 많이 필요할 것 같소."

"그러자고 이렇게 만나는 것 아닙니까. 단 두 분한테 들은 얘기는 허락이 있기 전에는 결코 내보이지 않겠습니다."

박 기자, 허공에서 두 손을 X자로 만들자 모두 웃음을 터뜨렸다.

# 뜻밖의 전보

오후가 기울고 있었다. 경주로의 모래들은 붉은 빛을 내며 반짝이고, 안쪽의 잔디밭에는 여기저기 꽃들의 향연이 한창이었다. 멀리 담벼락의 버드나무 가지들은 바람에 사선으로 휘날리고 있었다.

빈 관람대 한쪽 가장자리에 앉아 성욱은 망연히 담벼락 넘어 한강 쪽을 바라보고 있었다. 얼핏 담배갑을 보니 한 개피 밖에 남지 않았으나 성욱은 담배를 빼문 후 빈 담배갑을 구겨서 멀리 내던졌다. 라이터를 찾아 불을 붙인 후 연기를 길게 내뿜었다.

"여기 있었구료."

뒤쪽에서 목소리가 들렸지만 성욱은 돌아보지 않았다. 김 부장이라는 것을 알았기 때문이다.

김 부장은 참담한 표정으로 옆자리에 앉았다.

"면목이 없소. 하루아침에 종이 한 장으로 경마과장 자리를 쫓아낼 줄은 전혀 예측도 못했소. 다 내가 미흡한 탓이오."

"부장님께 무슨 잘못이 있습니까? 회장님이 결정하신 건데"

"아니오. 사전에 미리 탐지하고 대비를 하지 못한 내게도 책임이 있소. 나와 장 과장 관계는 회사 사람들도 모두 인정하고 있는데 갑작스런 인사발령을 내가 감도 못 잡고 있었다는 것은 말이 안되오.

지난번 새벽에 회장이 언젠가 과장을 한번 찾을 것이라고 언질을 준 적 있지만 이런 식으로 나올 줄은 생각도 못했소."

성욱은 고개를 돌려 김 부장을 정면으로 바라보았다.

"그것도 창피하게 새마을 과장이 뭐란 말입니까. 그저 자리만 지키고 있으면 되는 자리에…. 더구나 지금 한창 조사에 피치를 올리고 있는데"

"게다가 왜 하필 박 과장을 경마과장 자리에 앉힌단 말이오. 박 과장은 회장 직계로 소문난 사람 아니오? 회장과 같은 고향이라나 뭐라나. 도대체 어찌된 일인가 싶어 좀 전에 비서실을 통해 회장 면담 신청을 하기도 했소."

"거절 당하셨군요."

"그렇소. 뭔가 크게 잘못돼가고 있소. 미쳐가고 있단 말이오."

김 부장은 담배를 꺼내 성욱에게 권하고 자신도 입에 물었다. 막 라이터 불을 붙였는데 한쪽에서 누군가가 말들이 들어오고 있다고 소리쳤다.

성욱과 김 부장은 자리에서 일어나 샛문 쪽으로 향했다. 대한통운의 붉은 트럭들이 말들을 태운 채 샛문 안쪽으로 향하고 있었다. 금년도 2차분 도입으로, 호주산 성마(成馬) 120두가 들어오고 있는 것이다.

성욱과 김 부장은 트럭들을 피해 샛문 쪽으로 향했다.

"앞으로 나도 난관이 적지 않을 것 같소. 박 과장 저 사람은 윗사람들 사이에서 아는 것도 없고 무능하다는 평판을 받고 있는 사람이요. 지금처럼 힘든 시기에 어떻게 손을 잡고 해나가야 할지 막막하기만 하오."

"혹시 회장님은 이번 조기단 사태에 대해 책임을 물어 저를 새마을과로 보낸 게 아닐까요?"

"장 과장이 그 사건에 대해 무슨 책임이 있소? 다 자기들이 잘못해서 벌어진 일인데. 오히려 이렇게 추측해보는 게 나을 것 같소. 진작부터 박 과장과 자리를 바꾸려고 벼르고 있었는데, 적당한 빌미가 없었다가 조기단 사태가 터지니까 이를 기회로 삼아 목적 달성을 한 것이라고….

흔히 어떤 사건이 터지면 피해보는 사람이 있는 반면 그를 기회로 삼아 득을 보는 사람도 있게 마련 아니오?"


마사지역은 트럭들과 조기단 사람들과 말들이 뒤엉켜 시장바닥처럼 북적대고 있었다. 줄지어 내려지는 말들은 엉덩이에 낙관(落款)을 찍은 후 각 조 마방으로 옮겨졌다. 조기단 사람들은 몰려나와 말들이 이동하는 것을 돕기도 하고, 물러서서 멀리서 온 새 식구들을 흥미 있게 지켜보기도 했다.

외국산 말들이 들어오는 날은 마사지역에서 잔칫날이나 다름없다. 평소 말들의 자질에 불만이 많은 조기단 사람들은 새 말들에 대해 기대가 크기 때문이다. 경마는 말과 조교사, 기수 등이 함께 엮어가는 드라마지만, 그 중 가장 큰 비중을 차지하는 것은 단연 말이다.

그러나 내일부터 한동안 마사지역에는 비상이 걸린다. 초원에서 거침없이 뛰놀던 야생마들을 경마장에 적응시키는 과정이 만만치 않기 때문이다.

환경과 기후의 변화로 병치레가 잦은 것은 기본이고, 말들은 순치(馴致)가 되지 않아 사람이 올라타는 것은 물론 곁에 오는 것조차도 꺼려한다. 때문에 낙마사고가 벌어지기도 하고, 말의 뒷발에 채이거나 물리기도 한다. 그래서 모두들 신경을 곤두세우고 각종 사고에 대비해야 한다.

성욱과 김 부장은 한쪽에서 북적대는 정경을 내내 지켜보고 있었다. 말이 도입될 때마다 벌어지는 모습이었지만 볼 때마다 감회가 남다른지 묵묵히 바라보고 있었다. 성욱은 시계를 바라보았다. 퇴근 시간이 가까워지고 있었다.

"먼저 들어가 보겠습니다."

"그렇게 하시오. 나는 좀 더 있다가 가겠소."

성욱은 김 부장을 정면으로 바라보며 힘주어 말했다.

"어쨌든 저는 성 조교사 사건을 기어이 밝힐 것입니다. 그의 장례를 치르던 날 저는 이 사건을 밝히지 못하면 경마장을 떠나겠다고 스스로에게 맹세까지 했습니다."

"그렇지만 지금 자리가 바뀌어서… 괜찮을까?"

"먼저 회장님에게 면담 신청을 해보겠습니다. 만나서 성 조교사 사건 조사를 마무리짓게 해달라고 부탁하겠습니다. 만약 받아들여지지 않으면 조 계장과 둘이서 진행하겠습니다. 그는 자리를 지키고 있어 권한이 있는데다, 저와 죽이 잘 맞습니다. 실력도 있고 고집도 있는 친구지요."

김 부장은 성욱의 어깨를 두드리며 손을 잡았다.

"하는 데까지 해보시오. 나도 힘 닿는 데까지 돕겠소…"

성욱은 샛문 쪽으로 향했다.

해가 남산 너머로 떨어지면서 여기저기서 불들이 켜지기 시작했다. 커다란 솜방망이로 만든 횃불들도 보였다. 여전히 마사지역은 복작거리고 흙먼지들이 연기처럼 피어올랐다. 아마도 밤을 새야 할지도 모른다.

조기단 사람들은 더욱 많이 몰려나와 말들이 옮겨지는 것을 돕거나 구경들을 하고 있었다. 한쪽에서는 나이든 조교사들끼리 팔짱들을 끼고 얘기들을 나누는 모습이 새 식구들에 대한 강평을 교환하고 있는 모양이었다.

성욱은 샛문을 지나 본회 쪽으로 향하며 자꾸만 허탈해지는 심정으로 자신도 모르게 중얼거렸다.

이 바닥에 벌써 13년째… 이곳에 쏟아버렸던 젊음은 과연 무엇을 남겼는가. 내 자신은 과연 무엇을 위해 땀과 에너지들을 쏟아냈던가….

자신은 물론 주위 사람들도 전혀 생각지도 못했던 경마장으로의 인생의 진로, 과연 잘한 선택이었는가…

# 면담

"다음 달 새마을 행사 일정표입니다."

여직원 미스 송은 작업하던 것을 성욱의 책상 위에 올려놓았다.

그러나 성욱은 힐끗 바라보기만 하고 한쪽으로 제쳐 놓았다. 그리고는 의자에 등을 기댄 채 멍한 시선으로 허공을 바라보았다. 마치 넋이 송두리째 나간 표정이었다.

갑자기 전화벨 소리가 울렸다. 전화기를 집어든 미스 송은 곧 성욱에게 건넸다.

"어디라고 그래?"

"비서실이랍니다."

성욱은 황급히 전화기를 받아들었다.

"전화 바꿨습니다."

"비서실입니다. 회장님께서 뵙자고 하십니다."

"무슨 일로 그러시는데요?"

"자세한 사정은 말씀 안해 주시고, 그저 빨리 오시랍니다."

"알겠습니다. 곧 올라가겠습니다."


회장실에 들어서자 회장은 누군가와 통화를 하고 있다가 왼손을 들어 보이고 앉을 자리를 가리켰다. 성욱은 회장실에 와본지도 오랜만이라 생각하며 잘 꾸며진 실내를 둘러보다 문득 한쪽 벽 밑에 시선이 머물렀다. 거기에는 초록색 융이 길게 깔려 있고 그 끝에 작은 홀이 만들어져 있었다. 홀 옆에는 골프채 2개가 세워져 있었다.

"응, 알았어. 그렇게 하지. 그래, 그래봤자지 뭐. 제깟 놈이 별 수 있겠어? 그렇게 밀어 붙여…."

회장은 전화기를 내려놓고 잠시 숨을 고르는 듯 했다. 그러다 곧 일어서서 성욱의 맞은편으로 앉았다.

"지난번에는 미안했었소. 갑작스레 일들이 겹치고 해서 시간 내기가 곤란했소. 이해해주시오."

"괜찮습니다."

"지난번 나를 보자고 한 것은 갑작스러운 인사이동 때문인 것으로 알고있소. 사실 나도 많은 고심 끝에 내린 결정이고, 부득이한 선택이었소. 그러니 잠시 머리 좀 식힌다는 심정으로 당분간만 있어주시오."

"부득이한 선택이라니요? 제게 무슨 잘못이라도 있었습니까?"

성욱이 똑바로 바라보며 묻자 회장은 잠시 이맛살을 찌푸렸다.

"굳이 그걸 내 입으로 말해야 알겠소? 그 정도는 짐작하고 있을 줄 알았는데…."

"저는 무슨 말씀이신지 쉽게 납득이 가지 않습니다."

"장 과장이 경마과에서 오랫동안 있으면서 애도 많이 쓰고 업적도 적잖게 남긴 것을 알고 있소. 반면에 이런저런 궂은 소문도 있었던 게 사실이오. 그러나 나는 장 과장에 대한 평판이나 평소 성격을 잘 알고 있기에 소문 쯤은 그저 덮어버리려 했었소.

그런데 지난번 조기단 사태가 터지고 나니 이래저래 고려를 하지 않을 수가 없게 되었소. 회사로서도 조기단 사태에 대해 책임을 물을 사람이 필요하기도 했단 말이오."

성욱은 헛기침을 해서 마음을 다잡은 뒤 말을 꺼냈다.

"원래 이곳은 말(馬)도 많고 말(言)도 많은 곳이라 했습니다. 더구나 경마과장 자리는 노른자위라 해서 각종 구설수에 휘말리기 십상인 자리지요. 그러나 저는 입사해서 10년 가까이를 경마과에서만 보내 왔고, 그것도 아무 탈 없이 지내왔습니다. 그런데 이제 와서 뜬금없 이 궂은 소문이라니요. 그리고 그런 소문들을 조사하거나 확인도 안 해보고 왜 그대로 믿어버린단 말씀입니까?

그리고 지난 번 조기단 사태는 제 책임이 아닙니다. 유성식 조합장 이 예고없이 지붕 위까지 올라가서 그렇지 조기단에서 간간이 벌어 지는 일들입니다. 성영길 조교사 사건은 현재 조사 중에 있습니다. 제대로 밝혀지지도 않았는데 왜 저를 물러나게 하시는 겁니까?"

"회사가 백척간두의 위기에 처했는데 언제 조사하고 확인해 본단 말이요. 조기단 사태 때만 해도 중앙 부처에서 얼마나 질책을 당했는 지 아시오? 그리고 아니 땐 굴뚝에 연기 나느냐고, 왜 아무 근거 없 이 장 과장에 대한 소문만 떠돌아다니겠소? 뭔가 이유가 있기 때문에 누군가는 얘기를 하고 다른 사람들은 믿는 게 아니겠소?"

성욱은 문득 이런 식으로는 백날 얘기해봐야 소용없을 것 같다는 생각이 들었다. 차라리 소 귀에 경을 읽는 게 나을 것이었다.

회장은 성욱이 잠시 침묵을 지키자 자리에서 일어나려 했다.

"자, 내 입장도 이해 좀 해주시고 이만…."

그러나 성욱이 다급하게 말을 꺼내자 다시 자리에 앉았다.

"제가 경마과장 자리에 연연해서가 아닙니다. 다만…."

"다만 뭐요?"

"지난번 조기단 사태에 대한 조사가 현재도 진행 중에 있습니다. 제가 경마과를 떠나기를 아쉬워하는 것은 사건들이 마무리되지 못했기 때문입니다. 제가 새마을과에 있더라도 이들 사건은 제가 조사를 끝낼 수 있도록 해주시기 바랍니다."

그러자 회장은 버럭 화를 내며 언성을 높였다.

"이보시오. 장 과장! 이미 경찰에서도 손을 뗀 사건들을 왜 다시 헤집으려 하는 거요? 꺼진 불씨를 되살려 평지풍파라도 일으키겠다는 거요, 뭐요. 난 정말 이해 못하겠소. 왜 자꾸 세상 일을 어렵게 만들고, 브레이크를 걸어 앞으로 못나가게 하려는 거요?"

"사건으로 인해 억울함을 당한 사람들의 원한을 풀어줘야 할 것 아닙니까? 또한 매 사건마다 시시비비를 분명히 가리고, 불법행위는 짚고 넘어가야 불순한 세력들이 경마장을 함부로 넘보지 않을 것 아닙니까?"

"장 과장의 뜻을 이해 못하는 바는 아니요. 그러나 지금은 경마장이 거덜날뻔 하다가 겨우 좀 잠잠해지려는 판 아니요? 그리고 우리가 지금 치러내야 할 일이 한두 가지요? 그러니 지나간 일들은 일단 묻고 앞으로 나아갑시다. 경마장 발전을 위해서도 그게 낫지 않겠소?"

회장은 급기야 몸을 일으켜 구석으로 가서 골프채를 집어 들었다. 그러나 성욱이 요지부동으로 자리에 앉아있자 회장은 고개를 돌리지 않은 채로 말한다.

"그래도 정 미련이 남거든 박 과장에게 인수인계해서 그 사람이 처리하도록 하시오. 아무튼 장 과장은 새마을과의 일에만 충실해 주었으면 좋겠소."

회장은 초록색 융 위에서 골프공을 굴려 홀에 넣고 있었다. 성욱은 몸을 일으켰다.

"정 그러시다면 저도 제 나름대로 방법을 강구해 보겠습니다. 저는 오랫동안 이쪽 분야에서 일을 해왔습니다. 그저 사심 없이 해왔다고 자부하고 있고, 제 결정에 대해 후회해 본 적도 없습니다. 때문에 이러한 처사를 저는 받아들일 수 없습니다."

그러자 회장은 골프채를 멈추고 성욱을 노려보았다.

"이보시오, 장 과장! 지금 자신이 어떤 입장에 처해있는지 모르시오? 조기단 사태 때만 해도 장 과장을 책임지고 물러나게 하자는 얘기가 있었소. 그것을 막은 게 바로 나요. 지금 자신이 코너에 있는지 벼랑 끝에 있는지도 모르고 어설픈 소리만 해대면 어쩌자는 것이오?"

성욱은 아무 대꾸 없이 출입문 쪽으로 향했다. 이런 그의 귓전에 냉랭한 회장의 목소리가 날아들었다.

"좋소, 마음대로 하시오. 정 그렇게 나온다면 나도 생각이 있소."

성욱은 발걸음을 멈추었다.

"감사실에 장 과장과 김덕호 부장의 비위사실 여부를 조사하도록 지시하겠소."

성욱은 못들은 척 다시 발걸음을 옮겨 출입문 손잡이를 돌렸다.

# 종마목장 행

차는 경기도 원당에 위치한 종마(種馬)목장 주차장에 다다랐다. 앞쪽으로 목장의 푸른 초원이 그림처럼 펼쳐져 있었다. 이 곳은 경주마를 교배하고 생육시켜 경마장에 보내는 곳이다.

곧 차 뒷문이 열리며 김 부장과 차 조교사가 내리고, 이어 운전석의 성욱이 3개의 스포츠 모자를 챙겨서 내렸다. 세 사람은 모자들을 눌러쓰고 마사(馬舍) 쪽으로 향했다.

"엊그제 비가 한 차례 내리더니 한결 깨끗해졌군. 어때? 가슴 속까지 시원해지는 것 같지 않아? 이래서 내가 두 사람 부득부득 데리고 온 거야."

차 조교사가 앞장서며 운을 떼자 김 부장이 곧바로 받았다.

"우리도 자주 오고는 싶지. 그렇지만 이리저리 묶여있어 몸을 빼기가 쉽지 않아 어쩔 수 없었어."

"사무실에서 펜대 굴리는 일이야 오늘 못하면 내일 하면 되지. 우리처럼 발등에 불이 떨어지거나 사고가 나는 일은 아니지 않수? 하하, 내가 모르고 하는 말인가?"

"틀린 말은 아닐 것입니다. 그렇지만 어떻게 된 건지 사람은 큰일보다는 작은 일들에 더 잘 묶이게 되는 것 같습니다."

세 사람 곧 마사들이 이어져 있는 곳에 다다랐다.

차 조교사가 한 마사를 가리키며 그 쪽으로 향하자 김 부장은 뒤따르며 조교사의 뒤에 대고 소리쳤다.

"그나저나 '브이 원'은 늙지도 않나? 지금 나이가 몇인데 아직도 아랫도리가 그리 짱짱해? 나 '브이 원' 죽으면 그 물건 좀 삶아먹게 미리 찜해놔야겠구만."

"올해 15세니까 앞으로도 4~5년은 더 써먹을 수 있어. 썩어도 준치라고, 이 목장에서 제일 고령이지만 지금도 인기는 제일 좋대. 더 늙기 전에 종자 받아가려고 전화질을 해댄다는구만."

성욱도 한 마디 거들었다.

"참 아까운 말이었지요. 이제까지도 이런 말은 없었지만 차후로도 보기 힘들 겁니다."


'브이 원(V.1)은 능력이 넘쳐서 경마장에 대적할 말이 없어 은퇴시킨 말이었다. 경주에 출전만 하면 우승은 따놓은 당상이니 경주가 재미없어지고, 매출도 떨어졌다. 그렇다고 부담중량을 마냥 올리면 말이 고장나기 십상이다. 그런데다 경주만 나오면 우승 상금을 쓸어가기 때문에 타 조교사들의 견제와 질시의 대상이었고, 경마 전날에는 누가 약질을 할까봐 늘 노심초사해야 했다. 이런 사유들로 차 조교사는 숙고를 거듭한 끝에 퇴출시키기로 한 것이다. 은퇴해서 좋은 새끼들이나 만들라는 덕분에 '브이 원'은 종마목장에 와서 여러 암말들을 상대하며 호사를 누리고 있다.

경마는 대표적인 혈통 스포츠이다. 경주마의 질이 수입과 직결되고, 경마의 수준을 좌우하기 때문에 우수한 종마를 확보하려는 노력은 필사적이다. 혈통관리가 철저한 선진국에서는 우수한 씨수말과 교배시키는데 많은 돈이 들기도 한다.

'브이 원'은 Victory 1 에서 비롯된 이름인데, 경마장에서는 경주마들이 이름을 따라간다는 속설이 있다. 그래서 경주마의 작명에도 나름 신경을 쓰기도 한다. 작명의 기준은 6자 이내의 한글, 또는 보편화 된 외국어로 명명되어야 하며, 5년 이내에는 동일한 이름을 사용할 수 없다. 단 외국 수입마 중 혈통서가 첨부되고 이미 작명이 된 경우는 그대로 사용하기도 한다.


김 부장은 종부대(種付臺) 앞에 흥분된 채로 묶여있는 암말의 콧잔등을 쓰다듬었다. 종부대란 통나무를 잘라 만든 받침대로, 교배할 때 암말의 가슴을 받치는 것이다

"그나저나 경마장에서 내보낸 지가 언젠데, 언제까지 이렇게 찾아 다닐 작정이야. 말이 보고 싶은 게 아니고 하는 게 보고 싶어 그러는 거 아니야?"

그러자 차 조교사는 돌아보며 웃음을 터뜨렸다.

"내일 모레 환갑인데, 그런 것 밝힐 나이는 지났어. 내게 너무 정이 들었던 말이고, 또 암말이 어떻게 생겼는지 봐서 어떤 새끼가 나올 것인지 상상해보는 재미도 있어."

"말도 타고 났지만 반 이상의 공은 차 조교사 덕분이야. 연금술사라는 별명이 괜히 붙여진 게 아니야. 갖은 정성을 다 바쳐서 명마로 키워온 거야."

"하하, 새삼스럽기는. 조기단 사람들은 다 알고 있는 건데."

마사 앞에서 두 마필관리사가 공손하게 인사를 했다. 그들은 나이가 들어보이는 말을 마사에 집어넣기 위해 안간 힘을 쓰고 있었다.

그 말은 시정마(試精馬)라고 하는 말이다. 암말이 무리 없이 수말을 받아들일 수 있도록 바람잡이 역할을 한다. 성적 능력이 없는 늙은 말들로 암말의 허벅지나 엉덩이들을 핥아 흥분시키게 하는데, 암말이 어느 정도 달아오르면 격리시키기 때문에 발버둥치며 반항하는 것이다.

"오늘 특별히 부장님, 과장님 대동하고 오신다기에 준비하고 기다리고있었습니다."

차 조교사는 시정마가 고삐에 이끌려 마지못해 마사 안으로 들어가자 손뼉을 쳤다.

"자, 시작해보지."

두 관리사가 마사에서 '브이 원' 말을 끌고 나왔다. 말은 눈치를 채고는 앞발을 쳐들고 히힝하는 콧소리까지 내며 좋아했다. 그러자 한쪽에 묶여있는 씨암말(種牝馬: 종빈마)도 기미를 챘듯 궁둥이 쪽에서 물이 쏟아졌다.

'브이 원'은 고삐를 놓아주자 곧바로 달려가서 올라탔으나 너무 성급한 탓인지 서툴렀다. 그러자 두 관리사가 달려들어 방망이처럼 솟아오른 물건을 붙잡아 넣어주자 순조롭게 행위를 마쳤다. 말의 교미는 거창한 모션에 비해 싱거울 정도로 빨리 끝난다.

잠깐 사이였지만 두 말들은 땀에 젖었다. 차 조교사는 '브이 원'에 게로 다가가 수건으로 목덜미의 땀을 닦아주며 말을 유심히 살펴보았다. 아무튼 그의 말 사랑은 말간을 떠난 뒤에도 여전하기만 했다.

성욱은 차 조교사의 뒷모습을 묵묵히 바라보다 입을 열었다.

"차 조교사가 왜 여기까지 부득이 오자고 했을까요? 뭔 낌새채지 못하셨습니까?"

그러자 김 부장도 턱을 만지며 궁금한 표정을 짓는다.

"글쎄, 오면서 나도 이런저런 생각을 해봤지만 감을 잡을 수는 없었소. 평소 나와는 전화도 주고받는 사이지만 오늘은 왠지 장 과장을 들먹이며 같이 가자고 하더라니까. 뭔가 좀 이상하다 싶어서 나도 같이 오자고 한 거요."

"뭔가 있기는 있는 모양이군요. 하지만 허튼 소리할 사람은 아니니까…."

곧 차 조교사는 손을 털며 두 사람에게 다가왔다.

"이번 암말은 괜찮게 생겼고, '브이 원'도 아직 성성해서 임신을 하면 돈 깨나 벌어줄 새끼가 나올 수도 있겠는데."

"그래서 말이고 사람이고 일단 잘 생기고 봐야 한다니까요."

차 조교사는 말의 관상만 보고서도 거의 체질을 파악한다고 한다. 또한 좋은 말의 상은 이마가 평평하고, 양미간이 충분히 벌어져야 하며, 눈썹이 무성해서 먼지 등 이물질을 방지할 수 있어야 한다는 것이다.

차 조교사는 왼쪽 아래에 있는 파라솔을 가리켰다.

"자, 우리 좀 걸읍시다. 어때, 그 답답하고 지저분한 경마장에 비하면 여기는 그야말로 낙원 같지 않아?"

"그렇게 좋으면 은퇴하고 목장이나 하지 그래."

"나도 그게 꿈이지만 전국 어디고 땅값 안 오른 데가 없어서 요원한 얘기고, 경마장도 위태위태한 상황이어서 나라도 붙박고 있어야 도움이 될 것 같아서…."

"경마장이 위태위태하다니?"

차 조교사는 대꾸 없이 앞장서서 길을 따라가고, 성욱과 김 부장은 뒤따르며 눈짓을 교환했다. 길 양 옆으로는 푸른 목초지가 완만하게 펼쳐져 있고 군데군데 말들이 한가롭게 풀을 뜯고 있었다.

세 사람은 파라솔과 의자가 놓여있는 간이휴게소에 다다랐다. 성욱은 한쪽에 있는 자판기에서 음료수 3개를 꺼내왔다. 모두 자리에 앉아 잠시 동안 음료수로 목을 축였다.

이윽고 차 조교사가 먼저 입을 열었다.

"지난 번 호주에서 들여온 말들 소문 좀 들었어?"

"얼핏 좀 듣긴 했는데, 똥말들이 많다며…."

그러자 차 조교사는 작심한 듯 목소리를 가다듬었다.

"똥말 정도가 아니라 내가 보기에는 아예 경주에 쓰지도 못할 말들이 많아. 발굽이 안쪽으로 오그라들어 고작 승마(乘馬)에나 써먹을 말들이 있지를 않나, 한참 팔팔해야 할 신마가 뭔 힘이 그렇게 없는지 벽에 기대고 서있지 않나, 눈이 나쁜지 아니면 신경줄이 뒤틀렸는지 걷다가 여기저기 부딪치지 않나…. 이런 말들을 돈을 들여 들여왔으니 저 사람들이 가만히 있겠어? 그렇잖아도 평소에도 똥말들만 들여온다고 불만이 많은데….”

성욱은 충격을 가라앉히며 묵묵히 듣기만 하는 가운데 문득 말이 들기어오던 날 장면들이 떠올랐다. 조기단 사람들이 둘러서서 기대에 부푼 표정으로 말들이 엉덩이에 낙관을 받고 각 조 빈 마방으로 끌려가던 모습들을 바라보던 …

“그 정도인 줄은 몰랐군.”

“도대체 왜 이런 일이 일어나느냐구. 옛날처럼 못 먹고 못 살던 시대도 아니고, 고객들도 몇 배 몇십 배나 늘었는데 이게 무슨 짓이냐고? 장 과장은 어떻게 생각해?”

성욱은 갑작스런 질문에 바로 대답을 못하자 김 부장이 나섰다.

“장 과장은 지금 새마을 과장으로 자리를 옮겼어.”

“참, 얘기 들었는데 내가 깜빡했구만. 그것도 이상해. 경마과에서 오랫동안 뿌리박고 잘하고 있던 사람을 왜 그쪽으로 옮겼지? 새로 온 박 과장이라는 사람은 경마 쪽은 처음이라며? 그런 사람이 경주나 조교사, 기수들을 어떻게 다뤄나가지?”

성욱은 화제를 돌리기 위해 말을 꺼냈다.

“제가 경마과에 그대로 있었다 해도 마필 도입 건은 저나 김 부장님 소관이 아닙니다.”

“그래도 눈에 심지를 꽂고 지켜봐야 할 것 아니여. 김치를 담든 밥상을 차리든 가장 중요한 것은 재료가 좋아야 혀. 무엇이든 품질을 결정하는 것은 결국 재료여. 마찬가지로 경마도 스릴있게 만들어 고객들을 끌어 모으려면 먼저 말이 좋아야 혀. 똥말들만 끌어와서는 아무리 조교사, 기수들이 용을 써도 좋은 경주는 못 만들어.”

"당연하지. 말 사들이는 것은 우리 소관이 아니라 해도 우리가 그저 불구경하듯 하고 있겠어? 경마장 밥 하루 이틀 먹은 것도 아닌데. 그나저나 그 얘기 하자고 오늘 여기까지 불러냈어?"

그러자 차 조교사는 시선을 외면한 채 캔을 들어 음료수를 남김없이 마셨다.

"눈치 하나는 여전하군. 오늘 내가 여기 오자고 한 것은 지난번 성 조교사 사건에 대해서 얘기를 좀 하고 싶어서야."

그러자 성욱은 눈이 번쩍 떠졌다.

"뭐 새로운 사실이 있습니까? 모르고 있었던?"

"지금 성 조교사 사건은 다 마무리 되어버린 상태인가?"

"그저 검찰에 불려가기가 겁이 나서 자살한 걸로 종결되지 않았습니까? 그 때문에 조교사, 기수들 검찰을 소환도 중지되고."

"하지만 그렇게 끝내버리면 그 친구 혼령은 분해서 저승에 가지 못하고 조기단 허공을 떠돌거네. 조기단 전체를 통틀어도 그 친구만큼 부지런하고 말을 좋아하던 사람을 찾아보기 힘들 정도였으니 말야.

주위 사람들은 그가 말들과 얘기가 통하고, 말의 눈빛만 봐도 몸 상태를 척척 아는 사람이라고 했어. 바깥 출입도 거의 하지 않고 그저 낙이라고는 말들과 어울리고 경주 연구하는 것뿐이었어.

그런 친구가 어린 자식도 둘이나 있는데 왜 한 순간에 몸에 불을 싸질러 죽어버린단 말이여."

"그래서 누가 불을 싸질러 죽였다는 거야 뭐야. 변죽만 올리지 말고 바로 본론을 얘기해봐."

그러자 차 조교사는 잠시 숨을 골랐다. 할 얘기가 만만치 않은 모양이었다. 곧 그는 헛기침을 한 후 말을 이었다.

"내가 알고 있는 게 도움이 될지 어떨지는 모르겠지만 그 친구가 너무 불쌍해서 일단 얘기는 해보겠네.

원래 조기단 내에서는 우리 집안과 진승철 조교사 집안이 가장 오래된 집안이었어. 일제 강점기 경마장이 처음 생기던 때부터 부친들이 몸담고 있었으니까. 그래서 말간 사람들이 인정도 해주고 잘 따르기도 했는데, 이 질서를 깨뜨린 인물이 바로 유성식이었어.

그는 조교사가 되어 몸이 붙고 힘도 생기게 되자 조기단을 휘어잡을 요량으로 노동조합이라는 것을 만들어 조합장이 되었어. 그가 노조를 백그라운드로 삼아 파워를 행사하자 경마회에서도 골치 아프게 여겨 그를 견제해야겠다고 생각했겠지. 그래서 조기단이라는 공식적인 조직을 만들고 단장(團長)을 회장이 임명하게 했던 것은 잘 아는 사실일거요. 그런데 이런 움직임이 보이자 가장 먼저 달려든 게 진승철 조교사였네.

그는 새까만 후배인 유성식이 노조를 무기로 설쳐대는 것을 내내 못마땅하게 생각하고 있다가, 조기단장이라는 직책이 생긴다니까 자기를 시켜달라고 이사(理事)나 회장 비서실 등을 찾아다닌 모양이오. 이 사실은 그가 나와 친해서 내게만 얘기한 것이니 절대 남에게 얘기해선 안되네.

그런데 비서실장으로부터 만나자고 연락이 왔다는 거야. 그는 싹수가 보인다며 좋아라하고 뛰쳐나갔는데, 비서실장이 뜻밖의 얘기를 꺼내더래. 조기단장을 시켜줄테니 조교사들 사생활에 대한 정보를 요구하더라는거야. 왜 그러느냐고 했더니 조기단을 제대로 만들어 유성식이를 꺾으려 한다는 것이었소.

유성식 관련 일이라면 자신도 적극 환영하는 데다가, 또 지체 높은 비서실장의 얘기고 해서 별 생각 없이 조교사, 기수들 속내 사정들을 아는 대로 작성해서 비서실장에게 넘겼다 하네. 그 대가였는지 어떤지 그는 첫 조기단장이 되었어."

성욱은 김 부장을 힐끗 바라보며 말했다.

"그런 사정이 있었군요."

"조기단 사람들은 그가 단장이 되는 게 당연하다고 하면서도 막상 되고 나자 발바닥에 불이 나게 뛰어다닌 결과라는 소문이 파다했어. 그는 내게만 얘기한다면서 저간의 사정 얘기들을 털어놓았고, 그 후 나는 그를 멀리하기 시작했어."

"나도 대강은 알고 있었지만, 사생활 정보까지 요구했다는 것은 금시초문인데."

"그런데 그 후 성 조교사가 이상해졌다는 소문이 떠돌았어. 말 수도 없어지고, 사람을 자꾸 피하는데다가, 평소 술을 모르고 살던 그가 가끔씩 취한 모습을 보인다는 것이었어. 게다가 말들 성적도 신통치 않아 상금도 자꾸 줄어들고 있었어. 그러다가 지난 번 분신사건이 터진 거여."

"충격적인 얘기군. 장 과장, 뭐 좀 짚이는 게 없소?"

"글쎄요. 좀 더 얘기를 들어봐야겠는데요."

"그래, 내 얘기 아직 안 끝났어. 성 조교사에게는 큰 고민이 하나 있었어. 그가 아침 조교 중에 낙마해서 철책에 허리를 부딪쳐 성 불구가 되자 마누라가 나가버린 것은 잘 알고 있을 거여. 그런데 이 못

돼먹은 마누라가 나가서도 위자료를 요구한 거요. 파탄이 난 원인은 성 조교사에게 있다면서 거액을 요구하고, 듣지 않으면 소송을 불사하겠다고 한 모양이여.”

성욱은 신음소리를 터뜨리다 끼어들었다.

“그런 경우 소송을 해도 마누라가 이길 가능성은 거의 없습니다.”

“나는 그런 법적 지식은 잘 모르고, 문제는 성 조교사에 있었다네. 성 조교사는 마누라한테 미안함을 가지고 있는 데다가, 그런 일이 벌어지는 것을 아주 꺼려하네. 성격도 원래 내성적인 데다, 철이 들면서부터 말간 옆에서만 자라 바깥 사회와 관련되는 것을 싫어 해. 특히 소송이니 재판이니 등은 그가 상상하기도 힘든 것들이었어.

또 소송이 걸리면 자기 치부가 외부 사람들에게 다 드러나게 되잖은가. 그것도 그 친구 성격상 받아들이기 힘들어.

그래서 그 고민을 나와 진승철에게 가끔씩 털어놓기도 했었어,.

우리는 그의 처지가 딱해서 어떻게 도와 줄 수 있는 방안을 찾아보기로 했는데, 어느 날 갑자기 찾아와서는 다 해결되었다고 하는 거여. 어떻게 해결했느냐고 물어도 딴 얘기 없이 그냥 잘 됐으니 걱정 안하셔도 된다고만 하는 거여.”

“그렇다면 비서실장이 손을 썼다는 얘긴가?”

“나는 그렇게 생각할 수밖에 없네. 사실 조기단 내에서 그의 사정을 알고 있던 사람은 우리 밖에 없었고, 진승철이가 비서실장에게 우리 속내 얘기들을 알려줬다고 했으니…”

“충격적인 얘기군. 장 과장은 어떻게 생각하오?”

성욱은 말없이 탁자를 바라보며 생각에 잠겼다.

"아무 얘기나 마음 놓고 해봐. 김 부장과 나는 친구처럼 지내는 사이고, 장 과장은 직접 책임자이기 때문에 이런 얘기를 하는 거여. 이런 얘기를 내가 누구에게 하겠소?"

성욱은 가까스로 입을 열었다.

"글쎄요. 비서실장이 미끼를 내밀었고, 뭣 모르고 그 미끼를 덥석 문 성 조교사가 코가 꿰어 끌려다니다가 급기야 극단적인 방식을 택했을 것이라고 추측해볼 수 있겠지만… 너무 엄청난 일이라서 많은 조사가 필요할 것 같습니다."

"아무튼 분명한 건 그가 어떤 인물에게 맥없이 조종당하고 있었다는 것이네. 그 인물은 그날 저녁 아파트에 잠깐 와있던 그에게 전화를 했고, 그로 하여금 급기야 뛰쳐나가 몸에 불을 붙이게 만들었소."

그러나 성욱은 한껏 굳어진 표정으로 한 곳만 응시하며 침묵을 지켰다. 침묵이 이어지자 차 조교사가 다시 끼어들었다.

"내가 이 이야기를 두 사람에게 꺼내야겠다고 결심하게 된 건 엊그제 호주에서 들여온 말들 때문이네. 형편없는 말들을 보니 왠지 성조교사 사건과 연관이 있는 것 같은 생각이 드는 거요. 경마장 밥 오래 먹어봤지만 요즈음처럼 마음이 놓이지 않는 경우가 흔치 않았어."

"그동안 겪어봤을 때 차 조교사의 촉은 거의 맞았는데…이번에도 맞을까봐 걱정되는군. 그나저나 그뿐만이 아니야. 뭔가 자꾸 어그러지고 제대로 안돼 가고 있어."

"장외발매소도 말이 많다며?"

이번에는 성욱이 입을 열었다.

"아는 사람에게 하나 둘씩 나눠주는 식의 장외발매소를 직영(直營)

체제로 개편하자는 얘기가 언제부터 나왔는데 차일피일 미루기만 하고 진전이 안 되고 있습니다. 직영 체제로 하면 우리 수입도 늘고, 장외에서 발생하는 갖가지 불상사도 처리하기 쉬울텐데 그저 지지부진하고만 있습니다."

그러자 차 조교사는 호소하는 눈빛으로 두 사람을 번갈아 바라보았다.

"이래서는 안돼. 두 사람, 지금 정신 바짝 차려야 하네. 높은 사람들은 잠깐 있다가 나가버리면 그만이야. 그렇지만 경마장은 유지가되어야 해. 실상 경마장을 지켜내고 있는 두 사람이 눈을 부릅뜨고 짱짱하게 버티고 있어야 우리같은 사람들이 마음 놓고 말을 돌볼 수있는 거야."

"……"

침묵이 이어지자 성욱은 무거워진 분위기를 바꿔야겠다는 생각이 들었다.

"참, 부친은 요즘 어떻게 지내고 계십니까?"

"큰 병이야 없지만 나이가 있어 그저 골골하고 계셔. 그러면서도 저녁 때는 말 냄새가 그리운지 지팡이 짚고 여기저기 마방들을 기웃거려. 집보다 말간이 더 좋은 모양이야. 가끔씩 정신이 오락가락하면서도 지금도 '사람이 문제지 말은 아무 죄 없어. 말처럼 깨끗한 게 없어' 하고 중얼거리시곤 해."

그러자 김 부장도 거들었다.

"우리 한국 경마의 산 역사 같은 분인데. 어떤 식으로든 행적을 새겨 후세에 기념으로 삼아야 할텐데…."

"그보다도 지금 발등에 떨어진 불부터 끌 생각을 해. 나는 비록 샛문 안쪽에서 말들만 상대하고 있지만 왠지 뭔가 이상하게 돌아가고 마음이 불안해. 예전의 감으로 볼 때 이런 때는 보통 큰 일이 벌어지곤 했어.

외부에서 온 사람들은 경마장이야 어떻게 되든 관심 없어. 그저 임기 동안 재미나 보고 떠나면 그뿐이야. 그동안 회장이니 이사니 하면서 낙하산 타고 들어온 사람들이 대부분 그래왔고. 그러다보니 경마장도 발전하지도 못하고 밤낮 그저 그래.

누군가는 두 눈을 부릅뜨고 지켜내야 경마장도 유지되고 키워나갈 수 있어…"

차 조교사의 부친은 한국 경마장 초창기의 기수였고 조교사이기도 했다.

우리 경마는 일제 강점기 경성(京城)의 유지들이 주관하여 한강 변에서 시작되었다. 그 후 신설동으로 옮겼는데, 일제 조선총독부가 식민정책의 일환으로 경마장을 활용하면서 비약적인 발전을 하게 되었다.

일제는 전쟁에 필요한 마필자원 확보와 조선인들 민심 무마용으로 신설동 경마장을 지원했고, 지방에도 8개의 경마장을 승인해 많은 조선인들을 끌어들였다.

해방 후에는 미 군정 하에서 경마장은 큰 인기를 끌게 된다. 또한 명사들의 집결지 겸 사교의 장소가 되기도 했다. 반면 관객의 수가 증가하고 매출액이 늘어나자, 폭력 조직들이 달라붙기 시작하여 여러 기수나 조교사들이 고초를 겪기도 했다.

6.25 전쟁 때는 북한군이 경마장을 접수하여 말과 마차들을 집결시켰으

나 미군 전투기의 대대적인 폭격을 맞아 무산되어 버리고 말았다. 이로써 신설동 경마장 시대가 끝나고 뚝섬 시대가 시작되기도 했다.

차 조교사의 부친은 전쟁 중에 국군기병대에 합류하여 남으로 향하면서 말들을 보살피기도 했다. 그와 경마장 동료들의 전문성은 기병대 군인들에게 크게 환영받았다고 한다. 또한 군수물자를 운반하는 말들을 돌보는 등 전쟁이라는 상황에서 경마장 사람들은 말들을 다루고 진정시키는데 능력을 십분 발휘했다 한다.

전쟁 후에는 뚝섬에 새로운 경마장을 건설하였다. 그러나 당시 뚝섬은 전부 농지(農地)여서, 여기에서 농사를 짓는 농민들의 반대가 극심했다. 급기야 결사항전까지 불사하며 대항하자 전쟁 중 피해를 입은 상이군인들까지 투입하여 가까스로 부지를 확보할 수 있었다.


여기에 미군들도 자재 등으로 도움을 주어 건물들을 짓기 시작하자 전쟁 중에 뿔뿔이 흩어졌던 조교사, 기수들도 모여들었다. 이들은 경마장을 되살리자는 신념으로 각자 빚을 내서 전국 각지를 돌아다니며 말을 구입해서, 마침내 1954년 5월 뚝섬 경마장이 개장되었다.

그러나 여건은 그리 녹록치 않았다. 당시만 해도 뚝섬은 도심에서 먼 거리였고 교통도 불편했다. 또한 크고 작은 깡통들을 펴서 지붕을 덮을만큼 시설도 엉성해서, 비바람이 불면 우산들을 쓰고 바라보는가 하면 지붕들이 날아가 버리기도 했다. 여기에 경마장 주변이나 경주로 안에는 논밭이 그대로 있어서 인분 냄새가 진동해 많은 관객들을 끌 수가 없었다.

자연히 매출이 적어 경주마 확보나 생계유지에 어려움을 겪을 수밖에 없었다. 경주마가 부족할 때는 시내에서 마차 끌던 말까지 끌어와 충당하기도 했고, 조교사 기수들은 숫제 밀가루로만 연명하기도 했다.

여기에 자유당시절 정치 깡패로 악명을 날리던 이정재, 임화수 등이 일찍부터 경마장에 눈독을 들이고, 회장 임명에서부터 경주 조작까지 전방위로 간섭하였다. 기수나 조교사들은 시키는대로 하지 않으면 깡패 등에게 죽지 않을 만큼 얻어맞기도 했다.

경마장은 4.19 혁명과 5.16 쿠데타를 거치면서 또다시 시련을 겪는다. 허정 과도정부와 5.16 국가재건최고회의에서 경마의 도박성이나 퇴폐풍조를 이유로 경마장 폐지론이 거론되었기 때문이다.

그러나 경마는 현대 어느 나라에서나 공인된 대중오락이라는 주장이 받아들여져 경마장 폐쇄는 면하고, 1962년 한국마사회 법이 제정되어 공적 기관으로서의 자격을 인정받았다.

이후 외국 경주마의 도입, 시설개선, 경주의 공정한 관리 등으로 경마는 많은 발전을 보게 되었으나, 태생부터 잘못 형성된 이미지로 인해 정치 바람이나 폭력배들의 관여, 크고 작은 소요사태 등에서 벗어나지 못했다.

# 드러나는 정체

종각(鐘閣) 옆에 위치한 S호텔 로비 커피숍, 오후 시간이라 적잖은 사람들로 붐비고 있었다. 박상수 기자가 다급하게 들어서자 한쪽에서 손을 드는 여자가 보였다. 라니야 햍을 쓴 검은색 정장 차림의 여인이다.

"좀 늦었습니다."

앞자리에 앉자 여인도 자리를 고쳐 앉았다.

"저도 온지 얼마 되지 않았습니다."

"제가 엉뚱한 부탁을 드려 실례가 되지 않았는지 모르겠습니다. 이번에 우리 신문사 사장이 바뀌어 무척 바쁘고, 저도 여사님이 도대체 어떤 분인가 궁금하기도 해서 한번 만나 뵙고 싶기도 했습니다."

박 기자는 지난번 김 부장 등과의 회동에서 자신이 추적해 보겠다고 한 인물, 이른바 B관람대의 큰 손이라는 인물의 뒷조사 때문에 여인에게 만나자고 한 것이었다. 실제로 바빠 시간내기가 힘들기도 했지만, 실제 목적은 여인의 정체를 알고 싶어서였다.

"부탁 때문에 미안해하실 것은 없습니다. 어차피 저도 추적해야 할 인물이니까요. 그리고 지금 대선도 얼마 남지 않았는데 기자들이 한가롭게 남의 뒤나 캐고 있을 시간이 어디 있겠습니까?"

"어차피 추적해야 할 인물이라니요? 알고 계셨습니까?"

"콕 찍어서 알고 있지는 않았지만 제가 추적해야 할 인물이었습니다. 왜냐면 성 조교사의 죽음과 관련되어 있기 때문이지요. 그런데 그 대상을 특정시켜 준 게 바로 경마과장이었습니다. 장 과장은 능력도 있는데다, 많은 자료들을 바로바로 접할 수 있어 제가 늦을 수밖에 없었습니다."

"그 사내를 왜 추적해보려 하셨나요?"

그러자 여인은 백에서 담배 케이스를 꺼냈다. 가늘고 긴 담배가 입에 물리자 박 기자는 잽싸게 라이터를 켜 불을 붙였다. 여인은 담배 연기를 길게 내뿜은 후 선글라스를 고쳐 썼다.

"사실 저는 성 조교사의 분신 소식을 듣고 큰 충격을 받았습니다. 전혀 예측을 못했으니까요. 저는 경마장을 상대로 하는 사업가이고, 경마장 안팎에 누구보다 방대한 정보망을 갖고 있다고 자부하고 있었는데 성 조교사의 죽음 하나를 예상하지 못한 것입니다. 제가 그와 개인적인 친분은 없었지만 그에 대해서는 잘 알고 있었습니다. 한마디로 경마장에 내내 뿌리박고 있어야 할 사람이었지요. 그런 사람이 어떤 곤경을 견디다 못해 분신까지 하게 될 줄은 꿈에도 생각지 못했습니다.

저는 제 허점에 대해 통렬하게 반성하고 곧바로 그의 배후 추적에 달려들었습니다. 그런데 고맙게도 박 기자님이 얘기를 해주신 것입니다. 장 과장님이 대상을 두 사람으로 좁혔다고요. 결과적으로 제 시간과 에너지를 대폭 감소시켜 준 것이지요."

"여기 그 인물 사진이 있습니다."

박 기자는 품속에서 사진을 꺼내 여인에게 건넸다. 여인은 사진을 받아들고 선글라스를 제낀 뒤 유심히 바라보았다. 그런 그녀를 박 기자도 몰래 훔쳐보았다.

아무튼 대단히 흥미로운 여인이었다. 경마장을 상대로 한 사업가라니, 그리고 자신도 성 조교사의 배후를 추적하고 있었다니…

잠시 후, 여인은 사진을 박 기자에게 건넸다.

"왜 제게 다시 주십니까? 좀 알아봐달라고 했는데"

"제가 알만한 사람이니까요. 제 짐작이 틀리지 않았군요. 이 사람은 김동섭이 숨어있던 청담동 슬롯머신업소 사장입니다."

"뭐라고요?"

박 기자는 엉겁결에 큰 소리를 치고는 스스로도 놀라 주위를 둘러보았다. 청담동 슬롯머신 업소라니. 김동섭이를 찾아낸 그 지하 업소란 말인가. 이게 도대체 어찌된 일인가.

그러나 여인은 웃음을 머금으며 박 기자를 바라보았다. 마치 세상일을 다 꿰뚫고 있다는 듯한 웃음이어서 박 기자는 은연중 등줄기에 한기가 스쳤다.

"그는 도대체 어떤 사람이었습니까?"

"군 출신이었습니다. 소령으로 전역한 이후 의류사업 등 몇 가지

사업에 손을 댔다가 별 재미를 보지 못하고 현재는 청담동에서 슬롯머신 업소를 운영 중입니다."

"그런 사람이 어떻게 청담동 같은 데서 슬롯머신업소를 운영하고 있으며, 또 어떻게 경마장 큰 손 노릇을 한다는 것입니까?"

"바로 보셨습니다. 그래서 뒤에 누가 있고 그는 월급을 받는, 이른 바 바지 사장일 가능성이 큽니다."

"그렇다면 김동섭이 숨어 있었고… 혹시 그도 최상국의 바지사장이란 말입니까? 이를테면 동섭이를 낚아 챈 환희 술집의 이 사장은 행동대고, 슬롯머신업소 사장은 수금책과 같은…"

여인은 또 웃음을 머금었다. 그런 모습은 박 기자에게 얘기를 수긍하는 것 같은 표정으로 보였다.

그러나 박 기자의 머리는 충격 속에서도 비상하게 움직였다.

"그런데 그런 사람이 왜 또 성 조교사 사건에 관련되어 있을까요?"

그러자 여인은 또다시 담배 케이스를 열고 담배를 꺼내 물었다. 이번에도 박 기자는 재빠르게 라이터를 켜 불을 붙였다. 여인은 담배 연기를 길게 내뿜은 후 자신의 백을 열고 한 장의 사진을 끄집어냈다.

박 기자는 사진을 받아들고 유심히 살펴보았다.

"어때요? 아는 사람이 있는 것 같습니까?"

"아는 얼굴이 있는 것도 같은데… 이게 무슨 사진입니까?"

"사진 뒤쪽을 보세요."

무심코 사진을 뒤집어보던 박 기자는 하마터면 놀라 소리를 지를 뻔 했다. 거기에는 '배달민족청년동맹 춘계야유회. 199×년 ○월 △

일' 이라고 쓰여 있었다.

"거기에 대해 잘 아시는 모양이군요. 놀라는 걸보니….."

"잘 알지는 않고, 그저 좀 압니다."

박 기자는 사진을 다시 돌려보며 눈길을 떼지 않은 채 대꾸했다.

"제가 드린 사진의 사장도 있는 것 같고, 또 한 사람은 경마장 사람으로 낯이 익은데 금방 떠오르지 않는군요."

"그 사람은 경마회장 비서실장입니다."

"비서실장이라고요? 그랬군요. 언젠가 두어 번 본 적이 있습니다. 그런데 그렇다면 그 사람도…"

"그렇습니다. 그 인물이 성 조교사의 사건과 관련되었을 가능성이 큽니다. 성 조교사는 바깥활동을 하지 않기 때문에 외부 세력과 연계되었을 가능성은 거의 없습니다. 그런데 사건이 일어난 날 그는 누군가로부터 전화를 받고 뛰쳐나가 일을 저질렀습니다. 그 사람은 경마장 내부 사람이며, 상당한 파워를 가진 사람이었을 것입니다. 그런데다 보다시피 큰 손이라는 슬롯머신업소 사장과 같은 회원이니…"

박 기자는 충격을 억누르기 위해 엉겁결에 담배를 피워 물었다.

"참으로 쇼킹한 얘기군요. 만약 이러한 사실이 외부에 알려진다면 경마장 또 한번 뒤집어지겠는데요."

박 기자는 한숨과 함께 연기를 길게 내뿜었다.

"제가 알려드릴 것은 여기까지입니다. 그러니 장 과장이나 김 부장님과 잘 상의해서 처리하시기 바랍니다. 그리고 '배달민족청년동맹'이라는 단체가 어떤 단체인지, 혹시 좀 아시거든 제게 얘기해 주시기 바랍니다."

박 기자는 담배를 부벼 끄고 목소리를 가다듬었다.

"'배달민족청년동맹'은 '은하수회'라는 이라는 단체의 수하에 있는 조직입니다. 일종의 행동대라고나 할까요. 그래서 그 조직의 성격을 알려면 먼저 '은하수회'의 성격을 알아야 합니다.

'은하수회'는 대외적으로는 건전사회 단체를 표방하고 있지만 실상은 그 실체가 제대로 알려지고 있지 않은 미스터리 단체지요. 그들이 진정 목적하는 바가 무엇인지, 활동에 필요한 자금은 어떻게 조달하며, 왜 이름 깨나 알려진 정, 재계 인사들이 이 단체의 고문으로 있는지 등등 의문이 끊이지 않았지만 현재까지 제대로 밝혀진 건 없습니다. 그러나 보수 우파 성격의 단체인 것만은 분명하고, 수하에 사조직으로 '배달민족청년동맹'을 두고 있다는 소문은 암암리에 퍼져 있습니다."

"저는 원래 정치에는 관심 없어 모르고 있었습니다.

아무튼 비서실장과 슬롯머신 사장 등이 성 조교사의 죽음에 실제로 관련이 있는지 어떤지에 대해서는 장 과장님과 상의해서 추적해 보십시요."

"잘 알겠습니다. 제가 시간을 내기 힘들어 별로 기대하지도 않고 부탁을 드렸는데, 예상 외로 커다란 수확을 얻었군요. 제 나름대로 사건의 윤곽이 보이는 듯 합니다.

그건 그렇고, 참으로 궁금하군요. 뭐 하시는 분인지, 왜 저나 장 과장님에게 이렇게 도움을 주는 것인지, 어떤 특별한 목적을 가지신건 아닌지 궁금한 점이 한두 가지가 아닙니다."

그러자 여인은 모처럼 잠깐 소리 내어 웃었다.

"호호, 그게 궁금하십니까? 저는 단지 사업가일 뿐입니다. 그저 경마장을 상대로 하는 사업가라고나 할까요. 사업가는 철저히 이익에 따라 행동하지요. 제가 이러는 것도 제 사업에 도움이 되기 때문입니다.

또한 제가 검은 색 일색에 선글라스까지 끼고 다니는 것은 제가 수긍할 때까지 자신을 드러내고 싶지 않기 때문입니다. 제 사적인 사정 때문이든, 감추고 싶은 과거 때문이든 저는 당분간은 이런 식으로 나타날 것입니다. 또한 저는 어디에서 뚝 떨어진 이방인도 아니고, 그저 희로애락을 가진 흔한 보통사람 중의 하나일 뿐입니다."

# 충북 XX군 행

흰색 승용차는 다리를 건넌 뒤 제방으로 이어져 있는 길 쪽으로 꺾어졌다. 산야에는 신록이 한창 화사하게 펼쳐져 있고, 하늘에는 새하얀 구름들이 흐르고 있었다.

차는 반원형의 제방을 따라 달리다 이윽고 아래 둔치로 내려가 멈췄다. 차 문이 열리며 성욱과 김 부장이 모습을 드러내고, 이윽고 박 기자가 운전석에서 내렸다.

"와, 이런 데가 있는 줄 몰랐는데요."

박 기자는 물가로 뛰어갔다. 마치 철모르는 어린애 같은 모습이다. 군데군데 나이 든 낚시꾼들이 한가롭게 낚싯대를 드리우고, 건너 편에는 우중충한 바위 벼랑들이 병풍처럼 늘어서 있었다. 성욱과 김 부장이 물가로 다가가자 얇다란 돌을 들어 물수제비를 뜨던 박 기자는 흥분된 모습으로 달려왔다.

"이런 경치가 있는 줄도 모르고 제가 괜히 시간 없다고 앙탈을 부렸군요."

"이런 기회가 아니면 언제 이런데 한번 와보겠어? 내가 모처럼 머리 한번 쉬게 해주려니까 짜증부터 부리긴. 어디 시 한 수 읊어보지. 원래 문학도 지망생이었다며…."

그러자 박 기자는 멋쩍은 표정으로 뒷머리를 긁적였다.

"이제 뭐가 나오겠습니까? 이미 녹슬고 먼지만 잔뜩 끼었는데. 학창시절이라면 몰라도."

성욱도 짐짓 농을 던져보았다.

"부장님도 은퇴하시고 여기 와서 낚시질이나 하시는 게 어떻겠습니까. 경마장 생활도 할 만큼 하시지 않았습니까?"

"나야 뭐 지금 당장이라도 그러고 싶지만…."

세 사람은 느릿느릿 물가를 거닐었다. 불어제치는 바람에 머리칼들이 부스스 일어섰다. 세 사람 모두 한껏 풀어지고 밝은 모습이다.

특히 박 기자는 들뜸이 가시지 않은 목소리로 말을 꺼냈다.

"이럴 줄 알았더라면 고깃병이나 몇 개 사올걸 그랬습니다. 물고기 좀 잡아서 매운탕 끓여 소주나 한 잔씩 걸치게 말입니다."

"언제 가을에 하루 날 잡아 오도록 합시다. 지금은 그럴만한 시간도, 심적 여유도 없으니까."

한동안 걷다가 김 부장은 성욱에게 눈길을 돌렸다. 이제 가보자는 의미 같았다. 이번에는 성욱이 운전대를 잡았다.

세 사람은 다시 차에 올라 제방 길로 올라갔다. 제방 길을 달리던 차는 이윽고 왼쪽으로 꺾어 한동안 직진하다가 어느 식당 주차장에 멈췄다.

　세 사람은 식당 한쪽 둥근 테이블에 둘러앉았다. 그 외에 두어 탁자에서 손님들이 식사를 하고 있었다. 곧 수더분하게 생긴 주인아주머니가 쟁반에 김이 무럭무럭 나는 두부와 김치, 동동주를 받쳐 내왔다.

　"매운탕 준비하는 동안 이 두부 좀 묵어보소. 딴 데서 묵는 두부와는 다를 겁니다."

　박 기자는 반색을 했다.

　"아유, 단단하게 생긴데다 뜨뜻한 게 먹으면 금방 살로 갈 것만 같습니다."

　세 사람은 서로 술을 따라주고 젓가락질을 했다. 내내 입을 다물고 있던 성욱이 먼저 말을 꺼냈다.

　"이 읍내가 바로 회장님 고향이라구요."

　"그렇다오. 나도 말로만 들었고 실상 와보기는 처음이요."

　그러자 박 기자는 바로 끼어들었다.

　"이 부근에서는 쩌렁쩌렁 하겠군요. 조그만 시골에서 별을 셋씩이나 달고 경마장 회장까지 하고 있으니….."

　"그러니 국회의원까지 나오려 하는 거겠지."

　"박 기자가 기자의 센스로 훑어봐. 회장의 정계 진출이 그저 소문뿐인지 아니면 지역 주민들도 알고 있는 것인지."

　잠시 후, 아주머니가 쟁반에 매운탕 냄비를 받쳐 왔다.

　"아유, 들큰한 냄새가 술 깨나 잡아먹게 생겼습니다."

"하하. 궁합이 잘 맞는 모양이군. 오늘 마음 놓고 마시게. 장 과장과 함께. 운전은 내가 할테니."

아주머니는 가지 않고 잠시 머뭇거리더니 이윽고 말을 꺼냈다.

"여기 분들 아니지예? 미숙천에 낚시하러 오신 겝니까?"

"서울에서 온 사람들입니다. 낚시도 하고, 내년 국회의원 선거에 여기에서는 누가 유력한가 좀 알아보기도 할 겸 해서….

"여기야 그 서울 경마장 사장인가 회장인가 하는 사람이 될 거라고 합디다. 소문이 쨍하게 돌고 있어요."

아주머니가 대수롭지 않게 말을 던진 후 주방 쪽으로 가자 안쪽 탁자의 사내들이 끼어들었다.

"거 서울 양반들, 여기에서는 딴 사람 알아볼 것도 없소. 그 장군 출신에 경마장 정 회장이라면 모두들 꺼뻑 죽어요. 아마 들리는 얘기가 청와대에서 이미 공천 내락까지 받았다던데."

"인물도 인물이지만 그만한 사람이 또 어디 있어? 여기 양로원이고 고아원이고 그 사람 손길이 안 미친 데가 있다던가. 명절 때야 그렇다고 하지만 평소에도 걸핏하면 비서를 끌고 내려와서는 여기저기 찾아다니며 돈 봉투 내놓고 어려운 일 없냐고 한다지 않은가."

그러자 다른 쪽 탁자의 손님들도 끼어들었다.

"그 뿐만이 아니요. 여기 중 고등학교 장학금도 벌써 몇 군데나 쾌척했는데. 게다가 이곳 출신들 경마장에 취직시켜준 사람만 해도 몇이나 된다오. 요즘 세상에 그런 사람이 어딨어? 그저 조금 잘되면 순전히 제 탓으로 알고 태어난 곳은 돌아도 안보는 게 세상 인심인데…."

그러자 안쪽 탁자에 있던 사내들도 공감을 표시했다.

"맞아. 그 사람 뿐이지. 그럼, 그럼…."

얼마 후 식당을 나선 세 사람은 시장 바닥과 노인들이 쉬고 있는 정자 등을 쏘다니며 동정을 살폈다. 그런 뒤 주차장 부근의 허름한 2층 다방에서 마주 앉았다.

박 기자가 무거워진 분위기 속에서 먼저 말을 꺼냈다.

"오늘 부장님 목적은 따로 있었군요. 화요일 소풍을 빙자한…"

김 부장, 다소 무안한 웃음을 띠자 성욱이 재빨리 끼어들었다.

"남들이 여가를 즐기는 시간에 고향에 내려와 지역 주민들을 찾아다니고, 정치적 발판을 마련하기 위해 노력하는 것은 아무나 할 수 있는 것은 아니지요. 그러나 만약 그 과정에 있어서 부정한 수단이 강구되었다면 이는 문제가 될 수밖에 없지요."

레지가 차를 가져와 세 사람은 묵묵히 차를 마셨다. 곧 박 기자가 성욱과 김 부장의 눈치를 살피다가 입을 열었다.

"어떻습니까? 두 분은 회장의 정상적인 수입으로 이런 활동이 가능하다고 보십니까?"

"글쎄, 살펴봐야겠지."

"제가 지난번에 말씀드린 대선 자금 기부액은 또 어떻게 되는 겁니까?"

분위기가 더 무거워지자 다소 당황한 박 기자는 성욱에게 시선을 돌렸다.

"참, 영전을 축하드립니다. 아주 속이 후련하시겠습니다. 그 도깨비 소굴같은 경마과에서 벗어나서…."

"나도 다행이라고 생각하고 있네. 이제 좀 홀가분해지니 미뤄뒀던 책도 좀 읽고 여행도 다니고 그래야겠네."

"저는 그 꼴 못 봅니다. 하려면 저와 같이 해야지요. 제가 새로운 소식 하나 알려드리지요. 실은 바로 엊그제 지난번 그 여인을 만났습니다."

그러자 김 부장과 성욱 깜짝 놀라 바라보았다.

"그래? 무슨 일로?"

"과장님이 지난번에 얘기하신 B관람대 큰 손이라는 사람 말입니다. 제가 신문사 일로 도저히 시간을 낼 수 없어서 부탁 좀 하려고요. 경마장 주변 일이니 정보망도 저보다는 훨씬 나을게 아니겠습니까?"

"그래, 어떻게 되었어?"

"잘 알아봐 주더군요. 상당한 성과가 있었습니다."

박 기자는 성욱과 김 부장에게 만났던 얘기를 털어놓았다.

성욱은 자신도 모르게 혀를 찼다.

"점입가경이군…."

김 부장이 무겁게 입을 열었다.

"그래도 한가닥 미련은 버리지 않고 내 예상이 빗나가길 바랬는데. 모든 게 내가 우려했던대로 맞아 들어가고 있으니…"

"조기단 농성과 성 조교사 사건이 터졌을 때 시중에서는 경마회장의 거취가 커다란 관심사였습니다. 그러나 몇 가지 자체 정화 대책만 내놓은 데다, 검찰 조사마저 흐지부지 끝나자 오히려 회장이라는 인물을 더 주시하게 되었어요. 일련의 사태가 회장의 입지를 흔드는 게 아니라 도리어 강화시켜 준 것입니다."

잠시 침묵이 이어지다 성욱이 헛기침을 한 후 입을 열었다.

"제가 생각하는 성 조교사의 사태는 이렇습니다. 조기단 농성사태가 벌어지던 날 아이들에게 저녁을 챙겨주기 위해 집에 왔던 성 조교사는 한 통의 전화를 받았다고 합니다. 그때 성 조교사는 울먹이며 '못 하겠다', '못나가겠다'라고 악을 썼다고 합니다. 그 전화가 결국 성 조교사의 운명을 결정지은 것입니다. 이제 모든 정황을 종합해 추정해보면 전화의 당사자는 바로…."

"비서실장이었겠지요."

성욱은 박 기자를 힐끗 쳐다본 후 더욱 힘이 들어간 목소리로 이어갔다.

"그는 아마도 성 조교사에게 어디론가 잠적해 버리라고 했겠지요. 자식들 뒤를 봐주겠다고 하면서…. 그러나 그는 마사지역을 떠난다는 것은 생각조차 할 수 없었습니다. 성 조교사에게는 자기를 키워주고 사람으로 만들어준 게 바로 말이고, 그 말 곁을 떠난다는 것은 어떤 의미에서 죽음을 의미하는 것이었습니다. 그렇다고 자칫 하늘처럼 높게만 생각되던 비서실장의 명령을 거부하는 것도 쉽지 않았겠지요.

아시다시피 그 사람들 사고방식은 협소하고 단순합니다. 검찰에 소환된다는 사실만으로도 영영 다시 못볼 것처럼 부들부들 떨며 밥을 제대로 못 먹는 사람들도 있었으니까요. 이런 사람은 아무 데도 자기가 발붙일 곳이 없다고 생각되면 순간적인 충동으로 스스로의 운명을 결정짓는 수가 많지요."

김 부장은 내내 신중하게 듣고 있다가 무겁게 입을 열었다.

"아마도 장 과장의 추리가 모두 맞는 것 같소. 내가 설마 설마하며 내 추측이 맞지 않기를 바랐던 것도 바로 회장 측과의 연관성이 있을 것 같아서였소. 나는 성 조교사의 생활태도를 잘 알고 있고, 그가 외부 세력과 결탁하여 장난을 칠 인물이 아니라는 것도 익히 알고 있었소. 그래서 내부자의 소행이 아닌가 의심을 하게 되었고, 내부자 중에서도 그를 무릎 꿇리게 할만큼 힘이 있는 사람일 것이라고 생각했소.

그런데 그에 대한 수사가 흐지부지 되더니 그저 단순 자살로 종결되고 마는 것이오. 조기단 사태와 맞물리기도 했지만, 성 조교사 건은 분명 다른 사안이오. 사람 목숨이 없어진 거니까. 그런데도 상식적으로 납득이 안 되게 마무리되자, 이 사건의 뒤에 어떤 흑막이 있는 게 아닌가 생각하게 된 거요."

박 기자는 두 사람의 얘기를 감탄한 표정으로 듣고 있다 말을 꺼냈다.

"이제 어떻게 하실 생각이십니까? 다시 고발할 생각이십니까?"

"아직은 그저 정황에 불과한 것이어서 좀 더 구체적인 증거들이 필요할 것 같네."

그러나 김 부장은 단호했다.

"이제 내가 나서야 할 때인 것 같소. 내 모든 것을 걸고 승부를 해보겠소. 최상국이고, 회장이고, 이 경마장이 몇 사람에 의해 그렇게 쉽게 흔들릴 것 같으면 지금까지 몇 십 년 동안을 어떻게 버텨왔겠소?"

성욱도 동감이라는 심정으로 김 부장을 쳐다보았다.

"그렇지만 부장님의 신변도 생각해야 하지 않겠습니까. 한쪽은 홍악한 조폭 두목이고 또 한 쪽은 상당한 파워를 가진 회장 측입니다."

김 부장은 찻잔의 남은 차를 마저 마신 후 목소리를 가다듬었다.

"나는 이제 두려울 것 없소. 이제 나이도 들어 내 능력의 한계나 인생의 성취도도 결정이 된 듯하오. 남은 삶에서는 그저 옳다고 믿는 것에 사심 없이 매진할 생각이오. 앞으로는 누가 뭐라 하든 내 본심을 따르겠소."

갑자기 분위기가 숙연해졌다. 성욱도 말없이 찻잔을 들어 비웠다.

# 김덕호 부장

3주 앞으로 다가온 백두산배 대상경주의 열기가 서서히 달아오르고 있었다. 길거리 등의 벽보판에 나붙은 포스터, TV. 신문 등의 광고, 일간지, 주간지, 여러 방송 매체 등의 특집 기사로 경마에 무관심하던 사람들 사이에서도 화젯거리로 등장하고 있었다.

백두산배 대상경주는 여러 상전경주(賞典競走: 상이 수여되는 경주) 중에서도 가장 긴 역사와 전통을 자랑하고 있다. 경마장 최상급의 명마들이 노련한 기수들에 의해 화려한 기량을 펼치는 명승부를 벌인다. 우승마에 대해서는 최고의 상금이 부여되며, 한 해 최고의 명마와 기수가 탄생한다.

많은 입장 인원과 함께 사회 각계의 명망 인사, 인기 코미디언과 가수들까지 출연하여 흥겨운 잔치를 벌이는, 한 해의 경마에서 가장 큰 행사요, 축제이기도 하다.

이 때쯤 되면 출전 기수들 가정에서도 비상이 걸린다. 부인이나 모 친들이 교회나 사찰에 가서 기도를 드리기도 하고, 기수 자신도 경주 시까지 이발이나 목욕을 삼가하기도 한다. 심지어 손톱이나 발톱을 깎지 않기도 하고, 면도를 하지 않는 기수도 있다.

경마 경주는 항상 사고의 위험이 도사리고 있기 때문에 유달리 징 크스도 심하다. 대표적인 사례로 경주 날에는 경주로에 개와 여자가 지나가서는 안되며, 기수들은 낙마(落馬)의 징조가 될 수 있다며 구두 를 닦지 않기도 하고, 미역국이나 계란을 먹지 않기도 한다.


경마장 부근의 한 맥줏집. 한쪽 칸막이 된 곳에서 성욱이 조 계장 과 마주앉아 있었다. 조 계장은 탁자 위에 서류봉투를 내놓았다.

"이게 그동안 조사한 기수들 조사보고서입니다. 현재까지 최상국 과 연계되었다는 조교사, 기수는 총 9명인데, 현재 기수 4명만 조사 를 마친 채 중단된 상태입니다."

"왜 내게 이런 보고를 하는 거요? 새마을과로 자리를 옮겨 나와는 상관없는 일이 되었는데…."

"김 부장님의 지시가 있었습니다. 현재의 박 과장님으로는 조사가 제대로 이뤄질 것 같지 않다며, 회장님과 담판을 벌여서라도 최상국 관련 건 조사는 장 과장님이 맡도록 해주겠다고 하셨습니다. 그러면 서 그동안 조사 진행 과정이라도 과장님에게 틈틈이 보고해드리라고 하셨습니다."

"음… 아무튼 부장님 고집은 알아줘야 해. 그런데 왜 도중에 조사 를 중단한 거요?

"곧 대상경마가 있어 경마과에서 경황이 없는 데다가, 커다란 경사를 앞두고 또 불미스러운 사건들이 외부에 알려지고 언론에 보도라도 되면 행사를 망칠 수 있다는 것이었습니다."

"그래서 차후 어떻게 하겠다는 건가?"

"대상경마가 끝나고 남은 사람들 조사를 재개하자는 것이었습니다. 그러나 그렇게 하면 조사의 동력도 떨어지고, 그들도 시간 여유가 충분해서 나름대로 대비책을 마련할 공산이 큽니다."

"그런 얘기를 해보지 그랬소."

"건의를 드렸지요. 그랬더니 그저 시큰둥한 표정만 짓더군요. 이건도 그렇고, 박 과장님은 왠지 경마과 업무에 별 관심이 없는 것 같습니다. 그러다보니 직원들 장악도 잘 안되는 것 같고, 사무실 분위기도 예전만 같지 못하고…."

성욱 귓전으로 들으면서 묵묵히 조사 보고서를 훑어보았다.

"벌써부터 과장님이 다시 경마과로 와야 한다는 소리들이 나오고 있어요."

성욱은 여전히 말없이 보고서를 훑어보았다. 잠시 후 길게 한숨을 내뱉으며 보고서를 한쪽으로 밀쳐놓았다.

"돈, 술, 여자, 그리고 부정행위들…. 도대체 언제나 이 지겨운 꼴들에게서 벗어날 수 있을지. 이럴 때마다 세상이 원래 그런 건지, 내가 직업을 잘못 택한 건지 정말 알 수가 없소."

"과장님 심정을 저도 이해할 수 있습니다."

"발각되면 단호한 처벌이 가해지고, 계속해서 정신교육을 실시해도 왜 이런 일들이 계속 반복되는지… 우리가 할 수 있는 일이 도대체 뭐요? 그저 저질렀던 사건들을 수습하는 것밖에 더 있소?"

조 계장은 성욱을 똑바로 바라보았다.

"저도 무력감을 느낄 때가 한 두 번이 아닙니다. 그리고 경마장에 들어오기 전에는 인간이 이렇게까지 추해질 수 있다는 것도 생각 못 했습니다. 돈 때문이겠지요. 마치 권력 앞에서 인간이 한없이 추해지는 것처럼… 그러나 저는 아직 절망이나 환멸을 말하고 싶지는 않습니다. 어차피 이런 모습들도 인생의 한 단면이고, 제가 모르고 있었을 뿐이라고 생각하며 받아들이기로 했습니다."

"오늘 내가 조 계장에게 많이 배우는구료. 자, 우리 한 잔씩 마십시다."

두 사람, 서로의 잔에 술을 채우고 건배를 했다. 다소 무거운 분위기 속에서 두 사람은 묵묵히 술잔을 기울였다.

"시간이 좀 됐는데, 이제 그만 귀가하셔야 하지 않습니까?"

"먼저 들어가시오. 나는 생각할 것도 좀 있고, 기분도 그렇고 해서 좀 더 있다 가야겠소."

조 계장은 자리에서 일어서 나가려다 문득 멈춰 섰다.

"참, 요즈음 김 부장님 자주 뵙십니까?"

"그저 그럭저럭. 왜 그러는 거요?"

조 계장은 눈길을 내리깔고 목소리도 낮췄다.

"엊그제 두어 번 뵈었는데 좀 달라지신 것 같아서… 뭔가 커다란 고민이 계신 것 같기도 하고, 말귀도 잘 못 알아들으시고…"

"그럴 때도 있겠지요. 나이도 있는데…"

"아무튼 저는 좀 이상했습니다. 그런 적이 없으셨는데…"

조 계장은 가볍게 인사를 하고 나갔다. 그의 뒷모습을 흐뭇하게 바라보는 성욱, 그러나 그가 시야에서 사라지자 다시금 심각한 표정이 되어 술잔에 술을 따랐다.

비록 조 계장에게는 모르는 척 눙치고 말았지만 실상 며칠 사이에 김 부장이 많이 달라진 건 사실이다. 뭔가 긴장한 것 같기도 하고, 수심 어린 표정으로 말이 없어지기도 했다. 진정 단호한 결심으로 일을 벌이려는 것일까…

김 부장은 자신에게 어떤 사람이었던가.

대학시절 경마장 주말 아르바이트를 할 때 김 부장을 처음 만났다. 당시 그는 경마과장이었는데, 경마과의 잡무를 도우며 곁에서 지켜본 그에게서 깊은 인상을 받았다. 성실한 근무태도, 업무에 시달리면서도 언제나 잃지 않던 긍정적인 사고방식, 사소한 것까지 챙기는 빈틈없는 성격이지만 어떤 때는 과감하게 밀고 나가는 단호함….

그저 시간 때우고 일당이나 벌려던 아르바이트는 한 인물과의 만남으로 이어졌고, 그 만남은 결국 삶의 진로를 결정하게 만들었다. 고시공부를 포기하기로 하면서 그럴듯한 기업체들을 물색할 때, 잊혀지지 않는 인간성과 함께 자신을 동생처럼 자상하게 대해주던 한 인물이 내내 눈 앞에서 어른거렸던 것이다.

입사 이후에도 인연이 있어서인지 같은 라인에서 내내 함께 근무했다. 자신은 그를 닮으려고 했고, 그는 자신을 키우려 했다. 그렇게 10년 이상을 존경과 믿음과 보호 속에서 지내왔던 것이다.

그랬던 그가 달라졌다. 뭔가 심상치 않은 분위기가 느껴졌다. 물론 경마장의 사정 때문이겠지만 경마장에 사건이 한 두 번이었던가.

관객들은 툭하면 난동을 부린다. 발단은 경주 중 기수들의 조작이나 진행 상의 실수 때문이지만 그 바탕에는 경마장에 대한 짙은 불신이 깔려 있다.

물론 돈을 잃은데 대한 억울함도 있을 것이다. 집기들이 부서지고, 불이 붙고, 경우에 따라 직원들에 대한 행패로 이어지기도 한다.

또한 경마 때문에 종종 벌어지는 패가망신이며 폭력, 자살 사건들을 피치 못하고 접할 수밖에 없다.

그 외에도 기수들이 소리 없이 증발한 후 며칠 뒤에 나타나서는 아무 얘기도 하지 못하던 일, 돈 앞에서 인격이고 지위고 다 팽개쳐버리던 모습들, 회장이 바뀔 때마다 딸린 식구들을 끌고 들어와서는 기존의 직원들을 쫓아내던 일, 어떤 바람이 불 때마다 치열하게 벌어지던 파벌싸움들….

비록 거창하고 운명적인 일들은 아니었지만 나름대로 절실했고, 그랬기에 하나하나 가슴 졸이며 보내야만 했던 시간들이었다.

더구나 경마과장 자리는 다른 직책과는 또 다르다. 툭하면 의심받고, 시도 때도 없이 걸려오는 협박이나 유혹의 전화에 시달리며, 사건만 터졌다 하면 1차적으로 책임을 져야 한다. 때문에 이런저런 사건들에 연루되어 단명했던 경마과장들이 한 둘이 아니었다.

이런 모진 세월들을 온몸으로 겪어 낸 김 부장인 것이다. 그랬던 그였지만 요 며칠 사이 그 어느 때보다도 달라 보이고 비장함이 느껴진다. 뭔가 큰 위기의식을 느꼈기 때문일까.

# 최상국과의 만남

강남역 부근 빌딩의 한 사무실, 엘리베이터에서 내린 김 부장이 노크도 없이 문을 열고 들어섰다. 의자에 등을 기대고 책상 위에 다리를 올린 채 거만하게 앉아있던 최상국은 벌떡 일어섰다.

"아니, 이게 누구야? 김 부장님 아니시오?"

"잊지 않고 기억하고 있어서 눈물겹소."

"잊을 리가 있겠습니까? 그렇잖아도 한번 찾아뵈려고 했었는데… 그나저나 좀 늙으셨습니다 그려"

빈정거리다시피 하는 말투에 김 부장은 노려보며 가까스로 숨을 골랐다.

"나도 한번은 만나야 되겠기에 부하를 통해 통지를 보낸 거요."

그러자 최상국의 얼굴에 비웃음이 번져갔다.

"만나서 무얼 하시게요. 특별한 용무라도 있습니까? 어쨌든 앉읍시다. 앉아서 차분히 얘기해봅시다."

두 사람은 탁자 양쪽에 마주 앉았다.

"내 단도직입적으로 말하리다. 왜 경마장에 다시 나타난 거요? 이러지 않기로 했잖소?"

최상국은 능글맞은 표정으로 담배를 피워 물었다.

"오호라, 그것 때문에 화가 나서 나를 만나자고 하셨군."

"남자끼리 약속을 했으면 지켜야 할 것 아니오? 의리 하나로 먹고 산다는 사람들이 이래서 되겠소?"

"하지만 우리라고 경마 하지 말란 법은 없지 않습니까? 내게 있는 돈 좀 잃어서 당신네 경마장에 보태 준다는데 뭐가 그리 불만이시요? 하하."

"내숭 떨지 말고 지금이라도 빨리 손 떼시오. 내가 모르고 있을 것 같아? 지금 거래하고 있는 조교사, 기수 명단 다 파악하고 있어."

최상국은 다리를 꼰 채로 연기를 길게 내뿜었다.

"허허. 이거 순 공갈 협박이구만 그래. 도대체 내가 뭘 어쨌다고 이러는 거요? 그렇게 확실하면 경찰서를 찾아갈 일이지 왜 여기 와서 이러는 거요?"

"감방살이 지겹지도 않소? 내 딴에는 생각해서 이렇게 찾아온 거요."

"지금 내가 가석방 기간이라고 만만하게 보고 이러는 것 같은데… 지금 나는 예전의 최상국이 아니요."

"일본 야쿠자 놈들 좀 등에 업었다고 그러겠지. 야쿠자의 스미요시파와 손잡았다고 그러겠지. 조선 놈이 주먹패에서 힘 좀 펴겠다고 야쿠자 놈들에게 꽉꽉 엎어졌어? 부끄럽지도 않소? 그렇잖아도 우리 경마를 이 꼴로 만들어 놓은 게 일본 놈들인 거 몰라?"

최상국은 흠칫 놀라며 담배를 떨어뜨렸다. 두 사람은 지그시 노려보며 기싸움을 벌였다.

"여전하시군. 하지만 지금 주먹패들이 야쿠자와 손잡은 게 어디 한 둘이오? 나는 그저 그들을 이용하자는 것 뿐이오. 그들은 내가 아니라도 다른 놈들과 손잡았을 것이오."

"주먹패거리이길 다행이군. 어디 힘 좀 쓰는데 있으면 큰일 저지르겠군."

"내가 그런 자리 있을 일은 없으니 안심해도 되오. 이봐요. 당신은 몰라요. 내가 까막소(감방) 찬 마루바닥에서 얼마나 이를 갈며 지냈는지. 내게는 오직 세력을 키워 복수하겠다는 일념 밖에 없었소. 언젠가는 주먹세계를 평정해서 최상국이 어떤 인간인가를 천하에 보여줄 거요."

"꿈도 야무지시군. 경마장만 해도 그리 호락호락하지 않을텐데. 그렇게 쉽게 집어먹을 것 같애?"

"말씀 너무 함부로 하는 거 아니요? 우리 서로 잘 아는 처진데 이러지 맙시다. 흔한 말로 좋은 게 좋은 거 아니요? 서로 으르렁거려봐야 뭐가 달라지겠소? 그리고 나는 예전의 최상국이 아니라고 얘기했잖소?"

"또 야쿠자 들먹거리려고?"

"그게 아니고, 내 말이 말 같지 않으면 증거를 보여드리지."

최상국은 일어서서 한쪽 캐비넷을 열고 한 장의 사진을 꺼냈다. 다시 자리로 다가와 오만한 표정으로 탁자 위로 던지는 최상국.

김 부장은 다급하게 사진을 들여다보았다. 단체 모임 사진이고, 아래쪽에 '은하수회 춘계 야유회. 199×년 4월 20일' 이라고 쓰여 있다. 김 부장은 내심 충격을 금치 못했으나 내색은 하지 않았다.

"그래, 이 사진이 어쨌다는 거야? 여기 한 다리 끼어서 덕 좀 보겠다고?"

"지금 은하수회의 파워를 모르지는 않으실텐데… 그리고 사진 자세히 보시오. 아는 얼굴이 있을 거요."

김 부장은 사진을 가까이 대고 꼼꼼히 들여다보았다. 놀랍게도 한쪽에 경마회장이 있었고, 그와 좀 떨어져서 최상국의 모습도 보였다. 소스라치게 놀라는 김 부장…

"이제 물정을 좀 알 것 같소? 그리고 예전의 두 기수 사건 때 내가 건넸던 자료도 그대로 보관되어 있소. 지금 김 부장 앉은 자리가 안락의자로 된 게 아니요. 바늘방석이란 말이요.

그러니 자리를 알고 다리를 뻗으시오. 어때요? 그 경마과 장 과장이라는 친구 잘 좀 다독거리고, 가끔씩 조교사들 말간 사정이나 좀 알려주면 평생 먹고 살 것 정도는 드리겠소. 이제 슬슬 노후 준비할 때도 되지 않았소?"

"뭐야? 이 자식이, 입 벌어졌다고 되는대로 지껄이는 거야?"

김 부장은 벌떡 일어서서 최상국 멱살을 잡으려 하나 도리어 그에게 가슴팍을 떠밀려 소파 위로 벌렁 나자빠졌다.

# 복수

　동작동 박 기자 집 주변의 맥줏집, 창가에 성욱과 김 부장이 자리를 잡고 있다. 빌딩 내에 있어서 창밖으로는 한강의 현란한 야경이 펼쳐져 있다. 퇴근 시간이 지난 뒤여서 차량들의 움직임도 비교적 원활했다.

　잠시 후 다급한 발소리와 함께 박 기자가 등장했다.

　"아유, 이거 늦어서 미안합니다."

　자리에 앉은 박 기자는 스스로 술병을 들어 자기 앞의 잔에 술을 따랐다.

　"야경이 멋있어서 시간 가는 줄 몰랐네. 그나저나 여기는 우리같은 노털들과 올 데가 아닌 것 같은데. 젊은 여자하고나 와야…"

　"하하, 가끔 여자들을 끌고 오기도 하지요. 하지만 여기는 늦게까지 마셔도 되기 때문에 제가 종종 혼자 오는 데입니다. 집에 들어가기 전에 하루 일과들을 되새겨 보기도 하고, 그저 아무 생각 없이 한강만 바라보며 멍때리기도 하는 곳입니다."

"하하, 늘 정신없이 지내는 박 기자에게 그런 면이 있을 줄 몰랐군."

세 사람은 건배를 하고 잔을 내려놓았다.

"부장님이 말씀하신 배민동맹 건에 대해서는 기사 하나를 복사해 왔습니다. 제가 직접 얘기하는 것 보다는 기사를 보는 게 훨씬 나을 것 같아서입니다."

박 기자, 메고 다니는 가방에서 접혀진 복사지를 꺼냈다. 확인하려는 듯 잠시 눈으로 훑다가 곧 또박또박 읽기 시작했다.


### 〈배달민족청년동맹, 그 실체의 낮과 밤〉

199X년 6월 XX일 야당인 OO당사 절도 사건은 금품만을 노린 단순 절도가 아님이 판명되었다. 달아나다 경비원에 의해 붙잡힌 일행 중 한 사람이 당원의 거듭되는 심문에 심경의 변화를 일으켜 자백을 하고 말았기 때문이다.

그는 자신이 배달민족청년동맹의 회원이라고 밝혔으며, 당사 침입 목적은 OO당의 대선 관련 기획 서류를 탈취하기 위한 것이었다고 털어놓았다. 그는 이전에도 OO당 △△지구당 절도사건, ◇◇중공업 노조의 감시 및 분열 공작 등에도 참여한 바 있다는 사실까지 자백했다.

참으로 충격적인 일이 아닐 수 없다. 그동안 일반에게 인식되어 있었던 이 단체의 성격은 그들의 검은 베일 속에 가려진 활동을 호도하기 위한 술책에 불과했음이 아니고 무엇이겠는가. 건전사회 가꾸기 운동을 표방하며 각종 사회복지기관을 후원하고, 비행청소년 선도며, 자원봉사, 여권(女權) 지위 향상 등 우리 사회에 필요한 사업들을 벌여왔고, 이를 통해 일반 시민의 호응을 얻기도 했던 이 단체가 몰래 체제수호를 위한 비밀스런 활동을 수행해 왔다는 게 백일 하에 드러난 것이다.

이 단체에 대한 의문은 그동안 끊이지 않았다. 이들이 진정 목적하는 바가 무엇인지, 활동에 필요한 자금은 어떻게 조달되며, 왜 이름깨나 알려진 정, 재계 인사들이 이들의 행사 때만 되면 얼굴을 내미는지 등에 대한 의문이 꼬리를 물었으나 제대로 밝혀진 건 없었다.

이제 이들의 실체가 공공연하게 드러난 것이다. 소문은 이뿐만이 아니었다. 이 단체가 보수 정치 집단인 은하수회의 수하조직이라는 얘기도 심심치 않게 제기돼 있었다. 은하수회의 지침을 철두철미 수행하는 행동대라는 것이다….

이 사건은 어떻게 될 것인가. 배달민족청년동맹의 내막이 모두 밝혀지는 계기가 될 것인가, 아니면 저간의 상투적인 수법으로 단순절도범으로 취급되고 말 것인가. 기자의 눈은 24시간 내내 자지 않고 지켜볼 것이다….


박 기자는 복사지를 접어 다시 가방 속에 집어넣었다.

"이 신한일보 백 기자는 기자들 사이에서도 소문난 강골인데, 이 정도라도 긁느라 데스크와 싸움깨나 했을 겁니다."

"충격적인 얘기군."

성욱이 무겁게 입을 열었다. 김 부장도 탄식 조로 말했다.

"이제 모든 것을 알 것 같소. 나도 설마 했었는데 이처럼 풀리게 될 줄 몰랐소."

"무엇을 알 것 같다는 말씀입니까?"

박 기자가 따지고 들자 김 부장은 똑바로 바라보며 입을 열었다.

"그 배달민족청년동맹이라는 단체를 거느리고 있는 은하수회, 우리 회장도, 최상국이라는 작자도 바로 거기 회원일세."

그러자 박 기자는 벌떡 일어섰다.

"그게 사실입니까?"

"내가 이 나이 먹어가지고 왜 소설을 쓰겠어? 회장은 정계에 진출해 보려는 욕심으로, 그리고 최상국은 그럴듯한 기업의 사장이라는 직함으로 참여했겠지."

"그렇다면 두 사람은 그 모임에서 안면을 트게 된 것일까요?"

"그럴 가능성이 크지. 지난번 마필 충돌사건이 벌어진 6경주 사건 때 뜻밖에 비서실장이 동부경찰서장과 수사과장에게 줄을 좀 대달라는 거야. 같이 식사 한번 한자고. 그때 나는 좀 이상하게 생각했었지. 그럴만한 사건이 아닌데 왜 갑자기 이러는 것일까 하면서도, 회장의 지시가 있었겠지 하고 그대로 진척시켰지. 이제 생각해 보니 최상국의 부탁이 있었던 거야"

"그야말로 악의 공생이군요. 장 과장님이 새마을과로 쫓겨난 것도 이제 알 것 같습니다. 그저 골목대장 노릇하던 최상국이가 감방생활을 하면서 많은 걸 배운 모양이군요."

"이번에 배민동맹의 실체가 명명백백하게 밝혀지면 또 어떤 여파가 미칠지 모르겠는데요. 경마장이 관련되어 있는 것으로 알려지면 언론에서 가만히 있겠습니까?"

성욱의 얘기에 김 부장의 안색은 또 다시 어둡게 변했다.

"우리는 그저 고객들 불러들여 신바람 나는 말 경주나 보여주는 데 인데, 왜 툭하면 바깥사회와 연결이 되는 건지…"

"부장님이 제일 잘 아실텐데요. 진정으로 묻는 겁니까. 아니면 푸념입니까?"

김 부장이 말이 없자 성욱은 재빨리 대꾸했다.

"한탄이라네."

세 사람, 한동안 얘기를 나누다 박 기자가 시계를 들여다보았다.

"이제 들어가 보셔야 하지 않습니까? 가는 시간도 있는데…"

그러자 성욱이 물었다.

"집에 가서 특별히 할 일 있나?"

"이 시간에 무슨 할 일이 있겠습니까? 그저 잠이나 자는 일 뿐이지요"

"그렇다면 우리와 같이 가세. 부장님이 보여줄 게 있다네."

"이 시간에 보여줄 게 있다니요? 밤샘 나이트라도 데리고 가시렵니까?"

"아무튼 따라와 보게"

세 사람, 곧 지하 주차장에서 차를 빼내 밤거리로 나섰다. 김 부장이 운전대를 잡고 있고 조수석에는 성욱이, 뒷자리에는 박 기자가 다소 긴장된 표정으로 늦은 시간의 밤거리에 시선을 던지고 있었다.

"아까 부장님께서 술을 드시지 않았던 것은 이유가 있었군요. 운전을 다 하시는 것을 보니 보통 일이 아닌 것 같습니다."

"아주 흥미진진한 장면들일세. 영화에서나 볼 법한…."

"설마 조폭들 패거리 싸움은 아니겠지요?"

"그건 아니니 안심해도 되네."

박 기자는 머리를 굴려봐도 감이 잡히지 않는 모양이었다. 더구나 성욱마저 침묵을 지키고 있자 궁금증은 더욱 커지는 듯 했다.

"설마 저를 잡아먹으러 가는 것은 아니겠지요."

그러자 성욱이 뒤쪽을 바라보며 비로소 입을 뗐다.

"잡아서 먹을 거나 뭐 있어? 입만 살아있는데…. 그보다는 부장님과 나를 지켜주려 가는 길이라는 게 낫겠네."

"점점 더 모를 말씀만 하시는군요. 아무튼 잡아먹지는 않겠다니 안심하기로 하겠습니다."

차는 방배동 고급주택가에 다다랐다. 좁아진 길들은 텅 빈 채 적막하기만 했고 담장들은 높이 솟아 있었다. 김 부장이 모는 차는 이리저리 돌다가 마침내 어느 골목길에 다다랐다. 곧 차는 골목길 입구 오른쪽 담벽 밑에 바짝 붙어서더니 시동과 불빛이 모두 꺼졌다.

박 기자는 일말의 불안감을 감출 수 없는 모양이었다.

"왜 이처럼 으스스한 데로 사람 끌고 오는 겁니까? 차를 송두리째 채가도 모르겠는데요."

그러자 김 부장이 무겁게 입을 열었다.

"이 골목길 안쪽에 최상국 내연녀의 집이 있기 때문이네."

얼마나 지났을까. 텅 빈 골목길 반대편에서 고급스러운 외제차 한 대가 천천히 들어서더니 앞쪽 돌계단 앞에서 멈추어 섰다. 곧 차 뒷문이 열리며 커다란 검정색 양복 차림의 사내가 나와 운전기사의 배웅을 받으며 돌계단을 올랐다. 이때 그 앞쪽에서 한 대의 승용차가 쏜살같이 달려왔다. 사내는 재빨리 이쪽을 바라보나, 이쪽에서도 승용차 한 대가 다급하게 달려갔다. 사내는 황급히 차 속으로 다시 들어가고, 반대편에서 달려오는 차를 피해 오른쪽으로 방향을 꺾었다. 그러나 이쪽에서 달려가는 차도 급히 오른쪽으로 꺾어지면서 두 차는 파열음을 내며 부딪쳤다. 잠시 멈추어있던 외제 승용차는 앞쪽으로 슬슬 빠지다가 갑자기 왼쪽으로 꺾어지면서 전속력을 다해 후진했다.

뒤쪽의 차가 방향을 틀지 못한 사이 두 대의 차는 아슬아슬하게 어긋나버렸다. 그러자 멈춰 서있던 반대편의 차도 급가속을 해서 달려가 외제 승용차의 범퍼를 들이받았다. 그러자 외제 차는 갈팡질팡하다가 뒤쪽 범퍼를 전신주에 부딪치고 말았다.

잠시 후, 갑자기 외제 차의 뒷문이 열리더니 양복차림의 사내가 튀어나왔다. 그러자 앞쪽과 뒤쪽의 승용차들에서도 일제히 문이 열리며 건장한 사내들이 튀어나왔다. 양복 차림의 사내는 차 지붕 위로 뛰어올라 담벼락 위로 기어올랐다. 그러자 다른 사내들도 담벼락을 타고 올랐다.

김 부장은 재빨리 시동을 걸어 차를 후진시킨 뒤 골목길을 빠져 나왔다.

성욱이 가슴을 쓸어내리며 물었다.

"최상국이 잡히게 될까요?"

"글쎄, 내일 저녁쯤이면 강남 지역에 소문이 돌겠지요."

"살벌한데요."

"장 과장도 앞으로 저런 장면을 종종 보게 될 겁니다. 뭔가 참고가 될까하여 같이 오자고 한 거요."

그러자 박 기자가 잽싸게 끼어들었다.

"그럼 저는 뭐였습니까. 두 분 경호원이었습니까?"

"하나 더 있지. 기자라는 멍에같은 직업이네."

세 사람은 모처럼만에 커다랗게 웃었다.

차는 자정이 지난 한적한 거리를 질주했다.

"그나저나 저 집을 어떻게 아셨습니까? 경찰들도 알기 쉽지 않을 텐데요."

"며칠 전에 최상국을 만났소. 안면이 있는 부하에게 만남을 요청했더니 선선이 응하더군. 자기도 마침 나를 만나보려 했답니다. 그때 그의 사무실을 알았고, 다음날 퇴근 후 그 건물 지하 주차장에 차를 대놓고 그의 차를 추적했소. 그래서 그의 차를 파악했고, 그의 차 밑에 몰래 신호기 하나를 붙여 놓은 거요."

"대단하시군요. 그런 일은 저를 시켜도 될텐데. 그런데 좀 전의 상대편 세력은 누구였습니까?"

"동찬이파라는 녀석들이야. 최상국이 밑에 있던 배병호를 꼬드겨 밀수 루트를 죄다 불게 해서 최상국을 감방에 가게 만든 놈들이지. 최근 최상국이 때문에 조직이 거덜날 위기에 놓이자 잡으려고 혈안이 돼 있었지. 내가 그 사정을 좀 알기 때문에 그중 한 놈에게 정보를 좀 흘렸지."

"그야말로 이이제이(以夷制夷) 수법이군요.

그러자 성욱이 걱정스런 어조로 물었다.

"바로 엊그제 최상국이를 만나셨다는데, 오늘의 사태에 부장님이 개입되었다는 것을 최상국이 눈치 채지나 않았을까요?"

"눈치 챘을 수도 있겠지만 신경 쓰지 않기로 했소. 어차피 이번 대상경마가 끝나면 경마장을 떠날 생각이니까. 최상국이를 떨거지로 만들고 회장을 물러나게 하면 경마장에 대한 내 역할은 마무리가 될 듯 하오. 그런 뒤에는 다른 곳에서 제2의 인생을 시작할 거요."

# 귀빈실의 사내들

경마장 A관람대 3층 귀빈실. 5경주 후 매표 시간에 한쪽 VIP룸에서 두 사내가 심각한 표정으로 얘기를 나누고 있었다. 회색 싱글 차림에 흰 머리가 드문드문 섞여있는 사내는 다리를 꼰 채로 담배를 피우고 있었고, 옆에 앉은 캐주얼 차림에 어깨가 바라진 사내는 무릎 위로 손을 마주잡고 몰래몰래 싱글 차림 사내의 표정을 살피고 있었다.

그들 앞쪽에는 한 중년 여자가 경마예상지를 든 채로 왔다갔다하고 있었다. 검은 색 라니냐 헬은 그대로지만 하늘색 실크 블라우스에, 검은색 선글라스 대신 보통 안경을 쓴 바로 그 여인이었다.

싱글 차림의 사내가 다리를 펴며 물었다.

"그래, 박 실장은 최상국이를 어떻게 했으면 좋겠어?"

박 실장이라는 사내는 잠시 머뭇거리다가 가까스로 대꾸했다.

"일단 동찬이에게서 빼내 와야 하지 않겠습니까?"

"최상국이 그럴만한 가치가 있다고 생각하나?"

싱글의 사내가 고개를 돌려 똑바로 쳐다보자 박 실장은 눈길을 피했다.

"각목만 들고 설치면 일이 다 해결되는 줄 알고 있으니 말야. 도대체 머리를 쓸 줄 몰라. 머리를… 이래가지고 뭐가 되겠어?"

박 실장이 바닥을 바라보며 고개를 주억거리는 동안 장내 아나운서의 목소리가 울려 퍼진다.

"이어서 제 6경주에 출주할 말과 기수들을 소개하겠습니다. 1번 마 노고단, 기수 백상권. 2번 마 비행접시, 기수 이성주. 3번 마 옥잠화, 기수 최진용…"

싱글의 사내는 장안소에서 일렬로 나와 관람대 앞에서 윤승을 벌이는 말과 기수들을 물끄러미 바라보았다. 그러다 들고 있던 담배꽁초를 재떨이에 힘 있게 부벼 껐다.

"이런 식으로는 안돼. 이런 식으로는…. 경마장을 최상국이에게만 맡겨둔 게 내 커다란 실수였어. 물론 내가 물 건너 온 게 경마장 하나만을 노린 건 아니지만 그동안 여기 쏟아부은 게 얼마야. 가서 오야붕을 무슨 낯으로 뵈라고. 우리가 겨우 코묻은 돈이나 얻어먹겠다고 최상국을 밀어줬던 거냐고?"

박 실장은 말없이 경주로 쪽으로 눈길을 던졌다. 말들은 4코너를 돌아 발주기 쪽으로 향하고 있었다.

"저희도 한다고 했습니다만 경마장 쪽도 호락호락하지 않아서…."

"그 정도도 모르고 덤벼들었단 말야?"

박 실장, 움찔하며 입을 닫았다.

"이봐, 최상국이는 당분간 그대로 둬. 근신 좀 하게."

"네…넷?"

"동찬이란 놈이 뭐라 하든 핑계만 대고 협상에 응하지 마. 설마 칼질이야 않겠지."

"알겠습니다."

박 실장은 고개를 처박은 채 주억거렸다.

"그리고 당분간 경마장은 내가 직접 챙긴다. 딴 건을 접어두더라도 별 수 없어. 박 실장도 이번이 마지막 기회라고 생각하고 각오 단단히 해야 해. 더 이상 뭔가 보여주지 않으면 오야붕도 생각이 달라질 거야."

"명심하겠습니다."

박 실장은 일어서서 앞에 두 손을 모은 채로 깍듯하게 고개를 숙였다.

모두 발주기 앞에 다다른 경주마들은 원을 그리고 서성거리며 '발주준비' 신호를 기다리고 있었다.

여인의 모습은 어느 새 사라졌고, VIP룸 앞 베란다에는 젊은 남녀가 다가오더니 서로 허리를 껴안은 채 발주기 쪽을 바라보았다.

싱글 차림의 사내는 잠시 눈살을 찌푸리다 자리를 털고 일어섰다.

박 실장도 황급히 따라 일어섰다.

# 담판

양재동 숲 속의 어느 고아한 한식집. 한쪽 방에서 경마장 정 회장과 김 부장이 마주앉아 있었다. 창에는 초저녁의 어둠이 어려 있고, 실내는 잘 차려진 한정식 상에 전통주까지 어우러져 있었다. 그러나 서로 시선도 외면하고 분위기도 냉랭했다.

이윽고 헛기침을 하며 회장이 먼저 입을 뗐다.

"김 부장, 분명히 얘기해보시오. 뭣 때문에 나를 보자고 했는지…. 내가 듣기로 김 부장이 최근 들어 내 경영방침에 불만을 토로하고 이것저것 알아보기도 했다는데 사실이오?"

"그렇습니다."

그러자 회장은 김 부장을 똑바로 쳐다보았다.

"김 부장이 젊은 시절부터 오랫동안 몸담으면서 경마장을 위해 애 많이 쓴 것은 나도 익히 알고 있소. 그런 만큼 누구보다도 내 입장을 이해해 주리라고 믿었소. 그런데 이해는 고사하고 이것저것 트집이나 잡으려 들면 나도 처신하기 난처하오. 업무에조차 익숙하지도 않은 내게 말이오."

"그건 경마장을 위해서라고 판단했기 때문입니다. 어차피 누군가는 해야 할 일이기도 하고요. 저도 직책이 있고 연륜도 있기 때문에 책임이 없을 수 없습니다."

"그런 사람이 왜 내 입장을 그리도 이해 못한단 말이오."

김 부장은 헛기침을 하며 정색을 하고 물었다.

"회장님 입장에 대해 제게 말씀해 주실 수 있습니까?"

"경영자의 입장이란 따로 있는 게 아니오? 평생 군 생활만 하던 내가 왜 경마장에 부임해 왔다고 생각하오?"

"회장님은 경마장을 이끌어가고 주어진 사업을 차질 없이 수행하러 오신 것입니다. 전 대의 회장들을 답습하러 오신 것이 아닙니다. 경마장도 엄연히 사업 목적이 있고 정관(定款)까지 구비한 기업체입니다."

회장은 말문이 막히는지 잠시 시선을 외면했다.

"이보시오, 김 부장. 전에도 이렇게 회장을 단독으로 만나 얘기한 적 있소? 그리고 내가 경마장에 대해 꼭 십자가를 져야 할 이유라도 있소?"

"전에는 물론 없었습니다. 생각은 없지 않았으나 용기가 없었기 때문입니다. 뭔가 두려웠기 때문입니다. 그리고 회장님께 십자가를 져달라는 게 아닙니다. 그저 제 역할만 다해달라는 것입니다. 언제까지나 경마장이 수렁 속에서 헤어나지 못하고 이리저리 끌려다니기만 할 수는 없습니다."

회장은 크게 헛기침을 하며 목소리를 가다듬었다.

"내 이야기 잘 들으시오. 김 부장, 나는 이날 이 때까지 여러 고비와 많은 책임 속에서 살아왔소. 두 번의 전쟁과 혁명을 겪기도 했소. 그래서 이 사회나 나라에 대해서도 할 만큼은 했다는 자부심도 갖고 있소. 이제 나도 좀 벗어나고 싶소. 내 인생도 생각하며 살고 싶단 말이요. 그리고 그 동안의 경륜을 바탕으로 평소 간직해왔던 정치에의 꿈을 펴보는 게 내 남은 희망이오.

이런 내가 구태여 경마장 일에 집착하고 일일이 신경을 써가며 충성할 필요가 있소? 경마장에 내 뼈마디를 묻을 것도 아니지 않소? 그저 전에 있던 사람들의 전철에서 크게 벗어나지 않는 범위 내에서 앉아 있다가 갈 생각이오.

김 부장도 다시 생각해 보시오. 경마장 구조가 잘못된 게 어디 하루 이틀이오? 혼자 이리저리 뛰어봐야 무슨 소득이 있다는 거요? 여기저기서 웃음거리만 되다가 결국 배겨나지 못하고 말텐데…"

"회장님 생각이 정 그러시다면 저로서는 부득이 경마장을 떠나주시라고 말씀드릴 수밖에 없군요. 전 사람들이 그렇게 해왔으니까 나도 그렇게 하면 되고, 거기서 내 것을 챙기는 데까지 챙기면 그만이라는 사고방식이 비단 경마장 뿐 아니라 우리 사회를 정체시키고 멍들게 해오지 않았습니까?

그러나 누군가가 역사는 만들어가는 자의 것이라고 했습니다. 세상은 달라지고 있는데, 경마장은 달라질 수 없다는 것은 잘못된 생각입니다. 한 사람의 힘은 미약합니다. 그러나 다음 사람이 있고, 또 호응하는 사람이 있다 보면 힘은 커질 수 있습니다.

무엇보다도 경마장이 정권이건 한 개인이건 입지 강화를 위한 수단이 되어서는 안됩니다. 경마장은 경마를 즐기는 사람들 것이어야 하고 시민들 것이어야 합니다."

김 부장은 힘들게 꺼낸 얘기 탓인지 물수건을 들어 이마의 땀을 닦았다. 그리고 스스로 냉수 잔을 들어 반쯤 마시고 내려놓았다. 회장은 시선을 외면한 채 담배연기만 내뿜고 있었다.

김 부장은 잠시 숨을 고른 뒤 마지막 펀치를 꺼내 들었다.

"저는 지금도 회장님이 부임하셨을 때 우렁찬 목소리로 늘어놓던 취임사가 귓가에 생생합니다. 경마 발전을 위해 여력을 다하겠다, 부정경마를 뿌리 뽑겠다, 수익금의 사회 공익사업 지원으로 경마의 이미지 개선에 힘쓰겠다, 외국 경마장과의 교류 확대로 경마 선진화와 국제화에 힘쓰겠다…

물론 새삼스러운 얘기는 아닙니다. 새로운 회장이 취임할 때마다 단골로 등장하는 얘기들입니다.

그러나 지켜보는 저희들 입장마저 같은 건 아닙니다. 사람이 다르고, 주변 환경도 조금씩 다르기 때문이지요. 그래서 저 역시 기대를 갖고 지켜보았습니다.

그러다 화려한 공약 뒤에 드리워진 검은 그림자들을 발전한 겁니다.

무슨 시설 공사가 있을 때마다 입찰 공고문도 나붙기 전에 이번에는 누구에게로 가네, 하는 소문이 돌고, 아무 짝에도 쓸모없는 불용마(不用馬)들이 버젓이 비행기를 타고 들어오고, 장외발매소 문제도….

회장은 붉어진 얼굴로 상을 두드리며 소리쳤다.

"그만 하시오! 그만… 어디서 엉뚱한 얘기들이나 주워들어 가지고
….”

"제가 농담하고 있는 게 아닙니다. 지금 제게는 그동안의 여러 비
리 자료와 함께 비밀목적 수행을 위한 자금 명세도 있습니다. 그리고
비서실장의 행적에 대해 확실한 증거들도 확보해 놓았습니다.”

회장은 신음소리를 가까스로 삼키며 물었다.

"비서실장이 뭐가 어쨌다고?”

"이제 와서 시치미 떼시렵니까? 비서실장을 통해 최상국과 거래를
트고, 돈 나올만한 데는 박박 긁어서 최모 의원에게 상납하고, 성실
한 성 조교사를 죽게 만들고…”

"그만해, 그만!”

회장이 또다시 상을 내리치자 술병과 잔들이 우르르 넘어졌다. 그
러나 회장은 아랑곳하지 않고 붉게 상기된 얼굴로 김 부장을 노려보
았다.

"터무니없는 소리 그만해! 말도 안 되는 소리야. 내가 비서실장 녀
석이 무슨 짓을 하고 다니는지 어떻게 알아. 따라다니는 것도 아닌데
….”

"이런 엄청난 일들을 비서실장 혼자서 결정했을까요? 그리고 설사
그렇다 해도 회장님은 아무 책임도 없는 겁니까?”

두 사람, 서로 외면한 채 무거운 시간들을 흘려보냈다. 이윽고 회
장이 먼저 운을 뗐다.

"협상의 여지는 없겠소?”

"협상이라니요?"

"가령 서로 좋은 방향으로 말이오. 김 부장이 차후 내게 무관심하게만 있어준다면 나도 응분의 보답을 하겠소. 이사(理事) 자리에 오르게 할 수도 있소. 그리고 이제까지의 얘기는 다음 회장에게 하는 것으로 하고…"

"안되겠습니다."

"그렇다면 서로 죽는 수밖에 없겠구료."

"저도 각오하고 있습니다."

회장, 상 위에서 왼손으로 붉어진 이마를 받쳤다. 눈을 감은 채 고뇌하는 모습이 역력한 것을 보고 회심의 미소를 지으며 김 부장은 자리에서 일어섰다.

# 여인의 추적

퇴근 시간의 성수대교 위에는 많은 차량들로 붐비고 있었다. 다리 중간 쯤에 최신형 검은색 그랜저가 보이고, 그 뒤 50m 정도 거리에 잿빛 소나타 한 대가 뒤따르고 있었다. 소나타 뒷좌석에는 검은색 정장 차림에 선글라스를 낀 여인이 심각한 표정으로 앉아 있었다.

그랜저가 다리를 건너 잠실 쪽으로 꺾어지자 소나타 역시 일정한 거리를 유지하며 꺾어졌다. 이쪽 길은 비교적 차량들이 뜸한 편이었다.

잠시 후, 여인은 뒤쪽 상황을 확인한 후 헛기침을 하고 운전기사에게 지시를 내렸다.

"자, 이쯤에서 일을 벌여보세요."

"알겠습니다."

기사는 갑자기 액셀레이터를 밟아 속력을 냈다. 잠시 후 소나타는 그랜저 뒤쪽으로 달려들더니 와장창 소리와 함께 왼쪽 미등을 박살 냈다. 그랜저가 일순 멈칫 하다가 도로 오른쪽 가장자리로 가 멈춰 서자, 뒤따르던 소나타도 멈춰 섰다. 기사는 문을 열고 내려서며 여 인을 돌아보았다.

"그럼 내일 뵙도록 하겠습니다."

"그렇게 하세요."

여인도 곧 모자를 눌러쓰고 선글라스를 치켜 올린 후 뒷문을 열고 내려섰다. 앞쪽에서는 두 차의 운전자들이 언성을 높여 싸우고 있었 다. 그들은 곧 서로의 멱살을 잡았고, 그 사이 여인은 그랜저의 앞문 을 열었다.

"안녕하세요."

경마장 정영준 회장은 무심코 여인을 바라보다 여인이 운전석에 올라타자 당황했다.

"아, 아니 당신 누구요?"

"두 사람이 싸우고 있어서 제가 대신 운전해야겠네요. 모임에 시간 이 늦으면 안 되잖아요."

그랜저는 곧바로 올림픽대로를 미끄러져 잠실 쪽으로 향했다.

"당신 도대체 누구요? 왜 이러는 거요?"

"가만히 계세요, 정 회장님. 사고라도 나면 어쩌려고 이러세요?"

"뭐라고? 당신 나 아는 사람이야?"

"제가 모르고 이러겠어요? 잠자코 계시래두요."

손을 들며 당황하던 정 회장, 가까스로 몸을 추슬렀다. 스쳐가는 승용차들 속에서 그랜저는 종합경기장 뒷길로 빠져 한강으로 나가는 터널로 접어들었다.

"아니, 어딜 가는 거요? 도대체 왜 이러는 거요?"

"조용히 계세요. 어차피 롯데월드 은하수회 모임은 늦지 않게 해드
릴테 니까요."

"뭐라고? 도대체 당신 뭐하는 사람이야?"

회장의 고함소리에도 여인은 끄떡없이 유람선 선착장 쪽으로 향했
다.선착장 부근은 사람들로 북적거리고 귀에 익은 샹송 가락이 흘러
다녔다. 퇴색한 하늘에서는 어느덧 별빛이 솟아나오고 있었다.

여인은 주차장에 차를 세운 뒤 먼저 나와 뒷문을 열었다. 정 회장
은 여인을 노려보며 망설이다 마지못해 차에서 내렸다. 여인은 정중
하게 벤치 쪽을 가리켰고, 정 회장은 뒤뚱거리며 벤치 쪽으로 다가갔
다.

정 회장은 빈 벤치 중앙에 앉아 잠시 숨을 골랐다.

"그래, 뭣 때문에 내 뒤를 쫓고 있는 거요? 내게 원하는 게 뭐요?"

"제가 원하는 건 이번 대상경마가 끝나면 경마장을 떠나시라는 거
예요."

"뭐라고? 당신이 뭔데 나더러 물러나라 마라 하는 거요? 도대체 당
신 정체가 뭐요?"

여인은 정 회장을 똑바로 바라보았다. 그리고 냉랭하게 내뱉았다.

"싫다면 강제적인 수단을 쓰겠어요. 회장 직을 물러나는 정도가 아
니라 사회에서 영원히 매장되는 수단을요. 내게는 그만한 준비가 되
어 있어요."

다소 기가 꺾인 듯한 정 회장, 그러나 어처구니없다는 표정이었다.

"내일 당장 당신 사무실 책상과 집기 등을 샅샅이 뒤져보세요. 뭔가 눈에 띄는 게 있을 거예요. 나는 그동안 당신이 어떤 모사를 꾸미고 어떤 행위들을 저질렀는지 모두 엿듣고 있었어요. 물론 녹음도 다 해놨구요."

"뭐라구?"

참다못한 정 회장이 벌떡 일어섰다. 그러나 여인은 미동도 하지 않고 회장을 주시했다.

"참 역겹더군요. 한 인간의 전모를 안다는 게 그토록 역겨운 일인 줄 몰랐어요. 세상의 경륜도, 사회적 지위도 한 인간을 변모시키기에는 역부족이라는 것을 깨달았어요. 아니, 오히려 그런 것들을 자신의 더러운 본성을 강화시키는데 이용하려고만 드니…."

"뭐라는 거야? 도대체. 어디서 굴러먹은…"

정 회장, 고함을 지르며 달려들려 하나 여인은 침착하게 오른손을 들었다.

"그만 앉으세요. 여기서 이래봐야 손해 보는 건 제가 아니에요. 주위를 둘러보세요."

주위에는 지나치던 젊은이들이 웃음까지 머금으며 흘깃거렸다. 정 회장은 마지못해 씩씩거리며 벤치에 앉았다.

"자, 다 털어놔 보시오. 당신이 누구인지, 그리고 뭣 때문에 내 뒤를 쫓고 있었는지…"

선착장의 유람선에서는 밝은 불빛들이 쏟아지고, 음악은 팝송으로 바뀌었다. 여인은 핸드백에서 담배와 라이터를 꺼내 피워 문 후 연기를 두어 번 길게 내뿜었다. 검은 선글라스에는 선착장 주변의 불빛들이 비치고 있었다.

잠시 후, 여인은 느린 동작으로 선글라스를 벗었다. 그리고 회장을 똑바로 바라보았다.

"아니, 이게 누구야?"

정 회장, 벌떡 일어서며 경악한 표정이 역력했다. 어쩔 줄 모르고 당황하며 곧 도망칠듯했다.

"그래도 대단하시군요. 첫 눈에 알아보시는걸 보니…"

경멸인지, 비웃음인지 모를 섬뜩한 웃음을 짓고 있는 여인. 정 회장은 한숨을 내쉬며 마지못해 다시 벤치에 앉았다.

"왜 나타났어? 원하는 게 뭐야?"

"저는 회장님 좀 보러오면 안되나요? 그동안 그리워서 얼마나 애를 태웠는데."

"뭐라고?"

여인은 선글라스를 다시 쓰고 담배 연기를 길게 내뿜었다.

"사람은 살다보면 만나기 마련이라더니 경마장에서 만날 줄은 꿈에도 생각 못했군요. 어느 땐가는 찾아내려고 작정하고 있었지만 이렇게 쉽게 만나게 될 줄은 정말 몰랐어요."

"찾다니, 찾아서 어떻게 하려고?"

"그래도 한때나마 심신을 바쳐 따르던 분 아니에요? 어머니의 죽음은 죽음이고 회장님과의 애정은 애정이잖아요?"

"뭐라고?"

"이봐, 나 그만 가봐야 해. 내일 연락하자구. 연락처를 알려줘."

"앉으세요. 아직 늦지 않아요."

정 회장, 엉거주춤 일어서려다 기세에 눌려 다시 앉았다. 이마의 땀을 훔치며 무심코 주위를 둘러보았다.

"내가 어떻게 해줬으면 좋겠어? 뭘 원해? 얘기해 봐."

"어머니의 죽음을 보상하라는 건 아니에요. 그저 단지 경마장을 떠나 주시라는 거예요."

"뭐라구? 어머니의 죽음이 나와 무슨 상관있다는 거야?"

"낯가죽 두껍긴 여전하군요. 뻔뻔스럽게 그런 말이 입에서 나와요? 더러운 인간, 가는 곳마다 부패와 죽음을 몰고 다니는 인간 말종 …"

정 회장은 잡아먹을 듯이 여인을 노려보았다. 그러나 미동도 하지 않는 여자의 선글라스에는 강 건너 불빛들이 촘촘히 박혀 있었다.

"내가 이 나이 되도록 모르고 있을 줄 알았어요? 불쌍한 우리 모녀 몸을 노리고 코 묻은 돈으로 미끼를 던졌던 것을? 알량한 돈 몇 푼 던져주면서 어머니로 만족하지 못해 내게까지 손을 뻗쳤던가요? 그래서 만족했나요? 더러운 탐욕이 채워지던가요?"

"그만해. 그만 하란 말야. 넌 뭔가 잘못 알고 있어. 네 어머니 자살은 나 때문이 아니야. 어머니는 너와 내 관계를 모르고 있었어."

여인은 회장을 똑바로 바라보았다.

"모르고 있었다구? 흥, 그래, 당신만 알고 있었고 우리 모녀는 숙맥이었다는 말이지? 어머니가 자살하기 얼마 전부터 눈물을 글썽이며 내게 미안하다고 말하던 게 괜히 하던 소리였던 말이지? 물론 당시 나는 무슨 소린지 모르고 있었어. 단지 내게 내내 생활고에 시달리게 해서 그러는 줄로만 알고 있었어."

정 회장은 고개를 푹 숙이고 있었다. 머리가 곧 땅에 떨어질 것만 같았다.

"어머니가 돌아가시고 나자 발길을 딱 끊어버리고, 그야말로 눈이 빠지도록 기다리던 생활비도 감감 무소식이 되고 말았지. 나는 친척 집을 전전하며 눈칫밥을 먹고 학교를 마칠 수밖에 없었어. 사회생활을 시작한 뒤에야 세상 물정을 알게 되고 당신이라는 인간의 정체도 알게 되었어. 그리고 어린 마음에 은혜에 보답하겠다고 섣불리 몸을 내주었던 내 어리석음도⋯."

어느덧 유람선은 떠나고, 어둠 속의 한강은 세상의 갈등과 고통을 모두 안고 흐르듯 물결들로 넘실댔다.

"남들은 흔히 경마 때문에 패가망신했다지만 내게는 새로운 인생의 전기가 되었어. 우선 보통 사람들이 평생 벌어도 다 못 벌 돈을 벌게 되었어. 거기에다 뜻밖에도 당신이라는 인물까지 만나게 된 거야. 언젠가는 찾아내려고 벼르고 별렀던 인간을⋯.

경마장 안팎에는 내 사업목적을 위한 정보망이 거미줄처럼 퍼져 있어. 나는 그 망에 걸려든 당신의 일거수일투족을 지켜보고 있었어. 당신같은 인간에게 세상의 연륜이며 나이가 무슨 소용이 있어. 독초는 언제까지나 독초일 뿐이지. 그야말로 시들어 없어질 때까지 주위에 계속 독성을 뿜어대는 독초⋯."

강변에는 형형색색의 불빛들이 늘어만 가고 있었다. 그 아래로 흐르는 차량의 불빛들이 기다란 띠처럼 이어져 있었다.

"그래, 차후 나를 어떻게 할 생각이야."

"일단 대상 경마가 끝나는 대로 경마장을 떠나. 그 다음은 지금 얘

기할 수 없어. 내 역할도 이제 끝나는 것 같아. 김 부장을 보호하기만
하면…."

　"음…."

# 돌아오지 않는 자들을 위한 순교

한강 변의 한 스카이라운지. 김 부장은 창가에 앉아 밤의 한강을 내려다보고 있었다. 건너편 강변에는 여느 때처럼 승용차의 불빛들이 길게 이어지고, 그 아래로는 현란한 색채의 불빛 기둥들이 깊게 드리워져 있었다.

실내에는 밝은 주황빛이 넘실거리고, 피아노 선율이 흐르는 가운데 부유해 보이는 남녀들이 이야기꽃을 피우고 있었다. 김 부장은 다시 한강 쪽을 바라보며 지난 시절들을 하나 둘씩 되살려 보았다.

경마장에 처음 들어왔을 때는 20대 중반이었다. 겨우 사무보조원이라는 일용직으로. 그나마 시골에서 고교만 졸업하고 상경하여 여기저기 떠돌다가 어렵게 구한 자리였다.

갖은 홀대와 쏟아지는 일들을 참아가며 매일 밤늦게까지 열심히 일했던 게 눈에 들어 2년 뒤에 임시직으로 채용되었다. 그 때만 해도 그야말로 세상을 다 가진듯한 기분이었다. 그 뒤로 경마장을 천직으로 알고 일에 매달렸으며, 아예 뼈를 묻겠다는 각오로 나날을 보냈다.

물론 남에게 내세울만한 직장도 아니었고 대우가 특별한 것도 없는 직장이었다. 하지만 자신 스스로의 능력이나 삶의 범위를 잘 알고 있었기에 한 눈 팔지 않고 일에 매진했던 것이다. 그 결과 남들보다 빠르게 승진할 수 있었으며, 어느새 뒤처지기 시작하는 직원들이나 옛 상사들의 견제와 질시도 만만치 않았다.

그러나 그저 순탄하게 일에만 몰두했던 것도 아니었다. 간간이 터지는 사고 때마다 함께 휩쓸리는 게 아닌가 싶어 전전긍긍하기도 했고, 파벌싸움에 휘말리기도 했다. 눈앞에서 벌어지는 부정이나 비리를 보고도 외면하고 감싸주기도 했다.

그러나 그럴 때마다 자신을 지키고 버티게 해준 건 경마장을 떠나서는 자신의 삶은 생각할 수 없다는 신념이었다. 어쨌든 자신의 인생에 후회는 없었다. 열심히 살아왔고, 경마장을 위해서도 할 수 있는 데까지는 다했다고 생각되었다.

비록 아직도 경마장은 비리가 이어지고, 복마전이라는 누명도 벗지 못하고는 있지만 어차피 하루아침에 달라지지는 않을 것이다. 그러나 이 사람저 사람 나서서 고쳐나가다 보면 언젠가는 오명을 벗고, 그야말로 명실상부한 레저스포츠 회사로 자리매김할 수 있을 것이다….

김 부장은 자리에서 일어서서 창가로 다가갔다. 여전히 현란한 사진같은 밤 풍경들을 바라보며 다시금 한참 동안이나 감회에 젖었다.

김 부장의 차는 잠실대교를 지나 문정동 쪽으로 향했다. 운전대를 잡고 있는 김 부장의 얼굴은 여느 때보다 행복감에 젖어있었다.

30여 년 동안 몸 담아왔던 경마장을 떠난다고 생각하니 아쉬움도 없지는 않지만 그지없이 홀가분하기도 했다. 어딘가에서 자신을 기다리고 있을 또 다른 삶이 있을 것이었다. 아니면 남한산성 기슭의 집에서 전원생활을 하며 그동안 외면했던 전통문화 등 취미에 몰두할 수도 있었다. 애초 그러기 위해 집을 시내에서 이쪽으로 옮긴 게 아니었던가. 아무튼 곧 맞닥뜨리게 될 제2의 인생을 생각하면 가슴이 뛰고 생기가 충만해지는 것만 같았다….

그러나 김 부장 뒤쪽에서 일정한 거리를 두고 따라붙는 검은색 중형 승용차가 있었다. 그 차는 실상 주차장에서부터 따라왔으나 김 부장은 눈치 채지 못하고 있었다. 김 부장 차는 어느새 서울시 경계를 지나고 남한산성 계곡 길로 접어들었다.

내내 뒤따르던 승용차는 차츰 거리를 좁혀오다 30m 가까이 다가왔을 때 클랙슨을 울려댔다. 김 부장 차는 서서히 속력을 늦추다가 왼쪽으로 꺾어지는 커브 길의 모퉁이에서 멈추었다.

뒤따르던 승용차도 멈춰 섰다. 곧 뒷좌석의 문이 열리면서 검은색 차림의 여인이 내려섰다. 어두운 밤이기 때문인 듯 선글라스 대신 검은 테 안경을 꼈다.

김 부장은 차창 문을 열고 다가오는 여인을 바라보았다.

"안녕하세요, 김 부장님."

"누구신지?"

"장 과장님과 몇 번 통화했던 사람이에요."

김 부장은 잠시 생각하다 반가운 목소리로 대꾸했다.

"아, 지난번 6경주 제보해줬다는 분… 그렇잖아도 만나보고 싶었는데. 그런데 어쩐 일로 여기까지?"

"당분간 집에서 출퇴근하지 마세요. 거처를 옮기지 않으면 어떤 위험이 닥칠지 몰라요. 그리고 이 자료들을 받아주세요."

"여기서 이렇게 아니라 우리 집으로 가십시다. 가서 얘기나 좀 나누도록 합시다."

그러자 여인은 손을 내저었다.

"그럴 형편이 못돼요. 여기까지 따라온 건 회장 측이나 최상국 패거리들 눈길을 피하기 위해서예요."

"그런데 그건 어떤 자료들이요?"

"회장 측과 최상국 측의 비리 관련 자료들이에요. 도청장치와 정보원들을 통해 수집한 녹음테이프도 있고, 회계 자료들도 있어요. 장 과장님과 상의해서 어떤 방식으로든 경마장을 지켜내는데 활용하세요."

"고맙소. 내 꼭 보답을 하도록 하겠소."

김 부장이 물건을 받으려고 손을 내미는 찰나, 갑자기 모퉁이 안쪽에서 커다란 트럭이 튀어나왔다. 여인은 비명과 함께 재빨리 피하다가 길바닥에 나뒹굴었다. 그러나 김 부장 차는 그대로 떠받친 채 계곡으로 굴러 떨어지고 말았다. 여인은 황급히 일어서며 물건을 움켜

쥐었다.

승용차 기사가 재빨리 차를 갖다 댔다.

"빨리 타세요."

문을 열어주자 여인은 다급하게 올라탔다. 차는 곧 산모퉁이로 꺾어졌다. 트럭은 방향을 바꾸려 요란하게 후진했다.

"트럭 번호판은 봐두었습니다."

"이런 데서 기다리고 있을 줄은 생각도 못했군."

검은 테 안경 속에서 여자의 시퍼런 눈빛이 번득였다. 어두컴컴한 계곡에 쫓고 쫓기는 자동차의 굉음들이 길게 메아리쳤다.

# 불타는 경마장

백두산배 대상경마의 날이 밝았다. 경마장 입구에는 각종 현수막들이 안팎을 화려하게 장식했고, 경주로 쪽 허공에는 커다란 애드벌룬이 10여개나 떠 흔들거리고 있었다.

컬러로 인쇄된 출마표에는 제 11경주, 경주거리 2400m의 상전경주에 출전할 마 명과 기수 명이 선명하게 기재되어 있었다. 속속 밀려드는 관객들은 여기저기서 둥그렇게 모여 예상지에 나타난 경주내역들을 흥미롭게 살펴보며 의견들을 교환했다. 분수대 옆에도 적잖은 사람들이 모여 있었다.

성욱은 이른 아침부터 휴대용무전기를 들고 다니며 각 분야의 진행 상황들을 치밀하게 점검하였다.

"아무리 태백산맥이라지만 부담중량을 13kg나 얹었어. 해도 너무한 것 아냐?"

"그 정도 가지고는 끄떡없어. 지금 경마장에 태백산맥 엎어먹을 말이 어디 있어."

"나는 이번에 녹두장군을 받쳐보겠네. 최근에 상승세고, 지구력이 좋아 장거리 경주에서 는 힘 좀 쓸 거야."

"활화산이 기수가 바뀌었네. 내내 도일이가 탔는데 어찌된 거야?"

여기저기서 귓전에 날아드는 소리들은 자신이 짐작했던 것과 별반 다르지 않아 내심 웃음이 나왔다.

성욱은 인파들 사이를 누비고 다니며 준비상황을 살펴보고 진행 과정을 하나하나 확인했다. 경주로, 장안소, 정문, 재결실 등에서는 수시로 통보를 해왔다. 잘 정돈되고 단장된 시설물들, 깨끗하게 청소된 길 곳곳에는 밝고 환한 한복을 입은 아가씨들이 안내를 맡고 있었다.

마지막으로 다시 한 번 살펴본 장안소에는 기수들이 1경주에 출주할 말들 걸음운동을 시키고 있었다. 다음 경주에 나갈 말들도 마체저울에서 체중을 잰다, 수의사에게 검진을 받는다, 안장을 점검하는 등으로 북적거렸다. 말들도 오늘의 행사를 알고 있기나 하듯 평소 때보다 순순히 응하는 것 같았다.

성욱이 샛문을 나와 A관람대로 향할 때였다.

"여, 과장님!"

박 기자 목소리였다. 그는 아이들처럼 뛰어왔다.

"왜 벌써부터 나타나? 오후에나 찾아오지."

"중요한 얘기가 있습니다."

다가와 숨을 고르며 목소리를 낮추는 박 기자는 표정이 심각했다.

"뭔데?"

"아침 출근 시간에 제게 누가 찾아왔습니다."

"누가 찾아오다니?"

성욱은 자신도 모르게 주위를 살폈고, 박 기자는 바짝 다가붙었다.

"그 여자였어요. 미스터리한 블랙 우먼."

"뭐야?"

"과장님에게 힘이 돼줄 사람은 저밖에 없다며 두 가지를 얘기하더군요. 하나는 김 부장님 차를 치었다는 트럭 번호이고…"

"또 하나는?"

"자료를 모아놓은 상자인데, 손 여사라는 분에게 맡겨놨답니다. 직접 건네주기 전에는 전화로도 얘기하지 말라고 신신당부 했다며…"

성욱은 충격을 억누르며 가까스로 대꾸했다.

"김 부장님 사고는 결국 타살이었군."

"저도 처음 듣는 순간부터 단순 사고로는 생각지 않았습니다. 그리고 그 여인이 곧 과장님께 한번 연락드리겠답니다."

"오늘 저녁 김 부장님 빈소에 올 건가?"

"예, 갈 생각입니다. 저녁에 거기서 뵙죠."

박 기자, 손을 흔들며 관객들 사이로 뛰어가다 다시 발걸음을 돌려 뛰어왔다.

"참, 이런 얘기도 하더군요. 최상국 패거리가 그냥 물러설 것 같지는 않다고요. 조심하라고…"

성욱은 다소 멍한 표정으로 박 기자의 뒷모습을 바라보았다. 문득 시계를 보고는 황급히 재결실 쪽으로 향했다.

오후, 구름 때문에 햇살은 약해졌고 바람 때문에 멀리 담벼락 주변의 버드나무 가지들이 비스듬히 휘날리고 있었다.

성욱은 베란다 의자에 앉아 멀리 아래쪽 관람대를 바라보았다. 특별행사로 임시로 가설된 무대에서는 가수와 코미디언들이 공연을 펼치고 있고 주변엔 관객들이 몰려있었다.

성욱은 다시 경주로 쪽을 바라보며 김 부장을 떠올려 보았다.

이 자리는 김 부장님의 고정석이다시피 했었지. 경주 시 매표시간 때마다 종종 이 자리에 앉아 무심히 경주로며 멀리 한강 쪽을 바라보시곤 했었어… 모습은 한 폭의 그림 같았지만 실상 부장님의 머릿속에는 경주 전체가 담겨 있었어. 그렇게 꼼꼼하고 철저한 분이셨는데…

내일부터 당장 김 부장님 사망 사고에 대한 경찰 수사가 본격적으로 개시될 것이다. 그러면 자신은 어떻게 처신해야 할 것인가. 그저 사고를 낸 트럭 번호만 통보하고 말 것인가, 아니면 여인이 줬다는 자료도 모두 공개해야 할 것인가…

자료를 공개하면 또다시 경마장은 바깥 사회에 엄청난 파문을 던지게 될 것이다. 언론사 기자들은 물론, 수사기관에서도 물 만난 고기들처럼 달려들어 경마장은 온통 벌집을 쑤신 꼴이 될 것이다.

그렇다고 누구와 상의해 볼 수도 없는 노릇이다. 열이면 열 사람 다 덮어버리려고 하거나, 기를 쓰고 자료들을 뺏으려고 들 것이기 때문이다.

그러나 그렇다고 해서 김 부장의 죽음을 헛되이 할 수도 없는 것 아닌가. 그는 자신에게 닥칠 위험을 감수하면서 경마장을 지키기 위해 대들었고, 그 결과 의도했던 바를 이뤄냈기 때문이다. 여러 정황으로 봐서 회장도 이번 대상경마가 끝나면 자리에서 물러날 가능성이 높다.

또한 최상국 패거리들과 관련된 조사도 마무리되어 전모가 드러났다.

조교사 5명, 기수 8명에, 연락책 및 경마정보 제공 혐의의 마필관리사도 4명이나 되었다. 경마장 내에서 최상국의 세력은 그야말로 뿌리까지 뽑힌 셈이었다.

이 모두가 김 부장의 공로였다고 해도 과언이 아니다. 그는 회장과 담판을 벌여 새마을과로 쫓겨났던 자신으로 하여금 조사를 계속하도록 해주어 마무리 지을 수 있었다. 또한 지금 경마과장인 박 과장이 경험 부족이라는 이유를 들어 이번 상전경마 행사를 자신이 주관하도록 한 장본인이기도 했다.

따라서 그의 희생을 헛되이 할 수는 없다. 결코 그럭저럭 넘어가지는 않을 것이다. 어차피 시련을 겪지 않고, 경종을 울림이 없이 무슨 발전을 기대할 수 있겠는가. 생각하고 또 생각해서 가장 현명한 해결책을 찾아보리라….


제 11경주, 백두산배 대상 경주의 마권 발매가 시작되었다. 전광게시판에 각 마 명과 기수 명, 부담중량 등이 커다란 녹색글씨로 게시되고, 관객들은 예상지와 게시판을 번갈아 바라보며 나름대로 연구와 분석을 시작했다.

각 매표장은 어느 때보다도 잡다한 소음으로 소란스러웠다. 경마장 최고의 경주에 대한 관심과, 이같은 특별 경주에서는 종종 이변이 발생하여 터지는(고배당을 의미함) 경우가 많다는 기대 때문이기도 할 것이다.

성욱은 장안소에서 마지막으로 경주에 출주할 말과 기수들을 둘러본 후 샛문을 지나 B관람대로 향했다. 그러면서 은연중에 누군가를 찾고 있는 자신을 발견했다.

손 여사와 미영이는 지금쯤 왔을까? 모처럼 경마 구경 오겠다는 그들에게 시간과 장소를 정하려했으나, 부담주기 싫다며 그냥 한쪽에서 구경하다 가겠다고 했는데… 왔다면 지금 어디에 있을까.

손 여사는 언젠가부터 미영이의 등, 하교 길을 함께 해주고 있었다. 자신의 주변이 복잡한 일들로 인해 불안해진 것을 감으로 아는데다, 간간이 집으로도 걸려오는 불순한 전화들로 미영이의 신변에 어떤 일이 생길지 모른다는 염려 때문이었다.

이번 일들이 마무리되고 심적 여유가 생기는 대로 어느 조용한 장소에서 손 여사에게 정식으로 프로포즈 할 생각이었다. 최근의 일들을 겪으면서 혼자 지낸다는 게 심신을 얼마나 불안정하게 하는지 절실히 깨달았고, 더 이상 버틸 자신도 없기 때문이었다. 갑자기 밀려든 저간의 사정들은 그야말로 자신의 삶을 다시금 되돌아볼 수 있는 계기가 되기도 했다.


재결실로 향한 성욱은 다리의 피로를 풀기 위해 자리에서 모니터 화면을 바라보고 있었다. 화면에도 경주에 출주할 말과 기수들을 차례로 소개하고 있었다.

"과장님, 전환데요."

여직원의 소리에 성욱은 황급히 일어서서 전화기를 받아들었다.

"전화 바꿨습니다."

"과장님, 저 동섭이에요. 김동섭."

"웬일이냐. 네가 경주 중에….".

"큰일 났어요. 상호가 일 저질렀어요."

"무슨 일을 저질렀단 말이냐?"

"조금 전에 경마장 앞에서 심상호를 만났는데 오늘 새벽에….".

"새벽이라니, 빨리 얘기 해. 지금 시간 없어."

"심상호가 26조에 있는 '활화산'에 약을 쳤대요.(말에게 흥분제, 혹은 이완제 등의 약물을 투입했다는 뜻)"

"뭐라고?"

성욱은 엉겁결에 소리지르며 하마터면 전화기를 떨어뜨릴 뻔 했다.

"우연히 만났는데, 저를 한 쪽으로 끌고 가더니 울먹이며 그러더군요. 자기 가게 단골손님이 하나 있는데, 돈을 많이 주며 간곡히 부탁하는데다 마침 어머니가 아파 병원비가 필요해서 그냥 받아들였다고요."

성욱은 잠시 휘청거리다 가까스로 중심을 잡았다.

"만약 활화산 때문에 무슨 일이 생기면 한강 물에 빠져 죽어버리겠다고 하기도 했습니다."

"알았다. 나중에 얘기하자."

전화기를 놓고 전광판을 바라보자 이미 매표가 시작된 지 20분이

지나 있었다. 성욱은 어찌할 바를 몰라 허둥대다 곧 경마개최위원장 실로 뛰어가 업무이사에게 보고를 했다.

업무이사는 성욱을 끌고 베란다로 나가 전광판을 바라보았다.

"그래, 어떻게 했으면 좋겠소?"

성욱은 허탈해진 목소리로 말을 꺼냈다.

"이제 어쩔 수 없을 것 같습니다. 활화산이 먹지 않았기를 기대하는 수밖에…."

업무이사도 수긍의 표정을 보였고, 성욱은 어두운 표정으로 재결실로 향했다.

아직 경마장의 마필도핑검사는 경주 전에 실시하여 적발하는 시스템이 갖춰져 있지 않았다. 그저 경주 후에만 하도록 되어 있어 이처럼 사전에 알았다 하더라도 속수무책인 경우가 있었다.


심상호는 전직 기수였다. 부정행위와 관련되어 해고된 뒤로는 빈약한 체격과 변변치 못한 학벌 때문인지 경마장 주변을 떠나지 못하고, 가게 점원이나 술집 종업원 등을 전전하며 지냈다. 그렇더라도 본성은 착했던 그 애가 왜 이런 짓을 저질렀는가. 혹시 최상국 패거리들의 마지막 발악이 아닐까. 그 작자들 하는 짓거리로 봐서 협박과 회유를 거듭해서 아직 어린 티가 남아있는 심상호를 잡아챘는지도 모른다…


이윽고 5분 전, 4분 전의 신호음이 울리며 아나운서의 신속한 마권구입을 권유하는 방송이 장내에 울려퍼지고 있었다. 노련한 경마꾼들은 경주 분석이 끝난 뒤에도 매장을 떠도는 정보들에 촉각을 곤두세우며, 수시로 전광판의 각 승식 별 배당률을 살피고, 눈치작전을 펼치다가 마감이 가까워서야 매표창구에 다다른다.

마감시간이 임박하면서 관객들의 소란이나 열기는 한층 심해졌다. 이윽고 마감시간의 긴 벨이 울렸다.

곧 백두산배 경주에 출주하는 말과 기수들을 소개하는 신호음악이 말의 세찬 콧김소리와 함께 길게 울려 퍼지고, 장안소 입구에서는 12마리의 말들이 일렬로 위풍당당하게 행진해 나오고 있었다.

"이어서 제11경주. 제5회 백두산배 대상경주에 출주할 말과 기술들을 소개하겠습니다. 1번 마 북회귀선, 기수 김경호. 2번 마 사자후, 기수 박철승, 3번 마 태백산맥, 기수 유영대. 4번 마 활화산, 기수 장만영. 5번 마 삭풍, 기수 신기호, 6번 마 흑기사 기수…

관람대 앞으로 온 말들이 유도마(誘導馬)를 따라 타원형으로 윤승을 하자 관객들 사이에서 환호성과 박수소리가 쏟아졌다.

전광판의 각 배당률은 이제 멈춰 있었다. 역시 인기 순위 1위는 태백산맥이고 부담중량은 63kg나 되었다. 다음이 북회귀선, 사자후, 녹두장군, 삼별초, 천리장성 순이며 활화산은 10위에 머물러 있었다.

말들은 1코너와 2코너를 돌아 발주기 쪽으로 다가갔다. 이윽고 경주 개시의 팡파르 소리가 우렁차게 울리자 홀수 번호 말들부터 발주기 안으로 들어가기 시작했다.

관객들도 관람석으로 몰려나왔다. 황색기와 2개의 백색기가 발주 준비에 이상 없음을 알리자, 곧 무전기의 '발주-발마!' 명령과 함께 일제히 발주기의 문이 열리며 말들이 뛰쳐나왔다.

12마리의 말들이 쏜살같이 내달리며 뒤쪽으로 먼지들을 피워대자 경주로가 온통 메꿔지는 듯한 느낌이었다.

"말들 3코너를 지나 4코너에 다다르고 있습니다. 선두는 9번 뇌성 벽력. 그 뒤를 1마신 차이로 5번 마 삭풍이 뒤따르고, 그 뒤를 2마신 차이로 북회귀선과 천리장성에 나란히 따라붙고 있습니다. 선두마 뇌성벽력 4코너로 진입하고 있습니다."

태백산맥이나 사자후같은 인기마들은 두각을 나타내지 않고 있었다. 그 이유는 페이스 안배를 하는 탓이다. 단거리 경주에서는 초반의 발진력이 승부를 좌우하지만, 장거리 경주에서는 말의 능력을 적절하게 안배하는 데서 승부가 좌우된다. 기수들이 바짝 엎드려 채찍질을 해대며 말을 모는데만 전력하는 듯 보이지만 그들의 머릿속은 작전 전개로 비상하게 움직인다.

날렵한 말들이 몽키자세로 납작해진 기수들을 싣고 장안소 입구를 지나 관람대 앞을 질주하자 관객들은 고함소리로 응원들을 해댔다.

말들은 1, 2코너를 지나 터널같은 긴 흙먼지를 내뿜으며 3코너를 향해 질주했다. 마치 한 폭의 그림같은 모습에 관객석에서는 감탄사와 함께 박수소리들이 터져 나왔다. 재결실 베란다에서 쌍안경으로 경주 장면을 바라보고 있던 성욱은 특히 장만영 기수의 활화산을 주시해서 바라보았다. 장만영은 신참 기수면서도 말안장과 같은 자세로 활기차게 말을 몰아대고 있었다.


"말들은 3코너에 진입하고 있습니다. 선두를 달리던 9번 뇌성벽력과 5번 삭풍은 처지고 있고, 3번 태백산맥과 1번 북회귀선이 치고 나오기 시작합니다. 착순, 3-1-9-5-6-8-4…

3코너를 꺾어진 말들 4코너에 다다르고 있습니다. 바야흐로 경주의 대세를 가름하는 기점입니다. 기수들은 먼저 유리한 위치를 차지하기 위해 안쪽으로 다가듭니다.

앗, 6번 마가 질주합니다. 스프링처럼 튀어나오는 6번 마 흑기사, 태백산맥, 북회귀선과 선두 다툼, 뒤이어 2마신 차이로 뒤따르는 녹두장군…. 결승선 직선주로 100m. 흑기사 2착 마와 목 하나 차이…. 앗! 또다시 맹렬히 대시하는 4번 마 활화산, 흑기사의 뒤를 바짝 추격합니다….

결승선 20미터. 10미터. 골인. 골인. 1착 흑기사. 이어 2마신 차이로 나란히 들어오는 태백산맥, 활화산, 그 뒤로 북회귀선, 녹두장군, 이십세기가 이어집니다. 예상을 뒤엎은 흑기사의 쾌거가 돋보인 경주였습니다."


전광판 착순 게시대에 사진심의(寫眞審議) 불이 켜졌다. 흥분하며 열띤 응원을 벌이던 관객들의 함성도 사그라들었다. 성욱은 충격을 억누르며 다른 재결위원들과 함께 재결실 안으로 들어왔다.

"많이 터지겠어."

"흑기사가 어떻게 저렇게 날아 들어오지?"

"오늘 멋지게 한번 쏘려고 내내 묵혀두었던 거라니까요."

"명태 녀석 보기보단 제법이란 말야."

그러나 성욱은 내심 불안하기만 했다. 만약 2착 마가 활화산으로 밝혀지면 복승식에서 그야말로 대박이 터뜨려질 수 있기 때문이다. 경마장에서 대박은 가끔씩 심각한 후폭풍을 낳기도 한다.

문득 언젠가 김 부장과 함께 봤던 새벽 조교 현장을 다시 떠올려 보았다. 그 힘이 넘치던 흑기사와 자신만만하던 명태의 모습… 그러나 이런 결과까지 나오리라고 과연 예상이나 했었던가.

이 때 업무이사가 재결실 문을 열고 들어섰다.

"2착은 어떻게 될 것 같아?"

그러자 조 계장이 재빨리 대꾸했다.

"지금 사진심의 하고 있다는데, 아무래도 활화산 같습니다."

"백전노장의 태백산맥이 2착도 못했단 말야?"

박 과장이 바로 받았다.

"제가 보기에는 태백산맥 같습니다."

그러자 모두 성욱을 바라보았다.

"심판에서 결과가 나와 봐야 알 것 같습니다. 하지만 경주 자체만으로는 몇 년 만에 처음 보는 명승부였습니다. 명마들의 힘과 기량이 다 발휘되어 박진감이 넘쳤고, 예상을 뒤엎은 경주 결과나 사진심의 등 명승부 요건은 다 갖춘 경주였습니다."

모두 공감을 표시했다. 갑자기 전화벨이 울리자 조 계장이 받았고, 잠시 동안 얘기를 나눈 후 보고를 했다.

"장안소에서 후검량(後檢量: 경주 후의 부담중량 검사) 이상 없다고 통보

해왔습니다. 이번 경주는 특별경주이니 전 마필에 대해 도핑검사를 실시하라고 지시했습니다."

그러자 성욱은 김동섭의 전화를 떠올리며 다시금 불안해졌다. 몰래 바라본 업무이사 표정도 밝지 않았다.

갑자기 관람대 쪽에서 함성이 들려왔다. 내다보니 사진심의 결과가 나와 게시되고, 심의 중의 초록 불빛은 확정의 빨간 불빛으로 바뀌어 있었다.

1착, 흑기사. 2착, 활화산. 3착, 태백산맥. 4착, 녹두장군…

타임과 착차(着差) 1착, 2분 38초 1-2마신-코-머리-1 1/2 마신….

곧 전광판의 숫자들이 다 지워지면서 각 승식 별 배당금이 차례로 나타났다. 우려했던 결과가 나오고 말아 성욱은 가슴이 덜컥 내려앉았다.

문득 바라본 이사의 얼굴에도 놀라움과 근심의 기색이 역력했다.

관객들의 동요가 그치지 않다가 또다시 함성이 일었다. 각 승식 별로 배당금 게시가 완료된 탓이었다.

단승식(1착만 맞추는 방식) 6(흑기사) 2854원, 복승식(선후 관계없이 1.2착 마를 맞추는 방식) 6-4, 9620원, 연승식(선후 관계없이 1,2,3착 마 중 하나를 맞추는 방식) 6, 4, 3. 6번(1120원), 4번(785원), 3번(12원)….

사실상 경마 자체라 할 수 있는 복승식에서 자그마치 962배나 되는, 그야말로 폭발하듯 터져버린 배당금이었다.

관객들의 웅성거림은 가라앉지 않고 오히려 더 소란스러워졌다.

업무이사의 목소리가 쇳소리로 변했다.

"이게 말이 되는 소리야?"

성욱이 재빨리 대꾸했다.

"내일 후로 경마과에서 경주 전반에 대해 조사를 하게 될 것입니다."

창밖을 보니 관람대에서는 직원과 경비원들이 시상식 장소로 시상대며 우승컵을 나르고 있었고, 한복을 입은 아가씨들도 꽃다발을 들고 모여들고 있었다.

성욱은 조 계장에게 지시했다.

"장안소에 연락해서 우승마와 기수, 조교사들에게 시상식 준비를 하고 관람대 앞으로 나오도록 하시오. 박 과장과 나는 이사님을 모시고 내려갈 준비를 하겠소."

조 계장은 전화를 걸고, 성욱은 박 과장과 함께 이사의 양쪽에 달라붙었다. 막 재결실 문을 열고 나가려는데 박 기자가 뛰어 올라왔다.

"아무래도 관객들의 동태가 심상치 않은 것 같습니다."

베란다 쪽으로 가서 내려다보자 일단의 관객들이 재결실 쪽을 향해 주먹을 내지르면서 소리를 지르고 있었다.

"이런 엉터리가 어디 있어?"

"조작이다! 처음부터 다시 해!"

"다 해쳐먹어라."

"내 돈 내놔, 씨발…".

성욱은 내려가기를 중지하고 몰래 관람대의 동태를 살폈다.

이때 관람대 오른쪽에서 '우~' 하는 함성이 일자, 이를 되받아 왼쪽에서도 위협적인 함성이 일었다. 이어 왼쪽 함성을 되받아 오른쪽에서, 오른쪽 함성을 되받아 왼쪽에서 계속 함성을 내질렀다. 반복됨에 따라 함성들은 더욱 거세고 격앙되어갔다.

성욱은 황급히 전화기를 들고 장안소에 지시를 내렸다.

"여기 재결실이요. 우승마와 사람들을 내보내지 말고 별도 지시가 있을 때까지 장안소에 대기하라고 하시오."

그러나 이미 장안소 입구에서는 기수를 태운 우승마들이 조교사들에게 이끌린 채 걸어 나오고 있었다. 맨 앞의 흑기사는 붉은 바탕에 노란 글씨로 '백두산배 대상 경주 우승'이라 새겨진 휘장을 두르고 있었는데, 누군가가 뒤에서 뛰쳐나와 얘기를 건너자 재결실 쪽을 바라보며 주춤했다. 그 모습을 본 관객들 벌떼처럼 욕을 퍼부었다.

"들어가 이 새끼야! 어딜 기어 나와?"

"꺼져. 흉악한 날도둑놈들아."

"우승마는 뭔 놈의 우승마야. 다 짜고 하는 놈들…"

몇 사람이 바닥의 보도블럭을 깬 조각들을 던져대자 말과 사람들은 황급히 장안소로 달아났다. 이 때 경비원이 다급하게 재결실 문을 열고 들어섰다.

"경마과장님 어디 계세요?"

성욱은 직원들을 제치고 앞으로 나섰다.

"뭔 일 있어요?"

"아래 계단 입구에 사람들이 몰려오고 있어요."

"뭐랍디까? 요구사항이 뭐래요?"

"누구 책임자 급과 만나 얘기하고 싶답니다."

성욱은 어찌할 바를 몰라 갑자기 말문이 막혔다. 그러자 업무이사가 손을 들어 제지했다.

"내려가지 마시오. 가야 멱살분이 더 잡히겠소?"

조 계장도 거들었다.

"지금 얘기할 분위기가 아닌 것 같습니다."

다른 사람들도 수긍의 눈짓을 보내자 성욱은 경비원을 끌고 재결실 밖으로 나섰다.

"지금은 면담할 분위기가 아니라고 설득해 보세요. 듣지 않고 농성을 계속 벌이면 입구 쪽 철문을 닫아걸어요."

경비원은 황급히 뛰어 내려갔다.

어느새 관람대 쪽에는 고함소리, 욕지거리 등이 진동하고, 불을 피운 연기도 여기저기서 솟아올랐다.

"쨍그렁!"

갑자기 재결실 유리창이 박살나며 보도블럭 조각이 날아들었다. 이를 신호로 하듯 옆 방송실, 경마개최위원장실 유리창들도 박살이 났다. 곧이어 심판실, 귀빈실의 유리창들도 박살나고 말았다.

어느 덧 관람대에서도 시상대며 우승컵 등은 흔적도 없었고, 연예인들이 공연했던 임시무대는 부서진 채 불길에 휩싸이고 있었다.

성욱은 급작스런 사태에 당황하고 있다가 문득 사무실에 생각이 미쳤다.

"참, 지금 경마과 사무실에 누가 있소?"

"미스 황이 있습니다."

성욱은 사색이 된 채 안절부절 못하는 박 과장을 끌고 계단 아래로 향했다. 계단 아래서 성욱이 넥타이를 풀고 머리를 흐트러뜨리자 박 과장도 그대로 따라했다.

"경마과 사무실은 사고가 날 때마다 항상 표적이 되어 왔소. 가봐야 합니다."

두 사람은 철문을 열고 밖으로 뛰어나갔다.

뒷문을 통해 경마과 사무실로 들어가자 일단의 관객들이 이미 창들과 앞문을 부수고 있었다. 미스 황은 책상들 사이에서 가슴을 부여잡은 채 파랗게 떨고 있다가 성욱을 보고는 곧바로 달려들었다.

"과장님, 무서워요."

"빨리 캐비닛마다 시건장치를 합시다."

"서류들은 다 치워놨어요."

캐비닛들을 단속하고 비품함까지 잠근 후 뒷문으로 향하자 부서진 앞문으로 흥분한 관객들이 밀려들었다. 관객들은 닥치는 대로 집어 던지고 깨부수었다.

"다 뒤집어버려, 개새끼들."

"같이 짜고 다 해쳐먹는 놈들."

"다 어디 갔어. 이 날도둑놈들."

박 과장과 미스 황을 먼저 보내고 성욱은 뒷문에서 차마 발걸음이 떨어지지 않아 지켜보고 있었다. 이윽고 관객들이 집어던질 게 없어 주춤한 기색을 보이자, 뒷문을 닫고 계단을 올라가는데 다짜고짜 누군가가 멱살을 부여잡았다.

"너 이 새끼 경마과장이지? 이 흉악한 놈의 새끼."

성욱은 졸지의 사태에 어찌할 바를 모르고 있는데 사람들이 우르르 모여들었다.

"뭐야 뭐, 왜 이래?"

"이 새끼가 경마과장이야, 이 새끼부터 죽여야 해!"

모인 사람들의 얼굴도 일그러졌다. 이때 갑자기 앙칼진 여자 목소리가 터뜨려졌다.

"왜들 이래요? 이거 놔요!"

뜻밖에도 손 여사였다. 손 여사가 사이에 끼어들자 잠시 주춤해진 틈을 타 성욱은 멱살 잡은 손을 비틀어 몸을 뺐다. 여기에 미영이도 달라붙어 가까스로 무리에서 벗어났다.

"미영이는 제게 맡기고 가서 볼일 보세요."

성욱은 손 여사를 향해 주먹을 불끈 쥐어 보이고 무리지어 몰려다니는 관객들 속으로 뛰어들었다.

매표장을 휩쓰는 관객들은 창구의 플라스틱 창이며 각종 모니터 시설, 와이드 스크린, 각종 집기, 냉 온풍기 등을 닥치는대로 부수며 지나갔다.

문이 부서진 매표장이나 매점들에서는 약탈과 방화도 이어졌고, 매캐한 연기의 내음은 관객들을 더욱 흥분의 도가니로 몰아넣는 듯했다.

성욱은 터질 것만 같은 가슴을 부여안고 그저 무력하게 바라만 보고 있을 수밖에 없었다. 지난 날에도 종종 그랬던 것처럼…

이윽고 관객들은 고함들을 지르며 샛문 쪽으로 모여들었다. 그동안의 관례대로 마사지역으로 향하려는 것이겠지만 이번에는 그 어느때와도 규모나 기세가 비교가 되지 않았다.

정문 쪽에서는 경찰버스가 속속 밀려들고, 곧 방패와 투구 등으로 무장한 전경들이 뛰어내렸다. 그들은 열을 맞춰 관객들 쪽으로 향했으나 열이 오를대로 오른 대규모 군중들 사이에서 그저 왜소하게만 보일 따름이었다.

"아예 말들을 다 때려죽여!"

"마굿간을 부셔!"

"다 불 싸질러 버려! 말이 없어져야 돼!"

어느새 샛문 안쪽의 사료용 짚더미에서 불길과 함께 검은 연기가 솟아올랐다. 각 조의 말간에서는 다급하게 말들을 끌어내어 옮기기도 하고 소화기와 양동이를 총동원하여 화재에 대비하고 있었다.

마사지역까지 불타게 되면 경마장에 진정한 파국이 온다. 1500여 마리의 말들이 불길에 놀라 미쳐 날뛰면 그 결과나 피해는 상상하기마저 쉽지 않기 때문이다.

관객들은 샛문 쪽으로 속속 모여들었고, 맨 앞쪽 일단의 관객들이 우르르 몰려가 샛문에 몸을 부딪쳤다. 그러나 이런 경우를 대비해 만든 철문이어서 쉽게 열리지 않았다.

철문 안쪽에는 조기단원들이 몽둥이, 삽, 쇠스랑, 괭이, 삼지창 등 일하면서 사용하는 각종 농기구들을 들고 모여들고 있었다. 이들에게 관객들은 욕설과 함께 크고 작은 보도블럭 조각들을 던져댔으나, 그들은 몸을 돌려 피하면서도 꿋꿋하게 자리를 지키고 있었다.

이윽고 더욱 많아진 관객들이 우르르 몰려가 샛문에 몸들을 부딪치자 이윽고 철문의 양쪽 기둥들이 뽑히면서 철문이 바닥에 깔리고 말았다.

그러나 앞쪽의 관객들은 주춤거리며 쉽게 나아가지 못했다. 조기단 사람들이 눈을 부라리며 농기구들을 치켜들고 있었기 때문이다.

　이때 장안소 쪽에도 관객들이 몰려들며 연기가 솟아오르자 조기단원들은 우왕좌왕하며 전열이 흐트러졌다. 그러자 이쪽 관객들은 함성과 함께 보도블럭 조각들을 던져대며 우르르 마사지역으로 진입했다.

　그러나 미리 대기하고 있던 소방차들이 물줄기를 쏘아대고, 뒤쪽에 열을 지어 서있던 경찰들이 일제히 달려들면서 순식간에 아수라장으로 변했다. 장안소 쪽에서 진입한 관객들도 보도블럭들을 던지며 말간에 불을 지르자 놀란 말들이 뛰쳐나가면서 비명들이 난무하고, 마사지역은 관객들과 조기단원, 전경들이 서로 뒤엉켜 일대 아비규환으로 변했다.

　"모두 불 싸질러버려!"

　"말들을 죽여, 말들!"

　"불이다, 불!"

　이때 한쪽 마방 옆에 있는 드럼통 위에서 누군가가 째지는 소리를 내질렀다.

　"안됩니다. 여러분, 이러지 마세요!"

　뜻밖의 소리에 모두들 잠시 주춤했다. 바라보니 놀랍게도 김동섭이었다.

　"여러분, 진정하세요. 말은 바로 여러분의 재산입니다. 이런 식으로 해서 문제가 해결되지 않습니다."

　사람들은 어리고 자그마한 게 째지는 소리를 내지르니 잠시 허탈한 모양이었다.

"뭐하는 놈이야? 저건."

"기수 놈이야. 어린 놈이 뭘 안다고…"

동섭이는 주먹을 흔들며 말을 이어갔다.

"말은 잘못이 없습니다. 말간에 불 지른다고 해결되는 게 아닙니다. 서로가 냉정을 되찾아야 합니다. 서로 대화로 해결해야 합니다."

이때 어디선가 보도블럭 조각이 날아들자 머리를 젖혀 피하는 동섭. 그러나 곧 여기저기서 날아들었다.

"너부터 죽어봐 이 새끼야!"

동섭은 결국 피가 흐르는 머리를 감싸 안았다가 이내 바닥으로 떨어졌다. 그러자 조기단원들은 일제히 연장들을 치켜들고 달려들었다.

"개새끼들. 다 죽여 버린다!"

"빠바박 쿵쿵!"

막 뒤엉키는 순간 안쪽에서 최루탄들이 쏟아졌다. 그와 함께 또다시 무장한 전경들이 함성을 지르며 달려들었다.

최루탄의 매캐한 연기들이 퍼지는 가운데, 난무하는 욕설과 비명들 속에서 관객과 조기단원, 경찰들이 서로 뒤엉켜 난장판이 전개되었다. 누가 적이고 누가 아군인지 구분도 되지 않은 채 살벌한 몸싸움만 이어졌다.

이 때 갑자기 살을 찢는 듯한 고함소리가 터져 나왔다. 잠시 주춤하고 바라보자 누군가가 드럼통 위에서 활활 타고 있었다. 놀랍게도 김동섭이 이번에는 몸에 불을 지르고 노래를 부르며 너울너울 춤까지 추고 있었다. 째지는 비명소리들이 터져 나오는 가운데 몇몇이 황급히 달려들어 김동섭을 끌어내렸다. 이어 옷들을 벗어들어 불을 끄랴 소화기와 양동이를 가져오랴 부산들을 떨었다.

아수라장같던 분위기는 순식간에 가라앉고 있었다. 잠깐 사이 모든 동작들도 중지되자 때를 놓치지 않고 전경들이 진압차량과 함께 방패와 곤봉들을 앞세우며 전진했다. 관객들은 주춤주춤 밀리며 후퇴했다. 앰뷸런스도 경광등과 함께 싸이렌을 울리며 달려들자 관객들의 기세는 꺾이고 있었다. 뒤쪽에서는 고함들을 질러대나 앞쪽은 계속 밀리고 있었다.

결국 관객들이 샛문 밖으로 밀려나자 몇몇이 재빨리 샛문과 양쪽 기둥들을 다시 세우고 각종 기물들로 받쳤다. 사료용 짚더미와 일부 말간들의 화재도 지속적인 물세례로 잡혀 연기와 수증기만 피어오르고 있었다.

성욱은 한쪽 마사 옆에서 내내 이 광경들을 지켜보다 관객들이 발길을 돌리자 조기단 사무실로 다가가 재결실로 전화를 걸었다.

"관객들 드디어 샛문 밖으로 다시 밀려났습니다. 오늘 상황은 종료됐다고 얘기해 주시오."

그러자 잠시 후 답변이 들려왔다.

"이사님께 보고 드렸고, 지금 재결실에 동부경찰서장이 와 있으니 빨리 올라오시랍니다."

관객들은 정문 쪽으로 썰물처럼 빠져나가고 있었다. 성욱은 어깨를 축 늘어뜨린 채 장안소 입구 쪽으로 발걸음을 옮겼다. 어느새 슬며시 내린 어둠 속에서 소방차, 경찰차 등은 시동을 걸고, 전경들은 갈 채비를 서두르고 있었다.

장안소 입구를 지나 경주로에서 관람대로 들어서자, 한쪽에서 희게 빛나는 수은등 아래서 온통 뜯어진 보도블럭과 그 조각들로 폐허처럼 황량해진 바닥들이 드러났다. 그 사이로 마치 인간의 욕망과 허영의 잔해처럼 버려진 마권들이 가랑잎처럼 구르고 있었다.

성욱은 바람에 쓸려가는 마권들을 바라보며 자신도 모르게 중얼거렸다.

오늘 경주 때문만은 아니야. 오늘 경주 때문만은…

뿌리 깊은 우리 경마에 대한 불신, 아직도 난무하는 정보나 바람, 경마의 외형적인 성장에 따르지 못하는 질적 성장이나 제도 개선의 미비, 경마 시행과 마필관리를 같이 해야만 하는 피치 못할 사정….

이런 불만의 요소들이 내내 쌓여 있다 오늘의 상상을 뒤엎은 경주 결과에 자극받아 함께 터져버린 거야. 이제 우리의 경마도 뭔가 전환점을 마련해야 돼. 이런 사건이 커다란 계기가 될 수도 있지….

박 기자가 얘기한 그 여인의 자료더미는 공개하는 게 좋겠어. 오늘의 사건이 오히려 폭로의 빌미가 될 수 있지. 그리고 김 부장의 죽음도 있지 않았는가. 어떤 계기가 없이 어떻게 변화와 발전을 기대할 수 있단 말인가.

누군가가 역사도 그저 순탄하게 발전하기 보다는 어떤 사건들을 계기로 급작스럽게 변화하며 발전한다고 하지 않았는가….

관람대 바닥을 지나 힐끗 재결실의 불빛을 확인하고 계단을 올라 서자, 그의 옆에서 긴 그림자가 계단 모서리마다 이리저리 꺾여진 채 그를 따라가고 있었다. (끝)

# 주요 경마 용어 해설

**＊ 각질(脚質)**

말의 주행(走行) 스타일. 선행(先行, 처음부터 내달리는 것), 추입(追入, 후반부에서 스피드를 내 따라잡는 것), 도주(逃走, 경주 내내 일관되게 내달리는 것), 자유형(어떤 스타일도 자유롭게 구사하는 것) 등이 있다.

**＊ 검량(檢量)**

경주마가 싣고 뛰는 부담중량(負擔重量)을 검사하는 것. 경주 전에 하는 전검량과 경주 후에 하는 후검량이 있다.

**＊ 경주로(競走路)**

경주마들이 달릴 수 있도록 만든 트랙. 1.6km~2.4km 까지 있으며, 바닥은 6~7cm 깊이의 모래가 깔려 있다.

**＊ 기수(騎手)**

경주마를 타고 경주에 출전하는 사람. 면허제도로 되어 있다.

**＊ 단승식(單勝式)**

경마에서 제 1착마만 적중시키는 마권 구입 방식

## * 마권(馬券)

경마장에서 액면 금액에 맞춰 판매하는 일종의 증권. 경주번호, 마번, 승식 등이 기재되어 있다.

## * 마사지역(馬舍地域)

경주마들의 마방이 있는 곳. 조교사들의 아파트와 기수들의 합숙소가 함께 있다.

## * 마필관리사(馬匹管理事)

조교사를 보좌하여 경주마의 사양관리, 조교(調敎) 관리 등의 업무를 담당하는 사람. 기마수(騎馬手)라고도 했음

## * 매표장(賣票場)

마권을 판매하고 적중 마권에 대한 환급금을 지급하는 장소. 투표장이라고도 함

## * 발주(發走)

경주마를 발주기(發走機) 내에 정렬시켜 일제히 출발시키는 것

## * 배당금

적중된 마권의 금액에 대해 배당률에 따라 지급되는 돈

## * 복승식

선, 후착에 관계없이 1, 2착 마를 맞추는 방식. 마권 총액의 95% 정도를 차지하고 있다.

## * 부담중량(負擔重量)

경주 시 말이 싣고 뛰는 모든 중량. 기수 체중, 안장, 기타 장구 등이 포함된다.

**\* 상전경주(賞典競走)**

특별상이 수여되는 경주. 상전경마, 대상경마(大賞競馬)라고도 함

**\* 승마투표(勝馬投票)**

흔히 매표라고도 하며, 우승 예상마에 대한 마권을 구입하는 것. 경마 시행체에서는 각 승식 별로 매출 금액을 합산하여 수수료와 세금 등을 공제한 후 적중 마권에 대한 배당금을 지급한다.

**\* 악벽(惡癖)**

말의 나쁜 버릇. 대부분 말들이 예민하고 겁이 많은 데서 비롯된 것이다.

**\* 연승식(連勝式)**

1, 2, 3 착마 중 하나만을 적중시키는 방식

**\* 경마 예상지(豫想誌)**

고객이 우승마를 선정하는데 필요한 각종 경마 정보가 수록되어 있는 전문지. 흔히 예상지라 하며, 발간하는 예상지업자들은 오랜 관록의 경마 전문가들이 대부분이다.

**\* 장안소(裝鞍所)**

경주에 출전하기 위해 준비하고 대기하는 장소. 안장이나 장구 등을 채우고 각종 검사를 실시하여 이상 유무를 판별한다.

**\* 장외발매소(場外發賣所)**

경마장 외부에서 모니터 화면이나 음성 중계를 통해 경마를 할 수 있는 장소

**\* 재결실(裁決室)**

경마 시행의 사령탑 역할을 하는 곳. 역할 담당자는 재결위원이라 함

**\* 재정위원회(裁定委員會)**

조교사, 기수 등에 대한 징계 등 사법적 기능을 담당하는 위원회

**\* 조교(調敎)**

경마, 혹은 승마에 적합하도록 말을 순치시키고 훈련시키는 일

**\* 조교사(調敎師)**

기수와 마필관리사들을 다루며 말의 순치와 훈련, 사양관리, 경주 작전 지시
등을 담당하는 감독 격의 인물. 면허제도로 되어 있다.

**\* 조기단(調騎團)**

조교사, 기수, 마필관리사들의 단체